Bir Apaçi Masalı - 1

Angutyus

okuyan us

okuyan us

Dizüstü Edebiyat - 08

Bir Apaçi Masalı - 1
Angutyus

ISBN: 978-605-4054-63-3
Yayıncı Sertifika No. 16208

I. Baskı: İstanbul, Eylül 2011
11. Basım: İstanbul, Kasım 2015

Yayın Yönetmeni: Cem Mumcu
Editör: Aslı Uluşahin
Redaktör: Ümit Özkan

Dizi ve Kapak Tasarımı: Ebru Demetgül
Grafik Uygulama: Zeynep Erim

Baskı ve Cilt: Pasifik Ofset Cihangir Mah. Güvercin Cad. No: 3/1
Baha İş. Mrk. A Blok Haramidere / İstanbul Tel: 0212 412 17 77
Matbaa Sertifika No: 12027

Eser, 60 gr kâğıt üzerine 11 puntoluk Times New Roman fontuyla dizilmiştir.

Kurucu: Cem Mumcu
Genel Müdür: Çiğdem Şentürk
Kreatif Direktör: Ebru Demetgül
Satış Müdürü: Murat Tüter

Özgür Doğan, hep bizimlesin...

Adres: Fulya Mah. Mehmetçik Cad. Gökkuşağı İş Merkezi No. 80
Kat: 3 Fulya, Şişli, İstanbul Tel.: (0212) 272 20 85 - 86
Faks: (0212) 272 25 32

okuyanus@okuyanus.com.tr
www.okuyanus.com.tr

Bir Apaçi Masalı - 1

Ayran Geven

Angutyus

okuyan us

Menzili olmayan, sonu görünmeyen, karanlık yolları, ıslak kaldırımları çok sevdim. İlk yollara düştüğümde annem demişti: "Bok yemeye alışan köpek iflah olmaz." Haklıymış... Bok yemeye alıştım, bir daha da vazgeçemedim...Yediğim bokların haddi hesabı yok.

Kaç tane ülke gördüğümü hatırlamıyorum. Kaç tane kadınla birlikte olduğumu hatırlamıyorum. Kaç kişinin canını yaktığımı, kaç defa canımın yandığını saymadım.

Kafamda kırılan şişeler, suratımda patlayan yumruklar, belime inen tekmeler, sırtıma yediğim ihanet denen hançerler, omzumda bir kambur gibi taşıdığım günahlardan sonra, Tanrı'nın bana verdiği lanetle yaşamayı öğrendim. Tanrı beni lanetledi. Ben bu lanetten bile keyif aldım.

Ben bu hayatın her saniyesinden keyif aldım. Kimseyi suçlamadım, kimseye kızmadım, kendimi de yargılamadım.

Bir piç asla kendisiyle yüzleşmez, geçmişine sığınmaz, kendisini yargılamaz. Her zaman bir bahanesi vardır. Daha fazla sömürmek için... Yeni bahaneler bulmak için.. Ama bu bahanelerin arkasına hiçbir zaman sığınmaz. İki gün sonra hatırlamaz da...

Hep bir bahanem oldu yollara düşmek için... Hep bir bahanem oldu terk etmek için... Hep bir bahanem oldu dönüp arkama bakmamak için...

Terk ettiğim insanların da hep bir bahaneleri oldu peşime düşmek için... Hep bir bahaneleri oldu beni affetmek için... Hep bir bahaneleri oldu bana hak vermek için...

Sanırım en acısı; her sevdayı, her seveni, bana her değer vereni aşılması gereken bir engel olarak görmek oldu.

Bir ömür yollarda, ne aradığımı bilmeden, ne için mücadele ettiğimi sorgulamadan, kimselere hesap vermeden, kimselere hesap sormadan geldi geçti. Deldi geçti.

Sonuç; doğrusu vc yanlışıyla hayat gibi bir hayat yaşadığıma inanıyorum. İnsanların bana dayattığı doğrular, kurallar, beni ve içimde beslediğim köpeği pek ilgilendirmedi. Kendi kurallarımla, kendi doğrularımla yaşadım bir ömür.

Kadere hiçbir zaman inanmadım. Kader denilen dayatmanın sadece insanların kendilerini sorgulamaması, ellerindekilerle yetinmelerini sağlamak için uydurulmuş bir kurmaca olduğuna inandım.

Hayata kinim yok.. Alınması gereken bir intikamım da...

Tek pişmanlığım daha çok pişman etmediğimdir...

Masallar dinlemeden büyüyen çocukların
masal gibi hayatları olur...

80'li yılların gerçeğidir, 90'lı yıllarda vücut bulmuştur apaçi kültürü.

Bakmayın şu an ezik büzük gezen günümüz sıpalarına. Saçma sapan melodiler eşliğinde marjinal takılmak için apaçi dansı yapanlara falan, bunlar boş beleş işler. Soytarılık farklı, apaçilik çok farklı. Günümüz soytarılarıyla uzaktan yakından alakamız yoktu bizim. Hayatın oyuncağı olan soytarılar değildik biz. Hayatla değerlerimizi, geleceğimizi, umutlarımızı sermaye yapıp kumar oynayan apaçilerdik.

80'li yıllarda Çankırı, Çorum, Sivas, Yozgat, Kırşehir gibi küçük şehirlerde yaşayanların ekmek derdine düşüp büyük şehirlere hücum etmesiyle başladı apaçi kültürü. Ankara'ya yakın olduğundan, burada yaşayanların birçoğu akraba, eş dost yardımıyla akmışlar. Her gelen iyi kötü tezgâhını kurduktan sonra arkasından gelecek eş dost, akrabaya önayak olmuş.

Garibandır bu coğrafyanın adamı. Yol yordam bilmez. Kendilerine dayatılan sefilliği, fakirliği, örf ve âdeti sorgulamaz. Sınırları zorlamaz. İç Anadolu'nun adamı ne Ege, ne Karadeniz, ne Akdeniz ne Doğu'nun adamına benzer. Daha fazlası için pek isyan etmezler. Hep şükrederler. Şükretmek bir hayat biçimidir. Bir kabullenmişlik, bir yılgınlık her zaman hayatlarının parçası olmuştur. Atalarından babalarından aldıkları bu mirası kendi çocuklarına dayatırlar, bu hastalıklı yaşam tarzını benimsemişlerdir.

Bu şehirlerden göçen cılız, sarı dişli adamlar, kapıcı oldular, pavyonlarda garson oldular, bulaşıkçı oldular, hamal oldular, düğünlerde köçek, belediyede çöpçü oldular… Bir deri bir kemik, sarı dişli kocalarına inat geniş kalçalı, gürbüz, pancar yanaklı, beyaz dişli karıları evlere hizmetçi oldu, hanımların bebeklerine bakıcı oldu. Hem erkeği hem kadını, bok temizledi, kusmuk temizledi. Onlara memleketlerinde götü kalkık şehirli denildi, şehirde apaçi, kıro, zonta damgası yediler. Ne hayatlarını kurtarmak için geride bıraktıkları ana babalarına ve çocuklarına yaranabildiler. Ne boklarını, kusmuklarını temizledikleri, uşakları, hizmetçileri oldukları şehirli beylerin hanımların saygısını kazanabildiler.

Çocuklarına masallar okuyacak zamanları olmadı ekmek peşinde koşmaktan. Çocukları da kendi masallarını kendileri yazdı... Benim gibi...

***

Yanından küçük bir dere geçen, uçsuz bucaksız orman, yemyeşil tepeler, masmavi gökyüzünün olduğu küçük bir köyde doğmuşum. Karadeniz'e uzanan o ormanların ilk sınırı bizim köydür. Hayal meyal hatırlıyorum. Babamı çok severdim, hep gülümserdi bana. Hiç dövmezdi beni. Bizim baba sevgimiz böyleydi. Sevgi gösterileri beklemezdik zaten, dövmeyince sevinirdik. Baba diyemezdim, "abba" derdim. Ben "abba" dedikçe gülerlerdi.

Rahmetli dedem "ayran geven" diyerek okşardı saçlarımı. Yaptığım her itlikten sonra kulağımı çekmektense, "ayran geven" diyerek söylenir, gülümserdi. Köy yerinde ayran içerken hemen yutmazmışım, ağzımda iyice çalkalarken yüzümü tarifsiz bir sevinç alırmış. Sömürebildiğim kadar sömürürmüşüm. Sanırım hayatı da böyle yaşadım. Sömürebildiğim kadar sömürerek...

Rahmetli ebem muhteşem bir kadındı. Beni ayrı severdi, hiç ayrılmazdım peşinden. Koyunları, kuzuları da evlatları gibi severdi, bostandaki domateslerini, kabaklarını da. Dertleşirdi, derdini anlatırdı. Sarı buzağı biraz halsiz olsa sabahlara kadar hayvanın peşinde derdini anlamaya çalışırdı. Kuzum, kızım diye severdi onları. Kesim için kasabaya gönderildiği vakit iki damla düşerdi gözlerinden, el sallardı bir evlat gibi büyüttüğü kınalı tosunlarına. İyi kadındı, hep gülerdi. Yemyeşil gözleri yaşama sevinciyle doluydu.

Yılın on iki ayı yanan odun sobasının etrafında anam, halam, yengelerim ve yaşıtım amcaoğulları, hala kızlarıyla yer soframızda oturur, sonra dedemin etrafına toplanır, firavun hikâyelerini dinlerdik. O namaz kılarken onu taklit eder, akşam on gibi yatardık.

Bazen bana sürüye katılmamış hasta bir koyunu ya da buzağıyı emanet ederlerdi. Akşama kadar başında beklerdim. Kartal, şahin, atmaca boldu bizim oralarda. Bazen tilkiler, gelincikler tavuklara saldırır, yırtıcı kuşlar kaşla göz arasında bir tavuğu alıp götürürdü. Beklerdik başında.

Köy biz çocuklara güzeldi, sabahtan akşama kadar koşturur dururduk. Amcaoğulları, hala kızları, annem ve yengelerimle kendi halimizde bir hayat sürdürüyorduk.

Her çarşamba günü kasabada pazar kurulurdu. Rahmetli dedem erkenden kalkar gider, pazarı yapar, akşamüstü dönerdi. Dedem yine bir çarşamba günü düştü yollara. Pazara gidecekti, bilirdik bize gelirken şeker, leblebi, lokum getirecekti. Çocukça bir heyecanla beklerdik yolunu. Akşamüzeri traktör göründüğünde koşarak arkasına takılırdık. Köye iki yüz metre kala traktörü süren bizi de alırdı, onlarca çocuk römorkta, köye çığlıklar atarak girerdik.

Hiç unutmam o günü. Dedemin yanında bu kez bir adam vardı, ben römorkta zıplarken, bana gülümseyerek bakıyordu. Elinde tahta bir bavul, başında bir kasket. Beni çağırdı yanına. Korkmuştum, gitmedim yanına, koşarak dedeme sarıldım.

"Lan ayran geven, bak baban. Askerden gelmiş. Babanın elini öpsene."

Şaşırmıştım. Babam diye gösterdiği adama baktım, yüzüme bakıyordu. Gel seveyim seni der gibi bir hali vardı. Sebebini bilmediğim bir biçimde korktum bu adamdan. Eve girdik, rahmetli ebem sarıldı bu adama, annem elini öptü, abbam elini öptü. Beni çağırdı yanına, gitmedim. Abbamın paçasına sarıldım, gözlerimi sıkıca kapattım. Çocuk aklımla ben onu görmeyince o da beni görmüyor diye düşündüm sanırım. Devekuşu misali... O yaşa kadar babam olarak bildiğim küçük amcam saçımı okşadı. Ben hep annemle uyurdum yer yatağında. O akşam abbamla uyudum.

Annemle çok erken yaşta evlenmişler. Sevmişler birbirlerini. Annem güzel bir kadındır, yemyeşil gözleri ve kızıla çalan saçları, uzun boyu. Babam da yine yeşil gözlü, yakışıklı sayılabilecek bir adam. Bir de küçük kız kardeşim varmış. Ben onu hiç hatırlamıyorum, rahmetli olmuş. Anneme sordum birkaç defa. "Ne bileyim oğul, bir sabah uyandık, ölmüş" derdi.

Birkaç gün sonra ben de yanlarında küçük bir yer döşeğinde uyumaya başladım. Annemle sabahlara kadar fısıldaşır dururlardı. Bir planları vardı geleceğe yönelik, onu tartışıyorlardı sanırım.

"Allah büyük" diye sonuçlanırdı bu fısıltılar. "Allah büyük" derlerdi hep, bir ömür de kafaya takılan her sorunda, karşımıza çıkan her engelde "Allah büyük" demeye devam ettiler.

Bir çarşamba günü babam yine dedemle birlikte o traktöre binerek kasabaya gitti. Uzun uzun öptü beni, saçımı okşadı. Annem ağlıyordu, ebem ağlıyordu, halam ağlıyordu. Hepsi de "Allah büyük" dediler, babamı yolcu ettiler. Arkasından el salladık, su döktük. Unuttum gitti babamı.

Epey bir süre sonra annem bizim yattığımız odayı topladı. Yün yatağımızı katladı, rahmetli ebem hem ağlıyor hem de çökelek, katık falan dolduruyordu kocaman beyaz bidonlara. Pestil, bal, süzme yoğurt falan hazırladılar kavanozların içine. Ertesi gün bir kamyon geldi köye. Bizim kapının önünde durdu, içinden babam ve bir amca çıktı. Sanırım şoför. İlk defa bir kamyon görmüştüm, köyün tüm çoluğu çocuğu bu kamyona bakıyordu. Ne güzeldi, tekerleklerine falan elimizi sürtüyorduk. Kamyonu doldurmaya başladı babam, küçük amcam, ebem, annem, halam... Abbam yaklaştı saçlarımı okşadı. "Lan kerata, gidiyorsun haa... Özletme kendini."

Öylece baktım. Kamyonun arkası dolduktan sonra sofra kuruldu. Rahmetli ebem hâlâ ağlıyordu, annemin sevinir gibi bir hali vardı. Ben sadece bakıyordum öylesine. Annem sandıktan daha önce hiç giymediğim yeşil bir kadife pantolon ve ebemin ördüğü bir kazak çıkardı. Bir de yemyeşil, çetuk dediğimiz lastik ayakkabı. Oysa köyde hep kara lastik giyerdik. Çetuklere ve kadife fitilli pantolona ne kadar sevinmiştim. Hatırladığım kadarıyla annem de yeşilli kırmızılı patiska bir şalvar ve kara lastik giymişti. Bir de al bir yazma sarmıştı başına.

Evin önü kalabalıktı, köyde kim var kim yok bizi uğurlamaya gelmişti. Koyunlar, kuzular, kapımızda bağlı olan uyuz it bile sanki vedalaşmak için bir köşede bizi bekliyordu. Tek tek sarıldık, gözyaşlarıyla, "uğurlar olsun, Allah yardımcınız olsun"larla yolcu ettiler bizi.

İlk defa kamyona biniyordum, ilk defa köyden bu kadar uzaklaşıyordum. Annem ve babam hiç konuşmadan ileri bakıyorlardı. Yollarda bir sürü arabalar, kocaman binalar... Kamyonun penceresinden seyrediyordum. Bir adam, bir kadın ve bir çocuk; hayallerini, beklentilerini, umutlarını, yarına ait ne varsa sırtlarımıza bohça yapmış düşmüştük yollara. Üç saat gittikten sonra şoför amca kamyonu bir yerde durdurdu. Hayatımda ilk defa bir lokantaya oturdum, babam daha önce hiç görmediğim şeyler söyledi. Ekmeklere bakıyordum. Annem bir dilim verdi, yumuşacıktı, bizim köydeki ekmekler gibi sert değildi. Önüme gelen kebaba baktım. Ama ekmek çok güzeldi, yumuşacıktı. Babam masadan bir kürdan aldı, dişlerini karıştırdı, ben de aldım onu taklit etmeye çalıştım. Gülmüştü babam.

Sonra yola koyulduk. Sabaha karşı annem uyandırdı. Küçük bir barakanın önünde durduk. Babam ve birkaç amca eşyalarımızı taşıyordu. Onları seyretmeye başladım. Küçükesat Camii'nin karşısında, şimdilerde yerinde basketbol sahası olan bir gecekonduydu burası. Ankara'ya ilk geldiğimizde sanırım altı ay kadar bu gecekonduda kaldık. Pek eşyamız yoktu. Köyden gelen üç beş parça kırık dökük, ev eşyası demeye bin şahit lazım paçavra... Annem mutluydu sanırım. Yerleştikten sonra babam dışarı çıktı, domates, biber, karpuz falan getirmiş. Annem tarhana çorbası yaptı. Çorbayla birlikte yumuşacık bakkal ekmeğinden yedim. Ama o lokantada ağzıma soktuğum kürdanlardan yoktu yer soframızda.

"Köy cehennem, cehennemden kurtulduk" derdi annem. Ama birinden kurtulup başka bir cehenneme düşmüştük. Annem ev işlerine gitmeye başladı. Karşımızda kocaman apartmanlar vardı. Bizim baraka gibi birkaç gecekondu sıkışıp kalmıştı bu ışıklı apartmanların arasında. Karşıdaki dairelerin camlarını silerken, ben de aşağıdan annemi izlerdim. Bir gözü bende, bir gözü yaptığı işte olurdu.

Köydeki uçsuz bucaksız yeşilliğe inat edercesine, küçücük bir alan vardı bizim barakanın önünde. Karşı apartmanda oturan çocuklar koşturur dururdu. Oturur onları seyrederdim. Annemi seyrederdim. Sıkı sıkı tembihlemişti annem; kimseye karışma, kimseye bulaşma... Beni bırakıp giderdi. Ben de o gelene kadar evin önündeki o küçük alanda çocukları, arabaları seyrederdim.

Bir gün apartmandaki çocuklar birbirlerine tuf tufla kâğıt külah atıyorlardı. Sonra sokak köpeklerine kuşlara atmaya başladılar. Oynuyorlardı kafalarına göre. Bir süre sonra beni hedef olarak görmeye, bana külahları atmaya başladılar. Canımı yakmak ister gibi bir halleri vardı. Sebebini bilmiyorum. Kaçmadım. Daha doğrusu kaçamadım, onlarca çocuk üzerime kâğıt külah yağdırıyordu. Külahlardan biri sağ gözüme saplandı. Hiç sesim çıkmamıştı. Dün gibi hatırlıyorum. Annemin çığlıklarını duyuyordum. Gözümün kenarından kan akıyordu. Beni götürdüler, gözümü sardılar. Halen sağ gözümde bir kızarıklık durur. "Allah korudu, kör olabilirdi" dedi annem. Ama ağzımızı açıp bir kelime edemedik kimseye. Annem tekrar sıkıca tembihledi apartmandaki çocuklardan uzak durmamı. Yaşıtım çocuklardan korkmaya, kaçmaya, o olaydan sonra başladım.

Babam Gençlik Parkı'nda, sanırım bir çay bahçesinde komi olarak çalışıyordu. Bizi köyden getirmeden önce evi, işi ayarlamıştı. Çalıştığı yerin nerede olduğunu hiç bilmiyordum, ortaokul yıllarına kadar da Gençlik Parkı'nı hiç görmedim. Bir bayram sabahı gitmiştik, bayram harçlıklarımızla. Büyük amcam da Küçükesat'ta kapıcılık yapıyordu. Onlara giderdik bazen, annem beni orada yıkardı. Ne güzel olurdu. Şırıl şırıl sıcak su akardı onların evlerinde. Köydeki ya da bizim gecekondudaki gibi soğuktan götüm donmazdı. Halam, büyük amcam ve birçok yakınımızın kaderi bezerdi. Sonra da değişmedi; bizim gibi, Çankırı, Çorum, Yozgat, Kırşehir gibi İç Anadolu şehirlerinden göçen adamların kaderi.

Eş dost vasıtasıyla bir kapıcı dairesi bulunur. Hem kapıcılık yapılır hem de baba bir lokantada garson olur. Anne ev işlerine gider. Bizim kaderimiz de farklı olmadı. Kısa süre sonra bize de bir kapıcılık bulundu. Annem ve babam çok sevindi. Ben de sevindim. Artık sıcak su için başkasına gitmeye gerek kalmamıştı.

Hayallerimiz, umutlarımız, beklentilerimizle düştük tekrar yollara. Apartmanın önüne geldiğimizde daire sahipleri pencerelerinden, balkonlarından, perdelerin arkasından bize bakıyordu. Annem ve babam eşyaları taşımaya başladı. Ben kaldırıma oturdum, annemi ve babamı izliyordum. Etrafa bakıyordum. Ne güzel, kocaman bir bahçe vardı, güller vardı, bir sürü gül ağacı. Çok sevmiştim burayı, bizim geldiğimiz gecekondu gibi değildi. İçim kıpır kıpırdı. Yeni evimizdi, Gazi Osman Paşa Ortaokulu'nun karşısındaki Arzu Apartmanı.

Ama apartmanın girişinden dört kat aşağıdaydı bizim kapıcı dairesi. Penceremiz yoktu. İçeride çok ağır bir koku vardı. Korkmuştum, bir sürü kalın boru dolaşıyordu evin içerisinde. Kömür kazanını gördüğümde yüreğim ağzıma gelmişti. Beni yutacak sanmıştım. Çatık kaşlı bir amca geldi. Yöneticimiz emekli bir albaydı. Büyük bir ciddiyetle annem ve babamla konuşuyordu. O konuşurken annem ve babam kafalarını eğmişler yere bakıyorlardı, sanki utanılacak bir iş yapmışlar, kendilerine kızan büyüklerine hesap verir gibi bir halleri vardı. Albay amca oldukça tok sesle anlatıyordu. Annem ve babam dinliyordu.

Yönetici gittikten sonra yerleşmeye başladık, birden bir zil sesi duyuldu, pano gibi bir aletten numaralar görünmeye başladı. Babam çıktı zil sesini duyunca. O zilin ne işe yaradığını, o rakamların ne olduğunu bilmiyordum. Ama eğlenceliydi. Geçerdim karşısına, hangi rakam gelecek diye beklerdim.

İlk gece gerçekten çok zor geçti. İki odamız vardı, bir de banyo tuvalet. Annem ve babam içerideki odada, ben de içinde mutfak da olan diğerinde, yer yatağında yattım. Koku çok ağırdı. Anneme ışığı kapatmamasını söyledim. Korkuyordum odanın içinde dolaşan borulardan. Bir de bir metre uzağımdaki kapının ardındaki kalorifer kazanından korkuyordum. Çok sıcaktı içerisi, terliyordum.

O gece ilk defa altıma işemişim. Annem ve babam çok şaşırmıştı. Sonraki beş altı sene sürecek altıma ıslatma seansları, o kapıcı dairesindeki kâbuslarla dolu ilk gece başladı. Sikerim sıcak suyunu, istemiyorum sıcak su da banyo da. Ebemi özledim, dedemi özledim ben! Hiç sevmedim burayı. Ağır rutubet kokusu, bir de kazandan gelen kokuyla birleşiyor, insanın genzini, gözlerini yakıyordu.

Yine de alıştık. Kokuya da, duvarlarda dönüp duran borulara da. Babamın yüzünü pek görmüyordum. Gençlik Parkı'nda garsonluğa devam ediyordu. Annem de ev işlerine gidiyordu hâlâ. Bazen beni de götürüyordu. Bozulurdu evin hanımı beni görünce. Annem yalvaran gözlerle ona bakardı. O yalvaran gözlerden bir ömür nefret ettim. Kımıldamadan saatlerce beklerdim. Bir sandalyede oturur, önüme bir şeyler verirlerse yerdim. Annemin işini bitirmesini beklerdim. Evin hanımının bir gözü bende olurdu, hiç konuşmazdı. Annem gider gelir tembih ederdi: "Kurbanın olayım yaramazlık yapma." Bir ömür nefret ettim o yalvaran gözlerden. Tam bir işkenceydi saatlerce kımıldamadan beklemek. Annemin yine bir gözü işte, bir gözü bende olurdu.

Bir süre sonra zil çalınca düşen rakamların ne işe yaradığını öğrendim. On üç daireli bir apartmandı. İhtiyacı olan daire sahipleri zile bastıklarında o rakam düşerdi. Ben koşar giderdim. O kadar zevkli oluyordu ki hangi rakam düşecek diye beklemek. Koşar, düşen numaradaki siparişleri alırdım. Sonra doğru, topuklarımı kıçıma vura vura koşarak bakkal Bekir Amca'ya. O severdi beni. Her sabah servise ben çıkmaya başladım. Bekir Amca siparişleri neredeyse boyum kadar olan bir sepete doldururdu. Ekmek, gazete... Tek tek daireleri gezerdim. Daha altı yaşındayken, apartmanın kapıcılığını ben yapıyordum. Hiç arkadaşım yoktu; tek oyunum, daire sahiplerinin çaldığı zil. Bir sandalyede saatlerce oturup annemi beklemektense dairelere servis yapmak daha eğlenceliydi. Hem bazen şeker, para ve çikolata da veriyorlardı. Sayı saymayı bilmiyordum ama dairelerin rakamlarını ezberlemiştim.

Her gece altımı ıslatıyordum artık. Babam bir muşamba almıştı, her gece annem altıma seriyordu yatak çürümesin diye. Sabah kömür, sidik ve rutubet kokusuyla uyanıyorduk. Ama şükrediyorduk. "Allah'a şükür, bugünlerimize çok şükür."

Bir gün babam yine bir kamyonla geldi, bir buzdolabı ve televizyon almıştı. Aklım fırlamıştı yerinden televizyonu görünce. Televizyon güzeldi ama buzdolabı daha güzeldi. Soğuk su içiyordum. Soğuk su ne güzeldi. O cehennem sıcağı kapıcı dairesinde içim yanarken gece açardım kapağını, lıkır lıkır içerdim. Buzdolabını ben televizyondan daha çok sevmiştim. Hayat bu... Kimisinin en güzel çocukluk hatıralarında televizyon, bilgisayar oyunları olur. Buzdolabı benim en güzel hatıramdır o yıllardan.

Annemin karnı şişmeye başladı. Kardeşin olacak dediler. Annem ve babamın keyfi yerindeydi. Bir tarafından tutunmuşlardı işte hayata. Babam Gençlik Parkı'ndaki işinden ayrıldı, annemin doğumu yaklaşınca apartmana bakmaya başladı. Baba oğul servise çıkıyorduk. Apartmanın merdivenlerini yıkıyorduk, en çok bahçeyle uğraşmayı seviyordum. Toprak kokusu ne güzeldi. Bizim köy gibi kokuyordu. Kapıcı dairesinin kokusu ne kadar kötüyse, suyla buluşan toprağın kokusu o kadar güzeldi. Bir gün beni teyzemlere bırakıp gittiler. Ertesi gün ellerinde bir başka çocukla geldiler. Kardeşim olmuştu.

Doktor Reşit Galip İlkokulu'na yazdırdılar beni. Ankara'nın en gözde mahallelerinin çocuklarının gittiği, oldukça kaliteli bir okul. İlk defa okula başladığımda anladım, biraz farklıydık, ben ve benim gibi birkaç çocuk daha. Sanki o kadar çocuk içinde metrelerce uzaktan farklı olduğumuz belli oluyordu. Kafamız üç numara tıraşlı, yüzümüzde bir yabanilik, tenimiz kavruk. Öbür çocuklar biraz daha neşeli, sağlıklı, bakımlı görünüyordu.

Okula ilk gün annem götürdü beni. Bizim apartmandaki süslü hanımlar, beyler gibi bir sürü teyze, amca, ağlayan çocuklarını teselli ediyor, gözyaşlarını siliyor, öğretmenle çocuklarının hassas oldukları konuları konuşuyorlardı. Öğretmenimiz isterlerse ilk gün çocuklarının yanında kalabileceklerini söyledi. Annem apartmana yetişmek zorundaydı. Zaten kalmasına da gerek yoktu. Değil okuldan korkmak, hoşuma bile gitmişti. Pencereleri vardı okulun ve kötü kokmuyordu.

Çok şeker bir öğretmenimiz vardı; Ayfer Türker Hanımefendi. Yaşıyorsa Allah uzun ömür versin, rahmetli olduysa toprağı bol olsun. Bizimle tek tek ilgilenirdi. Ama kafam çok karıştı sanırım okulda. Sınıftaki çocukların kalemleri silgileri, çantaları, önlükleri ve giyimleri oldukça farklıydı. Ben ve benim gibi birkaç tane daha kendini belli eden kapıcı çocuğuyla bir köşeye sinmiştik. Diğerleri birbirlerine renkli kalemlerini, kokulu silgilerini, ayakkabılarını gösterirken biz uzaktan yutkunmakla yetiniyorduk. Çocuk aklı işte, neden bizim yok diye sormak aklımıza gelmiyordu. Ama farklı olduğumuzu görüyorduk ya, yetiyordu kafamızın karışmasına.

Okulla evin arası yürüyerek yaklaşık yirmi beş dakika falan sürüyordu. İlk günden sonra annem, bizim apartmanda oturan, benden birkaç yaş büyük bir çocuğun annesine rica etti beraber gitsinler diye. Bir gün onunla gittim, çocuk bir kelime bile konuşmadı. Okul çıkışında onu aradım, bulamadım. Beni beklemeden çekmiş gitmiş. Öylece bekledim bir süre, sonra kendim döndüm. Ertesi sabah çocuğun kapısını çaldım, annesi gittiğini söyledi. Kendim çıktım yola, okula giden çocukları takip ederek buldum okulu. Annem epey bir süre birlikte gidip geldiğimi sandı. Birçok olayı kendime göre yorumlamaya çalışıyordum. Bir şeylerin yanlış olduğu her halinden belliydi. Bir soğukluk vardı, bir ayrımcılık. Çocuk milleti dünyanın en acımasız yaratığı. İnsaf, merhamet duyguları hiçbir zaman olmaz bir çocukta.

Doğan Bey vardı. Dört numaralı dairede oturuyordu, ağır bir abi. Yaz kış demeden açar rakısını oturur balkonuna demlenirdi. Çok severdim Doğan Amca'yı, bana harçlık verirdi. Eksiği gediği bitmez, fındığı biter, rakısı biter, mezesi biter, meyvesi biter. Ben gider alırdım. Birkaç defa bize gelmişti. Babamın ve annemin eli ayağına dolaşmıştı; kolay mı koskoca daire sahibi, kapıcının evine oturmaya geliyor. Babamla epey muhabbet ettiler. Bir süre sonra babam, Türkiye Kömür İşletmeleri'nde odacı olarak işe başladı. Doğan Amca torpil yaptırmış. Bizim oraların adamının tek hayalidir, bir devlet dairesine kapağı atmak. "Devlete verdin mi sırtını, gerisinden korkma. Devlet baba yarı yolda bırakmaz adamı." Böyle düşünürler... Babamın çok komik kravatları vardı, kocaman kocaman. Nasıl özenirdi kendisine, takım elbisesi vardı iki tane; biri biraz dar, biri biraz bol. Apartmanda duyulunca babamın devlet dairesine başladığı, daire sahipleri eski takım elbiselerini vermişti. Annem ve babam, Doğan Amca'ya çok dualar ettiler. Köyden gelen tereyağı, bal, katık, çökelek, tarhana götürdüler teşekkür etmek için.

Büyük amcam The Marmara Oteli'nde garson olarak çalışıyordu. Hafta sonları düğün, toplantı, balo gibi büyük organizasyonlarda ekstra garson, komi, bulaşıkçı lazım olduğunda babamı çağırıyordu. Babam bazen hafta içi daireden çıktıktan sonra hiç eve uğramadan, amcamın yanına gider, sabaha karşı gelir, birkaç saat uyuduktan sonra tekrar daireye giderdi. Çoğu zaman göremezdim yüzünü. Annem apartmanın sabah servisinden sonra ev işlerine gider, ben okuldan geldiğimde bazen kardeşime bakar ya da apartmanın servisine çıkardım. Hayat denilen kahpenin bir taraftan yakasına yapışmıştık.

Oldukça çelimsiz bir çocuktum. Tığ gibi bacaklarım, incecik bileklerim vardı. Kardeşim de benim gibiydi. Birkaç defa havale geçirdi. Çocuk zaten kalorifer sesinden çok korkuyordu. Sapsarı yüzü, korkudan dehşet içinde bakan gözleri... Kalorifer gürüldemeye başlayınca ikimiz de yerimizden sıçrardık. Annem bizi doktora götürdü. Önce bana sonra kardeşime baktı doktor amca kaşları çatıktı. Bana sert bir biçimde, "öksür, nefes al, nefes ver" komutları verdi. Buz gibi soğuk bir aleti sırtıma yapıştırdı. Ne derse yaptım. Korkmuştum bu amcadan. Muayenemiz bitince doktor elini masaya vurdu. Kızıyordu anneme. "Olmaz ki hanım. Ne bu çocukların hali" diye bağırıyordu. Annemin gözleri ıslandı, yere bakıyordu yine, ben onları izliyordum. Doktor bağırınca zaten her sesten korkan kardeşim ağlamaya başladı. Dal gibi titrerdi. Annem bir taraftan kardeşime sarılıyor, bir yandan yemenisinin ucuyla gözlerini siliyordu. Dışarı çıktığımızda ilk defa lanet okudu kadere. Kardeşim kucağında, benim elimden tutmuş, gözleri yaş içinde kendi kendine söyleniyordu. Kardeşimin ve benim karnımda kurt varmış. Kurt dökücü ilaç vermiş doktor. Bol bol meyve, et, sebze, bal gibi kuvvetli yiyecekler yememiz gerekirmiş. Vücut temizliği çok önemliymiş. Güneş görmemiz gerekirmiş. Bunları söylemişti doktor. Neredeyse küfür eder gibi annemin anneliğini sorgulamıştı. Bakamıyorsanız niye çocuk yapıyorsunuz, gibilerinden.

Bakmayın Yeşilçam'ın uyanık kapıcı tiplerine. Kapıcılık, sefillik böyle bir şeydi. Babam ilaçlarımızı aldı. Biraz süt, yumurta, bal, pekmez, meyve sebze getirdi o akşam. Bir de elinde kocaman bir paket vardı, ucundan kan damlayan. Et ve Balık Kurumu'ndan bir tane öküz kellesi almış. Birkaç tane dalak, biraz ciğer. Öküz kellesi kocamandı. Derisi sıyrılmış. "Etlerini ayır, kavur çocuklar yesin" dedi babam. Benim saçımı okşadı, kardeşimi öptü. Bir sigara yaktı. Ben anneme bakıyordum, annem babama bakıyordu. Derisi yüzülmüş, gözlerinin kenarından kan akan kelle sanki halimize gülüyordu. Dilini de dışarı çıkarmış. Acayip bir sahneydi. Dairenin servisinde gelirken, sanırım aracın içine kan damlamış paketten, şoför bağırıp çağırmış. Çevresindeki mesai arkadaşları da babama gülmüşler. Adamın zoruna gitmiş. Gider tabii. Elinde kocaman kelle, komik kravatı, dar takım elbisesiyle oldukça komik olsa gerek. "Boşver, çocuklar biraz et görsün" dedi annem. Kellenin üzerindeki etleri bıçakla sıyırırken ağlıyordu.

Hastaneye gittiğimiz için okula gidememiştim, ertesi gün öğretmen neyim olduğunu sordu. Saf saf "karnımızda kurt varmış öğretmenim" dedim. Bana baktı, "sıranı değiştirelim senin" dedi. Boyum kısaydı ama beni en arka sıraya gönderdi. Bir süre tek başıma bu sırada kalmamı söyledi. Elinde bir kalem aldı saçlarıma baktı, sanırım bit kontrolü yapıyordu. "Çantanı kitaplarını topla" dedi. Tüm sınıf bana bakıyordu. Beni eve gönderdi sonra. Evin yolunu okul çıkışında çocukları takip ederek buluyordum. Yolu bilmiyordum ama öğretmene söylemedim. Sınıftan çıktıktan sonra okulun karşısındaki kaldırıma oturup çocukların dağılmasını bekledim saatlerce. Okul dağılınca çocukların peşine takılıp döndüm eve. Birkaç gün okula gitmedim. Öğretmen, diğer çocuklara bulaşabilir demiş.

Apartmandaki dairelerden yaşıtlarımın elbiseleri gelirdi. Pek eski değillerdi. Çocuk aklı işte. Sevinirdim. Annem gelirdi elleri, ayakları su içinde titreyerek ev hizmetçiliğinden. Bakardım ne getirmiş diye. Gömlek, ayakkabı, pantolon. Kimisi tam olurdu. Kimisi dar gelirdi. Babam gelirdi, ayakları şişmiş bir halde. Kocaman çiçekler getirirdi. Oteldeki toplantılar, düğünlerden kalan çiçeklerdi bunlar. Hayat ne kadar garip. Lağım faresi gibi yaşadığımız kapıcı dairesinde orkide. Okula götürür, öğretmenime verirdim çiçekleri.

Büyüklerimiz kader diyordu. Bu bize dayatılan kaderin adaletsizliğinden ve vicdansızlığından korkuyorduk. Ama şükrediyorduk. "Bugünümüze de şükür." Zaten şükretmekten başka neyimiz vardı. Birkaç sene böyle geçti. Köy boşalıyordu. Sadece bizim köy değil, İç Anadolu boşalıyordu. Sırtına heybesini yükleyen insanlar Ankara'ya, İstanbul'a göç ediyorlardı. Her yeni gelen, kendisini keskin kuralları olan bir hayat mücadelesinin içinde buluyordu.

Kafamız gerçekten çok karışıktı. Bir şeyler yanlıştı. Adaletsizdi ve bize dayatılmıştı. Bize dayatılan değerlerle ekranda gördüklerimiz çok farklı şeylerdi. Kabullenmişlik vardı. Ama ekranda gördüğümüz şen şakrak insanların kaderi neden bizim gibi değildi? Yine de daha erkendi bu soruları sormak için.

Apartmanın karşısındaki Gazi Osman Paşa Okulu'nda her gün kavga çıkıyordu. Yeşil parkalı adamlar birbirlerine saldırıyordu. Mahallede bir abi vardı. Boyayla durmadan apartmanların duvarlarına dev'li, devrim'li şeyler yazardı. Yönetici amca da anneme kızardı niye yazdırıyorsun bunları diye. Koca koca adamlar milletin gözünün içine bakarak duvarlara sloganlar yazardı, kimse ağzını açıp bir kelime edemezken, annemin kadın haliyle apartmanın duvarını korumasını istiyorlardı, anarşik goministlerden. Onlar yazardı, annem temizlerdi. Bir gün annem patladı, kadın cinnet getirdi. Deli damarı vardır anamın, kuyruğuna basılmaya gelmez. Neredeyse yaka paça kavga etti kendi deyimiyle gomisint deli ile. Bağırdı çağırdı ağladı. Bir daha gelmediler bizim apartmanı boyamaya. Bir kadından korkacak halleri yoktu ama "tamam abla, kusura bakma" deyip gittiler.

Annem ilkokul zamanlarımda ev işlerine gitti hep. Aşağıdan bakılınca zor görülürdü cam silerken. Küçükken pek anlamazdım ama ileriki zamanlarda yüreğim ağzıma gelirdi düşecek diye. Şalvarı vardı. Bir de oyalı yazma takardı başına. Haftalık çağıran hanımları pek severdi annem, hem yevmiye uygun olurdu hem fazla kirlenmeden temizlenirdi. Kimisi ayda bir defa çağırırdı, ev bok çukuruna döndüğünde annem gider temizlerdi, bok yıkardı. Boka bakar gibi bakarlardı kimi zaman anneme. Yazın neyse de kışın titreyerek gelirdi, donardı elleri ayakları. Sanırım; son zamanlarda başına musallat olan kemik erimesinin nedeni bu. Ne yapalım, kader deriz geçeriz.

Evinize temizliğe gelen kadınlara kızmayın; yanlışlıkla odanıza girerlerse, eşyalarınız yerini değiştirirlerse, temizliği ara sıra düzgün yapmazlarsa kızmayın. Bazen yanlarında küçük çocuklarını getirmek zorunda kalabilirler; idare edin, çocuklarınızın oyuncaklarıyla oynamasına izin verin. Böyle hikâyeleri olan onlarca insan tanıyorum. Çalmadan, çırpmadan, bozmadan, kırmadan hayat mücadelesi veren insanlar; benim annem babam sadece bir damla bu deryada.

Masal böyle başlamıştı. Kafamız karışıktı, çok karışıktı ve çokbilmiş hanımlar, beyler kafamızı karıştırmak için sanki özel bir çaba harcıyordu. Büyükşehre yeni uyum sağlamaya çalışan varoşların başına bela olan kadın türü: Hiç anne olmamış, bir çocuk yetiştirip ortalığa salmamış ama çocuk yetiştirme konusunda ahkâm kesen killi tipler. Her boku kendisi biliyor; çocuk beslenmesi, gelişimi, psikolojisi, bezi, boku püsürü, her kulvarda bu tür ablalar yüzüyor. Sanırsın İsveç'te yaşıyoruz.

Bir gün, öğle vakti annem yakaladı beni.

"Hadi eve gidiyoruz."

"Niye?"

"Dört numaradaki Müjde Hanım dedi, senin yaşındaki çocukların bu saatte öğle uykusu uyuması lazımmış."

Her gün aynı ıstırap. Annem sokakta beni yakalayıp, dövüp yatırıyor. Uyku falan hak getire. Sokakta oynayacak günümüz piç oluyor sadece.

Birkaç hafta sonra, annem almış eline acayip bir şişe.

"Gel buraya."

"O ne?"

"Balık yağı. Altı numaradaki Hatice Hanım verdi. Senin yaşındaki çocuklara çok faydalıymış."

Başka bir gün, saat daha sekiz. Televizyon seyrediyoruz.

"Hadi yat uyu."

"Niye?"

"Yan taraftaki Aysun Hanım dedi. Senin erken uyuman lazımmış."

Böyle bir kültür vardı. Bu kültür yozlaşmaya, patlamaya mahkûmdu. Biz daha kendi kurallarımızı koyamamışken bize dayatılanlarla boğuşmaya başlamıştık. Karışık olan kafamız iyice karıştı. Biz daha kendi gerçeklerimizle yaşamayı öğrenmeden, kültürlü şeherli beylerin ve hanımların gerçeklerini öğrenmeye zorlanıyorduk.

Apaçi/arabesk/zonta/hırbo/kıro diye yapıştırılan etiketleri hak edecek pek bir şey yapmamıştı aslında köyünü, tarlasını, öküzünü memleketlerinde bırakıp gelen insanlar. Hayatın bir tarafından tutunmaktı amaçları. Ne bıyıklarına, ne şalvarlarına, ne kaldırım kenarlarında piknik yapmalarına saygı gösterildi. Onlara bol bol akıl verildi. Sadece yapmaları gerekenler söylendi. İmkânları hiçbir zaman sorgulanmadı. Onlar da kendi imkânlarıyla onlara akıl veren büyük hanım ve beylerin seviyesine çıkmak için iki arada bir derede kendilerine bir stil yarattılar. Absürt ve komik sayılabilecek bir yaşam tarzı benimsediler.

Günler geçiyordu... Sonra bir gün sevinçle uyandık. 12 Eylül Askeri Darbesi olmuştu. Babam, annem, apartmandakiler ve ben çok sevinmiştik. Ama 12 Eylül ertesinde bir anda her şey değişti, sokağa çıkma yasakları başladı, sıkıyönetim zamanları. Köyden dedem gelmişti, sepetle yumurta göndermiş biri, kasabadan bir akrabasına, samanların içinden iki tane tabanca çıkmış. Polisler yakalamış dedemi. İki gün sorgulandı yaşlı adam. Bir şey yapmadılar, silahları gönderen adamı sormuşlar bol bol. Dedem köye döndü, bir daha da kolay kolay gelmedi Ankara'ya.

Anneannemler Türközü'nde oturuyorlardı, bir gecekonduda. Bir gün annem bizi de aldı, koşarcasına anneanneme gittik. Hemen hemen her evin bahçesinde duman tütüyordu, dayımın koca koca, kalın kalın bir sürü kitabı vardı. Anneannem bir salça kazanı kurmuş, teyzelerim ve annemle dayımın kitaplarını yakıyordu. Çamaşır kazanları kaynıyordu, salça kazanları kaynıyordu evlerin bahçesinde. İnsanlar evlerinde yazılı, basılı ne varsa yakıyorlardı. Bir tedirginlik, bir korku sarmıştı her tarafı. Kimse konuşmuyor. Kimi dizini dövüyor, kimi uzaklara bakıp iç geçiriyor. Tüm gün kazanlar kaynadı. Dayımın gözü gibi baktığı kitaplar kül oluyordu.

12 Eylül'le ilgili en iyi hatırladığım, haberlerde durmadan bir anarşik yakalanıyordu; terör örgütü, örgütsel doküman, Dev-Sol, Dev-Genç gibi sözler artık kafama işlenmişti. Haberleri hiç sevmezdim ama evde pür dikkat dinlenirdi. Son haber hep bir tane Kurtuluş gazisinin vefatı olur, biraz önce anarşik goministlere beddualar eden ev ahalisi rahmet okurdu, o resmi gösterilen dedelere. Ben bu anarşikleri de hiç sevmezdim. Yıllar sonra hayatım, bu adamlarla dünyanın bir köşesinde kesiştiğinde daha iyi anlayacaktım o günleri, o acımasız zalim günleri. Bana bir oyun gibi gelen o günlerin birçok insanın hayatının kapkaranlık bir görüntüsü olduğu, yıllar sonra, kuru bir dal gibi savrulurken hayatımın en acımasız yüzleşmelerinden biri olacaktı.

12 Eylül'ün hemen ertesinde... Bu ülke insanına dayatılan arabesk kültürünün tek eğlence olduğu yıllar. Ferdi, Orhan, Müslüm nağmelerinde ağlayarak, hayatı sorgulamak yerine dayatılan sefilliğe arabesk nağmelerle avunma kültürünün en yoğun yaşandığı yıllar... Birden bire Turgut Özal gerçeği oluştu. Çok hızlı bir biçimde değişmeye başladı her şey. Eğlence anlayışı bir anda farklı bir kulvarda vücut buldu. Tek eğlencesi televizyon olan bir ülke insanı. Ülke insanı olup da ülkeyi temsil etmeyen, kıro, apaçi, köylü, görgüsüz gibi isim-

lerle anılan, karşı karşıya geldiğinizde yolunuzu değiştirdiğiniz, bu ülkeye ait olmayan, kabul görmeyen çoğunluk...

Özel televizyonlar geldi. Bir anda koskoca ülkenin eğlence anlayışı değişti. Reklamlar dönmeye başladı. "Muahh muhahhh... ooo liii kuppırrrr" diye bağırmaya başlamıştık kalçalarımızı sallayarak. Hiçbir zaman Lee Cooper giyemedik ama reklamları çıkınca sevinirdik. Böyle bir nesil oluşmaya başladı. Kafası karışık, imkânları kısıtlı, beklentileri yüksek.

Bu gelişmelere, değişen hayat tarzına Yeşilçam da ayak uydurdu, gaz vermeye başladı. Fakir, saf, ezilmiş, hep örselenmiş kahramanların bir anda hayatlarının nasıl değiştiğine şahit olduk. Kimi zaman Küçük Emrah'a yapılan haksızlıklara ağladık, bazen Küçük Ceylan'ın parayı bulunca annesine kavuşmasını seyrettik. Sevinç gözyaşlarıyla, İnek Şaban abimizin o saf halleriyle kötü kalpli zenginleri nasıl dize getirdiğini seyrettik, Kemal Sunal son tokadı koyunca pis ve zalim, kötü kalpli zengin fabrikatöre, alkışlardık. Kahvehanelerin içindeki videolarda, Bruce Lee abimizin gazına gelip mumcukalar yaptık.

Kafası çok karışık bir nesil yetişiyordu. O kadar çabuk değişiyordu ki... Bir geçiş süreci olmadı. Filmler değişiyordu, reklamlar değişiyordu, saç modelleri değişiyordu. Memleket değişiyordu. Konuşmalarımız değişiyordu. Anneme bir defa "herıld yani moruk" demiştim. Kadın ağlamıştı, bizim oralarda moruk çok ağır bir laftır. Sitem etmişti garibim. Babama söyleseydi eminim kafamı kırardı bu hakaret için. Ama televizyonda herkes birbirine "herıld yani moruk" diyordu.

Evet kafamız çok karışmıştı. Anası kapıcı, hizmetçi; babası hamal, bulaşıkçı, garson. Oğlu Kara Şimşek şoförü olma derdinde. Kızın hayalleri başka yerde. 80'li yılların sonunda, bizim gibi köyden kente göçenlerin yaşadıklarını hiçbir zaman sorgulamadılar. Hoş, kendimiz bile sorgulamadık. Köyden kente göçen kadınlar ciddi anlamda, Küçük Emrah'ın çileli annesi, Küçük Emrah'ın kötü yola düşen kız kardeşi ve yine Küçük Emrah'ın kavuşamadığı sevdalısı aslında. Bugün gülüyoruz ama o yıllarda kurallar böyleydi.

Rahmetli Duygu Asena, "Kadının Adı Yok" demişti... Aslında vardı. İç Anadolu'da, köy yerinde erkek evlat kıymetlidir. Ona güzel isimler koyulur. Kahraman olur, Metin olur, Ali olur. Murat olur, o babasının muradıdır. İlk çocuğun kız olması bir yere kadar kabul edilebilir. İsimleri "gül" ile başlar ya da sonu "nur" ile biter. Gülbahar, İlknur en çok tercih edilen isimlerdir. İlk kız çocuk babanın gül'ü ya da nur'u olur. Ona gönülden kopan isimler verilir. İkinci çocuğun kız olması, bir yere kadar idare edilebilir. Fazla anlamları olmayan, yörenin kendisine göre, fazla dikkat çekmeyecek isimler konulur. Üçüncü çocuğun kız olması demek, artık Allah'a sitem göndermenin başlangıcıdır. Allah'a kolay kolay isyan edilmez, hafif bir sitem gönderilir. Songül, Yeter, Sonnur gibi. Artık son olması istenir. Dördüncü ve sonrasında gelen her kız çocuğu, erkek isimleriyle adlandırılır. Yaşar, İsmet bile olur. Bir sonraki çocuğun erkek olması için, kız çocuklarına adak adar gibi erkek isimleri konulur. Duygu Asena yanılıyordu, kadının adı var aslında. Kadının adı daha doğduğunda konuluyordu. Kaderi adına göre çiziliyordu.

Büyük şehirlere gelen kızların birçoğu büyük şehrin ışıltılarını gördükten sonra kendilerine yeni isimler koymaya başladı. Okulda, işyerinde, arkadaşlarının yanında kendi isimlerinden utanç duyan kızlar, televizyonlarda gördükleri artistler başta olmak üzere, kafalarına göre isimlerle anılmak istediler. İlk isyanlar böyle başladı sanırım. Evinde Döne/Döndü/Yeter diye çağrılan kızlar, okulda ya da sokakta kendilerine Ahu/Serpil/Serap denilmesini istediler. Televizyon denilen kahpe icat çok kişinin hayata bakış açısını değiştirdi.

Devlet destekli TRT halka nasıl eğlenmesi gerektiğini söylüyordu. İnsanların tek eğlencesi televizyon, daracık dünyalarında olmayan soru işaretlerini kafalarına bir çivi gibi çaktı. Bir sürü haber programı olurdu. Polis baskın yapardı, evden kaçmış kızların takıldıkları günah yuvalarının görüntüleri durmadan, bıkmadan, usanmadan gösterilirdi. Çocuktum; ağzımız bir karış açık seyrederdik, barların, diskoların, çay bahçelerinin bile ne kadar tehlikeli olduğunu... Baskınlar yapılırdı, diskolardaki genç kızlar kötü yola düşmekten son anda kurtulurdu. Korkardık. Öyle bir dayatma vardı ki; kimse çoluğunu çocuğunu kolay kolay dışarı çıkarmazdı.

Yeşilçam da boş durmadı. Kızlar her zaman bir hedefti, tecavüzcülerin, hapçıların, kötü adamların beklediği bir avdı. Bu yayınlar epey sürdü sanırım. Evden kaçıp kötü yola düşen kızların, neden evden kaçtıkları ve bu yolu seçtikleri hiçbir zaman sorgulanmadı ama ibret olması için düştükleri bataklıktaki perişan halleri her zaman gözümüze sokuldu.

Özel televizyonlar, devlet televizyonuna inat, dışarıdaki renkli hayatı sundu. Bir kanalda evden kaçıp geneleve düşen bir kızın dramını seyrederken ya da pis bir gülümsemeyle kızımızı kötü yola düşürmek için planlar kuran kötü adamlara beddualar ederken; öbür kanalda, ışıl ışıl hayat hikâyeleri vardı. Perma saçlarıyla, ünlü olmuş, film artisti olmuş, kaset çıkarmış, imrenilen kişilerin yaşadıkları, anlattıkları filmleri ağzımız sulanarak izlerdik.

Apaçi kültürüne ilk tepki Grup Vitamin'den geldi o zamanlar. Donuyla plaja girenler, disko ve barların güzel ortamlarını bok edenler için laf giydirmeler... Tamam, bu insanlar belki bu ülkeye yakışmıyordu ama bu insanları hiç tanımadan, anlamadan, imkânları sınanmadan onlara dayatılan kurallar vardı. Bu kuralları yine çok okumuş hanımlar ve beyler koyuyordu ve kuralları koyanlar oyunu kuralına göre oynamıyordu. Kurallara uymaya çalışan apaçiler tepki alıyordu saçmaladıkları için. Kuralları sikine takmayanlar çağın gerisinde kalmış sayılıyordu. Yeni nesil, bu kafa karışıklığının, ikiliğin içinde anne babalarından tepki alıyordu. Yozlaşmışlık burada başlıyordu. 80'li yılların sonunda. Apaçiler aslında kendi halinde takılan insanlardı. Pek kimseye zararları olmazdı. Orhan, Ferdi, Müslüm dinlerler, Neşet Ertaş'ı sahipsiz bırakmazlardı. Pop kültürü patlayınca belki hepsinden vazgeçtiler ama Neşet Ertaş hiçbir zaman unutulmadı.

İşin komik tarafı, daha on beş sene önce apaçi olarak nitelendirilen adamların Müslüm babasına, Neşet Ertaş'ına, Orhan abisine, tecavüzcü Coşkun'una bugün herkes sahip çıkmakta. İşin acı tarafıysa, bu insanların kendilerine yarattıkları hayat tarzı utanılacak bir yavşaklık olarak görülmekte, çok bilmiş beyler ve hanımlar tarafından. Kafalarına göre utanılacak şeyler bulmak kolay görkemli plazalarda, şekilli ofis odalarında. Bu ülkenin insanından utanan yavşaklar bittiğinde, bu ülke daha yaşanır olacak.

Çelişkiler ülkesiyiz. Şimdi ürettiğimiz ve hemen tükettiğimiz birçok değer o apaçi kesimin kendi gerçek değerleriydi. O bile çok görüldü. Müslüm babaya Ortaçgil şarkıları söyletildi. Neşet Ertaş rant malzemesi oldu. Orhan Gencebay yarışma jürisi olarak sevildi. Asıl apaçi kim acaba? Bunu sormak gerek. Önyargıları bir kenara bırakmak lazım önce...

Askeri darbe ertesinde Ankara The Marmara Oteli kapatıldı. Amcam, çok iyi sayılabilecek bir tazminat alarak Ankara Sürmeli Oteli'ne geçti. Peşinden babam Ankara Sürmeli'ye geceleri ekstra garson olarak gitmeye başladı. Sonra Kurtuluş Parkı buz pateni tesisleri, Best Hotel gibi birçok otele eleman bulmak için kendi ekibini kurdu. Düğün, toplantı, balo gibi fazla personel ihtiyacı olan otellere adam göndermeye başladı.

Babam birçok adamı iş sahibi yapmıştır, maaşı yetmeyen, ek gelir isteyen yüz üzeri adam babamla çalıştı. Tezgâhı oldukça iyiydi; yorucu, çok yıpratıcı olmasına rağmen çok güzel para kazanıyordu. Annem bir taraftan, babam bir taraftan, bize bir gelecek sağlama telaşında, köpekler gibi koşturuyorlardı.

Okulu çok seviyordum ve kitaplara sarmıştım kafayı. Fasikül olarak Gençlik Ansiklopedisi, Hayvanlar Ansiklopedisi ve Harikalar Ansiklopedisi biriktiriyordum. Daha ilkokul 4. sınıf öğrencisiydim, ansiklopedi okuyordum. Kafamı kaldırmazdım kitaplardan, apartman yöneticisi albay amca fasikül fasikül biriktirdiğim ansiklopedilerini alıp ciltlettirmişti. Bana bir sürü kalın kalın kitap vermişti.

Babamla konuşmuş, bu yaşta bu kadar kitaplara düşkün bir çocuk okur, okutun bu çocuğu diyerek tembihlemiş. Babamın bana bakışı çok değişmişti ondan sonra. Apartmandaki bir sürü daire sahibi birçok kitap verdi. Hayatımın bir parçası olacak Gırgır ve Fırt dergisi ile tanıştım. Küçükesat Merkez Camii'nin tam önünde bir gazete bayisi vardı, şimdilerde otobüs durağı sanırım, oraya gider dergiler, mecmualar, ansiklopedi fasikülleri, mizah dergilerine bakar, babamdan para isterdim. Hiçbir zaman yok demedi babam. Albay amca ve apartmanın gazıyla bana dayadı sırtını. "Okutacağım seni... Sen ırgat olma, bey ol, adam ol. Okuyacaksın sen, büyük adam olacaksın..." diyordu. Okulda öğretmenim, apartmanda daire sahipleri durmadan babama gaz verdiler, akıl verdiler. Annemin gözleri yaşarırdı, ben saatlerce kafamı kitaplara, ansiklopedilere gömdükçe babam beni seyreder, dalar giderdi.

Annem birkaç öğretmenden rica etti bana ders vermeleri için. Apartmanda üniversitede okuyan ablalar falan vardı. Onlar bana ders vermeye başladı. Karşılığında annem de evlerini temizliyordu. Artık annem babam bana karşı oldukça yufka yürekli, bir dediğimi iki etmeyen bir havaya büründüler. Okuyacak bu çocuk. Adam olacak. "Okusun benim oğlum, helali hoş olsun, bok temizlerim, kusmuk temizlerim, sen yeter ki oku" derdi anam, yüzüme farklı bakmaya başlamıştı babam.

Çocukluğumun bazı karelerini dün gibi hatırlıyorum; hayatıma yön veren anları... On yaşındaydım. Apartman yöneticisi emekli albayın torununun doğum günü partisi vardı. Anneme söylemiş, "Senin çocuk da gelsin, eğlenir yaşıtlarıyla". Bilmezdik böyle sosyetik işleri, gitmek istemedim. Bir eziklik, dışlanmışlık vardı. Annem bir kurşun kalem almış, paket yaptırmış, tutuşturdu elime. Güzelce giydirdi, saçlarımı taradı. İlk defa bir daire sahibinin evine, annemle temizlik ya da servis dışında gidiyordum. Kapıyı çaldım, bir teyze açtı. Şaşırdı beni görünce, zorla gülümsedi, "Ne istiyorsun?" gibilerden baktı. Kafamı yere eğmişim, ne diyeceğimi de şaşırdım. Kadın da şaşırmıştı, albay amcanın geliniydi sanırım. Bir süre bekledim. Kaçmak istiyordum ama sanki mıhlanıp kalmıştım. İçeriden sesler geliyordu, çocuklar kafalarına külahlar takmış, düdük falan öttürüyorlardı. Kahkaha sesleri, çocukların çığlıkları geliyordu. Elimde bir kurşun kalemle öylece yere bakıyordum. Nice sonra "gel evladım" dedi, içeri aldı. Yaşıtım çocuklar, anneleri, yönetici amca, içerisi kalabalıktı. Bana baktılar. Bir sessizlik oldu, koşuşturan çocuklar birden durdu. Sanki zaman durdu. Ne yapacağımı şaşırmıştım. Kurşun kalemi doğum günü olan kızın annesine uzattım. Yüzüme baktı.

"Sen köşeye otur, pasta, gazoz vereyim."

Sindim bir köşeye. Çığlıklar atarak hoplayıp zıplayan yaşıtlarımı seyretme başladım. Pek eğlenceli değildi. Bir dilim pasta ve gazoz getirdiler önüme. Dokunmaya korktum. Beni pek ipleyen yoktu. Ait değildim buraya. Çok eğreti duruyordum. Kalktım. "Nereye gidiyorsun?" diye soran da olmadı.

On yaşındaydım. Bu sikko doğum günü partisi hayatı sorgulamama vesile olmuştur. Bir daha zaten hiçbir zaman katılmadım böyle denyo işlere. Büyüklerimize inat, biz çocuklar hayatı sorgulamaya başladık. Ana babamızın kendilerine bile sormaya cesaret edemedikleri soruları biz birbirimize sormaya başladık. "Biz neden yaşayamıyoruz o televizyonda gördüğümüz hayatı? Bizim neden yarasa kollu montlarımız yok?" Bu soruların altında başladı ilk apaçi gerçeği.

Birçok kişi için 80'li ve 90'lı yıllar kayıp bir kuşaktır. Asosyal yetişmiş, saçma sapan giyinmiş, apaçi kültürünün altyapısını hazırlamış bir kuşak. Bana göre hiç öyle olmadı. Çok sorguladık biz hayatı, en azından günümüz gençliği gibi kavgalarımızı, karı kız işlerimizi, eğlencemizi sanal âlemlerde yapay bir keyifle değil de sokaklarda yaşadık. Cevabını merak ettiğimiz soruları Google'a sormadık. Yaşayarak, hissederek, dokunarak, hazmederek öğrendik. Ellerimizi yakarak, kafamızı kırarak. Sormak istediklerimizi sokaklara sorduk. Aldığımız cevaplar bazen çok keyifli oldu, bazen acı oldu, ama gerçekti. Bizim gerçeklerimizdi. Varoşların, gecekondunun, kapıcı dairelerinin çocukları ana ve babalarına dayatılmış gerçekleri kabul etmedi. Kısa yoldan hayata atılmak, köşeyi dönmek, bu sefaletten kurtulmak için kabuk değiştirmeye başladı. Zaten doğrusu da buydu.

80'li ve 90'lı yıllarda bu zamanki mafya kültürü, ağalık kültürüyle yoğrulmuş diziler yoktu. Bize dayatılan "Engin Koç" gibi mankenlerin üzerinde vücut bulan, hayatı sikerek yaşayan Yeşilçam yakışıklılarının renkli dünyaları vardı. Böyle bir ruh haliyle giderdik okula. Uçurumlar o kadar yüksekti ki insanlar arasında, televizyonlardaki o renkli dünyanın içinde yaşayanları gördükçe içiniz yanardı.

"Oku" derdi annem, "Sen oku, ben bok temizlerim. Kurbanın olayım, sen yeter ki oku." Ben sabah okula giderken annem Küçükesat'a çıkan yokuşu tırmanırdı. İçim daralırdı, deli olurdum. Öyle Yeşilçam karakterleri gibi güle oynaya, şen şakrak bir müzik eşliğinde çıkmazdı o yokuşu. Kahrederdim, bakardım arkasından. Başımı öne eğerdim. Omuzlarımda bir ağırlık, içimde bir sıkıntı.

Annemin ev işlerine gittiği bir öğretmen hanım vardı. Bana ders çalıştırırdı hafta sonları. Korkardım gitmeye. O kadar güzeldi ki evi, pencereleri vardı. Bana ders çalıştırır, iyilik yapardı ve bu iyiliğine karşılık annem de evini daha iyi temizlerdi. Bol bol nasihat verirdi bana ve anneme. Bir gün sormuştu "Büyünce ne olacaksın?" diye. Bu soruyu çok sormuşlardı okulda da. Kimisi pilot, doktor, öğretmen, hemşire, daha uçuk kaçık olanlar astronot olmak isterdi. "Kara Şimşek" şoförü olmayı isteyenler de vardı. Ben ne olacağımı bilmiyordum. "Bilmiyorum" dediğimde yüzüme bakardı öğretmenim. Aynı soru yine sorulmuştu. "Bilmiyorum" dedim. "Evladım nasıl bilmiyorsun, büyüyünce ne olacaksın?" Çok istedim söylemeyi. "Ne olacağımı bilmiyorum da, ne olmayacağımı iyi biliyorum: Kapıcı olmayacağım."

Köy yerinde köpek yavrularını iki şekilde yetiştirirlerdi. Kırma olanlarını kapıya bağlarlar, pek bir beklentileri olmazdı onlardan. Önüne ne atarsan onu yer. Kapısında köpek bağlı olmayan evin dumanı tütmez, kapıya bağlanan köpek zaten göt kadar köyde tanır herkesi. Önüne ekmek atan kim olursa olsun kuyruk sallar kapı köpeği. Pek düşünmez sonrasını. Eşekle, tavukla, koyunla bile arkadaş olur. Kapıya bağlanan köpekler çocukların eğlencesidir. Bir de; kulakları kesilip, boynuna kalın zincir geçirilerek karanlık bir köşede yetiştirilen köpekler vardır. Bu köpeklerle sadece çoban ilgilenir. Çiğ et pek verilmez, çiğ et köpeği çıldırtır; çok tehlikelidir köpeği çiğ ete alıştırmak. Kan tadına alışırsa kimseyi gözü görmez. Bir karanlık köşede, ileride ömrünü geçireceği çobandan başkasını görmeden bekler. Vahşi sayılabilecek bir disiplinle büyür. Hayata böyle hazırlanır. Biz de böyle karanlık bir köşede, başımızda çoban olmadan büyüyorduk. Kafamız çok karışıktı ama iyi kötü geçiyordu hayat işte, karanlık bir köşede. Vahşi bir köpek gibi büyüyordum. Ağzıma çiğ et değdiğinde çıldıracaktım sanırım.

Apartmanın önünde bir arsa vardı (şimdi yok), yaşıtım veletler orada oynuyor. Kaykay, paten falan. Lan biz ömrümüzde görmemişiz böyle oyuncaklar. Köyde bizim tek eğlencemiz; ya birbirimizin kafasını yarardık ya da sikimizin boyunu ölçerdik. Köy hayatının verdiği yabanilik var. Bir de üzerimizde apartman sakinlerinin bize verdiği eski elbiseler. Daire sahibi yaşıtım çocuklar beni ve küçük kardeşimi görünce, cüzzamlı görmüş gibi oluyordu. Kapıcı çocuğuyuz ya. Yaş biraz ilerledi; insanın zoruna gidiyor lan. İbnenin evlatları seni yanına bile yaklaştırmıyor, üzerindeki elbiselere bakıp dalga geçiyor. Biz çevre apartmanın kapıcı çocuklarıyla takılıyoruz. Dizimizde yaralarımız, burnumuzda bir kilo sümük. Apartmandakilerin verdiği üzerime uyan elbiseleri bile giymiyorum artık. Üzerimde apartmandan gelen bir pantolon ya da gömlek olduğu zaman sanki beni suçlarcasına bakıyor yaşıtım çocuklar. Bir tanesi ayakkabılarını görmüştü, ortalığı yıkmıştı piç kurusu... Annesine bağırmış, ağlamış, yerlere yatmıştı karşımda. Annesi teselli etti bu çilli piçi.

"O eskimişti zaten, sana yenisini alırız... Onlar artık giyilmez."

Bu eskidiyse, giyilmezse, ben neden giyiyorum? Annem bana neden yenisini almıyor? Yaş ilerledikçe, bir şeyleri sorgulamaya başlamıştım.

Bir gün; zengin (bize göre dairede oturan herkes zengin) piçin biri, küçük kardeşimi tokatlamış; ayı gibi bir çocuk, ne istersin deyyus el kadar bebeden.. Olayın koptuğu an. Hiç kavga etmemişiz, hep bir eziklik, sindirilmişlik. Çocuğu buldum. Benden iri ama yaşıtız. Allah ne verdiyse daldık. Her şeyin acısını çocuktan çıkardım. Daldım derken işte, o beni itekledi ben onu. Yere yatırdım, yüzünü gözünü çamur ettim, üzerindeki süslü gömleğini filan yırttım. Akşam kıyamet koptu. Apartmandan kovma tehditleri, pedere valideye ağza alınmayacak laflar. Kulakları çınlasın, anam biraz eli maşalı bir tip. Patladı en sonunda: "Kanımızı mı satın aldınız be... Canımızı mı senetlediniz? Yeter artık! Allah korkusu yoksa kuldan utanma da mı yok?"

Cinnet getirmişti sanki. Bu çıkışı kimse beklemiyordu, annem kapıya dayananların hepsine siktiri çekti.

Kıl daire sahipleri vardı. Bir de kimsenin umurunda olmayan bu insanları, yani bizi seven daire sahipleri. "İyi hanım" derdi annem. Böyle sevgiler bir lütuf gibi olur. Acımak ve merhamet denilen o iğrenç karışımdan lütuf çıkar ortaya. İyilik olsun diye, lütfeder gibi sevmek kişinin kendisini kandırmasıdır da. Lütfeder gibi sevilmek de kötü koyar adama. Lütfeder gibi sevmenin küfreder gibi sevmekten bir farkı yoktur.

Bir süre sonra karar verdi babam, bir gecekonduya taşınmak için kolları sıvadılar. İlk başta amaçları birkaç sene daha kapıcılık yapmak, borçları ödemek, ondan sonra gecekonduya taşınmaktı ama olmadı. Hem kardeşimin korkuları, hem apartmandaki birkaç daire sahibinin artık hayatı zindan edercesine kıllıkları iyice bunaltmıştı. Peder ölçtü biçti, Türközü taraflarından bir arsa almaya karar verdi. Şu an oldukça gelişmiş bir yer olsa da zamanın ıssız, ucube bir bölgesiydi.

Parası verildi, arsa alındı. Tepenin yamacı gibi bir yer. Babama kalsa hemen başlayacak ama para yok inşaat için. Bir sene daha bekledik. Arsa öylece kaldı. Peder yine köpekler gibi çalışıyor, anne koşturuyor. Biz kendi halimizde takılıyoruz. Küçük amcamlar da geldi köyden. Onlara da bir kapıcılık ayarlandı. Yavaş yavaş planlar yapılmaya başlandı. Bir gecekondumuz olsaydı, başımızı sokacak bir evimiz, balkonu olan bir gecekondu. Hayaller kurardı annem ve babam:

"Şöyle çayı demleyip balkonda içeceksin."

Bir sene sonra inşaat başladı. Bir yaşlı usta bulduk. Yanında iki tane çırağıyla alt tarafı kömürlük, üst katı 3+1 bir gecekondu. Pederin tek şartı balkon olmasıydı. Bolca da pencere. Annem, "Kafamızı sokacak bir evimiz olsun da ne olursa olsun." diyordu sadece.

Temel atılabilmesi için eğimin oyulması gerekliydi. Pederin gücü bu arsaya yetmiş; düz araziler oldukça pahalıydı. Dualar eşliğinde yaşlı usta ilk kazmayı vurdu. İlk gün ustayı ve kalfaları seyrettik. Ne kadar eğlenceliydi. Bizim oturduğumuz apartmanla gecekondu inşaatı yürüyerek bir saatlik bir yoldu. Öğlen yemek götürüyorduk ustalara. Lan biz yiyemiyoruz evde, ustalara en kıyak yemekler gidiyor. Her gün ben okuldan gelince annemle beraber kardeşimi de yanımıza alarak ustalara yemek götürmeye başladık. Annem ev işlerine gittiği zaman teyzem, halam, kim denk gelirse onlar götürüyordu. Çok zevkliydi... Tertemiz havada düşerdik yollara. Ustalar karnını doyururken ben bakardım etrafa. Sonra tencereleri, tabakları alır pazar çantasına doldurur dönerdik eve.

Bir ayda temel hazır olacak, birkaç ayda evin çatısı kurulacaktı. Hesaplar buna göre başladı. Temel kazılırken bir yandan tuğla, briket, kiremit, çimento alındı. Pederin pek vakti yok. Adam sabah akşam köpekler gibi çalışıyor. İnşaatın başında duramayacağından, usta ne isterse kaba inşaat için malzemeyi aldı. Bir taraftan temel kazılırken, bir taraftan malzemeler yığıldı. Bir an önce çatı kurulsun, taşınalım derdindeydik. Eldeki para çarçur olmasın derdinde. Her şey hazırlandı. Kapılar, tuğlalar, çimento, kiremitler temel kazılan bölgenin yanına istiflendi. Temel kazma işi biter bitmez ilk harç atılacaktı.

Birkaç gün sonra usta babamı çağırdı. Temelde çok iri bir kaya parçası çıkmış. Kazma işlemiyor. O kaya kırılmadan ya da düzleştirilmeden evin yapılması imkânsız. Babam eve geldi, yüzü bembeyaz olmuş sıkıntıdan. Usta işi bırakmış. Türközü şantiye gibiydi. Mantar gibi gecekondu inşaatları var. Usta kaya kırılana kadar bekleyemeyeceğini, başka bir işe başlayacağını söylemiş. Öylece kalakalmıştık. Kapıcı dairesine geldik. Babamı ilk defa o zaman ağlarken gördüm. Korkardım babamdan, pek öyle sevgi gösterileri olmazdı. Adam hep çatık kaşlı. Babam ağlarken annem daha dik durdu. "Hayırlısı olsun" dedi, "buluruz bir yol". Annemle babam yer değiştirmişti sanki, babam çocuk gibi ağlarken annem evin erkeği gibi babama sahip çıkıyor, teselli veriyordu. Allah gibi korktuğum adamın hüngür hüngür ağlaması garibime gitmişti.

Birkaç gün sonra babam iki tane abiyle geldi. Adamlar pehlivan gibi ama iki tane ayyaş. Hiç unutmam, birinin adı Dozer Yaşar. O da Türkiye Kömür İşletmeleri'nde odacı olarak çalışıyordu. Onun hikâyesi de aynıydı. Bu taş kırma, amelelik işlerini ikinci iş olarak yapıyordu. Onun da tek terdi bir gecekondu kurup kapıcı dairesinden kurtulmak. Çevremizdeki tüm insanların tek derdi buydu zaten.

Kaya parçasını kırmaya başladı bunlar. Ne zevkli olurdu seyretmesi. İş çıkışında geliyorlardı. Gece yarısına kadar kayayı balyoz ve taş çiviyle oymaya çalışıyorlardı. Dozer Yaşar Abi nasıl vururdu balyozu. Şimşekler çakıyordu. Hayret ediyorum şimdi düşündükçe. O kadar alkolden sonra, Dozer Yaşar Abi balyozu kaldırıyor, diğer abi çiviyi tutuyor. Balyozu biraz olsun şaşırsa öbür abinin ya kafası patlar, ya kolu kopar. Bu abiler gecede sadece iki dilim elma yiyor, bir büyük cin içiyordu. Annem isyan ediyordu, "bok içesiceler!" Epey bir süre böyle devam etti. Kayanın deldikçe sonu gelmiyordu. Adamlar yevmiye usulü çalışıyor, para dayanmıyor, peder koşturuyor, biz kapıcılığa devam.

İki ay kadar geçti, dayanacak güç kalmadı. İnşaat için ayrılan para bu kayayı kırmaya gitti, eridi. Zaten yüzünü doğru dürüst görmediğim babam iyice suratsızlaştı, iyice saldırganlaştı. Adam isyan ediyordu. Sabaha karşı işten gelir, bir iki saat uyuyarak devlet dairesindeki işine gider, bir iki saat uyur garsonluk yapmaya gider. Zoruna gidiyordu ve elinden bir şey gelmiyordu.

Kaya parçalanırken sıçrayan taş, Dozer Yaşar Abi'nin kaşını açmış. Hatırladığım kadarıyla dört beş dikiş atılmıştı kaşına. Adam iyice inat etti, kıra parçalaya kayayı düzeltti. Düzeltti ama iki ayda peder beyde ne para ne sinir kaldı. "Hayırlısı olsun, vardır bunda bir hayır" diyerek kendisini avutuyordu ama adam ciddi anlamda tükenmişti. Yazın ortası, okullar tatil olmuş, köye giderdik yazları, bu yaz köye gitme işi de yatmıştı. İlkokul bitmiş. Ortaokula başlayacağım ama belli değil. Kapıcılığı bırakacağız ama ortada ev yok. Başka bir yere de gidemeyiz, temel kazılmış. İki ucu bir bilinmezlik. Dozer Yaşar işi bitirdi. Helalleştiler babamla, yoluna gitti. Kaya tam kırılamadı. Temelin bir köşesinde oldukça büyük bir parça öylece kaldı. Alt katın kömürlük olma işi de yattı. "Buna da şükür" demekten başka bir çare yoktu.

Bu sırada çimentolar, kiremitler çalındı. Her taraf inşaat zaten. Kimin aldığını nereden bileceksin? Sivas, Kırşehir, Çankırı, Yozgat, çevre Ankara ilçelerinden göçmüş onlarca insan harıl harıl gecekondu dikmekle meşgul. Yanımızda bir Kırşehirli, ilerimizde Çorumlu, sağımızda Yozgatlı onlarca aile; çoluk çocuk, genç yaşlı harıl harıl bir ev dikme peşinde. Hemen hemen hepsi Haşim Ağa isimli (şimdi rahmetli oldu) bir amcadan almış arsaları. Allah'ı var iyi adamdı, yardımcı olurdu herkese.

Gecekondular ilk zamanlar rant için bir pazar değildi. Mafyası falan yoktu. Parasını verip alırdın arsanı, koyardın cebine tapunu, ruhsat almak pek sorun değildi. Sonradan çıktı, gece yarısı tek katlı derme çatma bir kulübe dikmek. Tapusuz, ruhsatsız. Rant olayı çok sonradan başladı. Gecekondular yapılırken kimsenin aklında burası gün gelecek yıkılacak ya da değer kazanacak diye bir beklenti olmadı. En azından benim çevremdeki insanların... Tek dertleri kafalarını sokacak bir evdi işte.

Ortada kalmıştık. Para bitti, inşaata başlayamıyoruz, kış yaklaşıyor. Babamın alıp koyduğu malzeme yağmalanmış. Okulların açılmasına az bir zaman kalmış. Henüz okula yazdırmamışlardı beni. Neyin ne olacağı belli değil. En sonunda babam gözünü kararttı. İnşaata başladık. O yaşlı amca ve iki kalfası en fazla iki ayda evi dikeceklerini söylediler. Tekrar yollara düştük. Küçükesat'tan Türközü'ne her gün yürüyerek yemek götürüyorduk ustalara. Hoşuma gidiyordu o karanlık kapıcı odasında oturup annemin işten gelmesini beklemek yerine yürümek; yaşıtım kapıcı çocuklarıyla birbirimizin kafasını yarmaktansa gezerek gidiyorduk. Hem ustaların eğip döktükleri çivileri topluyordum, sonra çekiçle düzeltip tekrar kullanılacak hale getiriyordum. Bir işe yarıyorduk en azından. Ustalara su falan taşımak keyifli işlerdi. Hele o toprak kokusu... Mis gibi toprak, çimen kokuyordu. Tezek kokuyordu. Bizim köy gibi kokuyordu.

Bir gün; yine böyle inşaata gitmiştik. Ustaların yemeklerini verdik, akşamüstüne kadar yardım ettik, çivi topladık kardeşimle. Ustalar yemeklerini yedi, annem yıkadı bulaşıkları, pazar çantalarına doldurduk. Hava hafif kararmış yaz vakti. Türközü'nden çıktık, Bokludere denilen bir yokuştan Seyranbağları'na geçtik annem, ben ve kardeşim. Şimdi Küçükesat hassas bölge karakolu olan bir yer var, o zamanlar inşaat halinde. Esat Dörtyol'un köşesinde. Orada halen duran iki tane pastane vardır. Önceden üç taneydi, birisi meşhur bir dürümcü şimdilerde. Pastanenin önünden geçerken kardeşimi dolduruşa getirip dondurma aldırmak gibi bir icraatım vardı. Küçük çocuk yatardı yerlere dondurma alın diye.

Yine gazı verdim kardeşime. Annem iki tane benim enseme, iki tane de kardeşimin ensesine vurdu.

"Siktirin gidin. Para yok dondurmaya falan."

Kardeşim ağlamaya başladı. Daha el kadar çocuk. Yattı yerlere, annem kaldırdı bunu. İki tane daha patlattı. O hassas bölge karakolunun önünde bir çeşme vardı. Oraya sürükledi çocuğu ellerini, yüzünü yıkamak için. Kardeşim çırpınıyor, annem pataklıyor, ben dondurma bekliyorum. Orası o zamanlar dolmuş durağıydı. Şoförler, değnekçiler bize bakıyor. Kardeşim iyice çıldırdı, annem de iyice çıldırdı. Bunlar boğuşarak musluğun oraya gittiler. Annem kardeşimi bıraktı. Çeşmeyi açtı, kardeşim iyice huysuzlanmış, çıldırmış bir halde tepinirken birden kayboldu. Bir anda yok oldu kardeşim. Üzeri kapatılmamış bir su çukurunun içine düşmüş. Annem şoke olmuş bir halde bir şeyler mırıldandı. Ben dondurmayı düşünüyorum. Annem bir anda çığlık attı. Saçlarını yolmaya başladı. "Yavrum, evladım, Allah rızası için yardım edin." Ben dondurmayı düşünüyordum. Galiba oyun gibi geliyordu her şey.

Dolmuş şoförleri, inşaat işçileri, çevrede kim varsa koştular. Annem çığlık çığlığa... Ben sadece durdum bakıyorum. Bir abi elini daldırdı çukura, iki tane abi de bacaklarından tuttu. Belinin altına kadar soktular bunu suya. Birkaç saniye içerisinde kardeşimi çıkardılar çukurdan. Çekip aldılar. Annem sıkıca sarıldı kardeşime. Bir bardak su verdiler kardeşime. Çevresine bakınıyordu çocuk. "Anne dondurma alsana" dedi. Annem hem gülüyor hem ağlıyor. O sırada bir abi geldi, elinde üç tane dondurma. Birini bana verdi, birisini anneme. Annem almadı. İkisini de kardeşime verdi. Kardeşim ıslak, annemin üzeri çamur içerisinde, ellerimizde dondurmalarla eve döndük.

Nasıl bir şeydir anne olmak? Nedir bu kadınları koruma içgüdüsüyle evlat denilen hayırsıza bağlayan? Hiç bıkmaz mı? Hiç usanmaz mı? Hiç isyan etmez mi? Nasıl bir duygunun ürünüdür anne olmak? Anne olmadan önce tanıdığım kadınların, çocuklarını kucaklarına aldıklarında yaşadıkları değişim beni çok ürkütmüştür. O koruma ve kollama duygusu, evladının mutluluğuyla mutlu olan ve evladının hüznüyle yıkılan, hiçbir zaman sahip olamayacakları evlatlarına, bir ömür feda etmeleri, sorgulamadan, yargılamadan. Her terk edilişte, yenilen her tokattan sonra, her hayal kırıklığında, hayatın her örselemesinden sonra dönüp kendisini hatırlamayan hayırsızına kollarını açması. "Neden geldin?" diye sormaması. "Neden gittin?" diye sormaması gibi. Her gidişinizde arkanızdan bakması. Bir gün son liman olarak kapısını çalacağınızı bilmesi. Bıkmadan, usanmadan beklemesi, yolunuzu gözlemesi. Her zaman son liman olduğunu bildiği halde, gözünde bir damla yaşla arkanızdan el sallaması. Hep sizi, dalgalı sulara uğurlayan.

Sevinmiştim dondurmalara. Annemin yüzü gözü çamur içinde. Gözyaşlarının izleri yanaklarından aşağı doğal bir yol yapmış. Türközü ile Küçükesat arasında kalan o yol benim hayatla ilk retleşmelerimin, korkularımın, hiçbir zaman inanmadığım kaderimin çizildiği yollar.

Apartmanla iyice uçurumlar açılmıştı, gecekondunun inşaatı bitmedi ama; peder kafaya koymuş, taşınacaktık. Kendini epey geliştirmişti babam. Köyden geldiği gibi değildi. Daha mantıklı kararlar verebiliyordu. Kaderci değildi eskisi kadar, uğraşıyordu. Bir şeylerin önünde durmaya çalışıyordu. Okula yazdırdı beni. Türközü'nde bir tane ortaokul vardı, bizim gecekonduya en fazla beş yüz metre uzaklıkta. Bizim inşaatın olduğu yere oldukça yakın kiralık bir gecekondu tuttu. Tuvaleti dışarıda, iki odalı, baraka gibi bir yer. Kapıcılık hikâyesi böylece bitti. Bir kamyon tutuldu, eş dost yardımcı oldu evi taşıdık. Geldiğimiz gibi sessizce kayboluyorduk ve geldiğimizde balkonlardan, pencere arkalarından bakan daire sahipleri yine uzaktan bizi seyrediyordu. Birkaç tanesi geldi vedalaştı bizimle. Kamyonun önüne babam ve amcam bindi, arkasına annem ben ve kardeşim; annem sıkıca sarıldı kardeşime, benim de elimi tutuyordu. Bıraktık arkamızda, 5 yıl kaldığımız o penceresiz karanlık kapıcı dairesini.

Barakanın önünde durdu kamyon. Birden bir sürü teyze, amca geldi. Yaklaşık 10-15 kişi... Hiç tanımadığımız insanlar işin ucundan tuttu. Birkaç yaşıtım çocuk geldi yanıma, hiç konuşmadık, ellerine bir taş aldılar, tepeden aşağı fırlatmaya başladılar. Bir taraftan da bana bakıyorlardı. Yanlarına gittim, büyükler eşyaları taşırken ben de yaşıtlarımla taş atmaya başladım. Geldiğim gün birkaç arkadaşım olmuştu, çocuklar bana benziyordu, kadınlar anneme benziyordu, amcalar babam gibiydi. Annem beni çağırdı, komşular yemek hazırlamış, bir sofra kuruldu. Farklıydı buralar, bizim kapıcılık yaptığımız yer gibi değildi.

Böyle başladı gecekondu yılları. Yollar çamur içinde, sefillik diz boyu. Sefalet nasıl kokuyor! Ama güzeldi. Kimsenin kimseden pek farkı yoktu yani. Bir sürü arkadaş bulmuştu annem. Bir sürü misafir geliyordu. Kendimi buraya ait hissetmiştim, bir parçası görmüştüm bu yeni mahallenin. Kavga, bağırtı, küfür eksik olmazdı; hep çocuk kavgası, kin güdülmezdi. Kin gütme, dargınlık hiç görmedim ben. Senelerce yaşayacağımız o mahalle farklı bir kültürdü. İnsanlar birbirlerine ağzına geleni söylerdi ama küsmezlerdi çünkü insanlar birbirlerine mecburdu.

Kadınların çoğu ev işlerine gidiyordu. Birbirlerine iş ayarlıyorlardı. Birbirlerine misafirliğe gittiklerinde tek muhabbetleri geçen hafta gittikleri ev sahibesinin ne kadar pis ya da ne kadar iyi bir insan olduğuydu. Garip bir ortam vardı. Her ne kadar kapıcı çocuğu olarak kendimize göre bir vahşiliğimiz olsa da imkânlar dâhilinde iyi şartlarda büyümüştük gecekondu ahalisine göre. Buradaki çocuklar çok farklıydı ama hepsi çok sağlıklıydı. Yanakları kıpkırmızı, hastalık nedir bilmezler, dayağa karşı oldukça dayanıklı, kafa tıraşları ya üç numara ya da sıfır gezen çocuklar. Mahallede bir yaşlı amca vardı, seyyar berber, elinde bir tıraş makinesi dolaşır, ucuza bizim saçlarımızı keserdi. Artık hanımların verdiği o eski elbiseleri rahatça giyebiliyordum. Gurur meselesi yapmıyordum çünkü yaşıtım her çocuk benim gibiydi. Onlar da annelerinin ev işlerinden getirdiği eski elbiseleri giyerlerdi. Önceden çok utanırdım. Şimdi göğsümü gererek giyiyordum. Sevmiştim gecekonduyu.

Ortaokula başladım. Kardeşim de ilkokula. İlk sağlam kavgamı bakkalın oğlu ile yaptım. Angara bebesi gibi birbirimize gubardık. Benim amacım bunu güreşir gibi yere çarpıp üzerini çamur falan etmekti. Kavga anlayışım buydu. Ben buna diklenirken suratımın tam ortasına kafayı gömdü. Ağzım burnum kan olmuştu. İlk defa başıma böyle bir iş geldi. Aklımca çok kavga etmiştim ama kimseye vurmamıştım, kimse de bana vurmamıştı. Burnumdan kan geliyordu, birkaç tane sağlam yumruk yedim. Demek kavga böyle oluyormuş.

Siz hiç kafa yediniz mi suratınızın tam ortasına? Sokakların yani gerçek hayatın en acımasız dersidir. En az bir defa yaşanmalıdır. İşin en boktan tarafı, size kafayı gömen yerden bitme pek ciddiye alınacak bir rakip değildir. Zaten ciddiye almadığınız için ağzınız yüzünüz birbirine karışmıştır. Önce bembeyaz olur her taraf, bir ışık huzmesi ve hafif parıltılar hissedersiniz şakaklarınızda. Bir duman kokusu gelir burnunuza. Kulaklarınızdan çıkan dumanın kokusudur bu. Hafif bir rahatlama hissedersiniz vücudunuzda. Dünya durmuştur sanki. Hayat durmuştur. Bir sıcaklık kaplar yüzünüzü, boynunuzu. Çarşamba pazarına dönen yüzünüzden akan oluk oluk kandır. Kafanızda bir sızı hissedersiniz. Bok çuvalı gibi yere yığılırken, kafanızı kesin bir yere çarparsınız ve gözlerinizi açarsınız. Kalkmaya çalışmazsınız bile. Oluruna bırakırsınız. Bulunduğunuz ortama göre tavana ya da gökyüzüne bakarsınız bir süre. Önce dilinizle dişlerinizi yoklarsınız, dudaklarınız silikon yemiş gibi serttir. Üzerinizde bir ağırlık, içinizde bir kırıklık, hayata bir küskünlük. Darmadağın olmuşsunuzdur. Kesin ve net bir yenilgi. Düpedüz ananız sikilmiştir yani. Kafayı suratınıza gömen hamam oğlanı gitmiştir zaten. Ertesi gün tam bir facia olan suratınıza bakarsınız. Aslında sorun değildir suratınızın durumu. Düzelecektir elbet ama insanı ruhsal olarak çökertir kafa yemek.

Ömründe sağlam bir kafa yemiş insan, bir daha zor kendine gelir. Ruhsal olarak bozulursunuz, kavgadan kaçar olursunuz. Birçok insan bilirim, bu tecrübeden sonra tırsaklaşmıştır. Düzelmesi en az on gün alır, burnunuzun şişi bir haftada inmez, iki gözünüz de morarır ve en az bir ay bu morluklar gitmez. İşte ruh hali böyle olur insanın.

Birkaç modeli vardır: Yakanızı toplayıp ya da ensenizden çekerek kafa atanlar, bunlar genelde kafalarının üst tarafını kullanır. Zıplayarak kafa atamaya çalışan denyolar, bunlar alınlarıyla girerler. Bir de olduğu yerden, ellerini kullanmadan direk göçürenler.

Yakanızı toplayarak kafa atanlar en piç olanları, mutlaka apış aranıza ya da midenize bir diz yersiniz. Yakanızı bir defa toplamışsa zaten kurtuluşunuz yoktur, o kafayı gömecektir size. Kafanızı sağa sola çevirseniz bile o kafa bir şekilde yüzünüzün ortasını bulur. Yapmanız gereken en akıllıca iş, kafanızı geri çekerek boşa çıkarmaktır (ki çok zor bir ihtimal) ve bu şiddeti azaltabilirsiniz. Bir diğer seçenek; kafanızı öne eğdiğinizde, size kafa atmaya çalışan denyo, kafasını duvara vurmaktan beter olur. En sert ve sağlam kemik olan kafanızın üstü, size kafa atmaya çalışan adam için bir kâbus olur. Ensenizden tutarak kafa atmaya gelen piç kurusuna diz de çıkarabilirsiniz. Yine kafanızı öne eğmek işinize yarar. Aslında en temizi, karşınızdaki itin kafa atmaya meyilli olduğunu anlarsanız, kaval kemiğine tekme atmaktır. Kaval kemiği en çok can yakan yerdir ve çok hızlı bir biçimde sonuç almanız açısından güvenlidir. Dengesini bozabilirsiniz.

Zıplayarak kafa atmaya kalkan tam bir denyodur. Çok dengesiz geliyordur, biraz soğukkanlı olursanız kolayca savuşturabilirsiniz.

Ayakta birbirinize dayılanırken kafa atmaya çalışacak elemanın kendisini geri çekmesi lazım, yoksa hafif bir kafa çıkarırsa fazla hasar veremez. Kafasını geri çıkarttığında itekleyin, yere düşecektir.

Sağlam bir kafa yemişseniz, direkt yere yatın (zaten yatacaksınız), sizi bırakması için Allah'a dua edin. Yere düştüğünüzde aklınız halen yerindeyse (ki olmaz genelde) yüzünüzü saklayarak cenin pozisyonu alın, tekmeleyebilir. Aslında tek çaresi var: Suratınızın ortasına kafa yemek istemiyorsanız, ilk kafayı siz gömün. Şimdi demesi kolay ama daha yürümeyi bile bilmeyen bir çocuk ruhuyla yüzümün tam ortasına yedim kafayı. Çocuğun elinden zor aldılar beni. Almadılar gerçi, o bıraktı. Ağlamaya başladım.

Ağlayarak eve gittim. Böyle kavga mı olur? Burnum kanıyor, yüzümde yaralar var. Birkaç gün dışarı çıkmadım. Suratım çarşamba pazarı gibi. Eve geldiğimde bir de annemden dayak yedim. Akşam babama söyledi, bir de babamdan dayak yedim. O çocuktan yediğim dayaktan sonra annemin kafama vurduğu terlikle babamın şamarları pek işlemedi. Hayatımın ilk dersini almıştım. Kafamı kumlara, taşlara sürte sürte.

Öncesinde gittiğim ilkokulda, saçları düzgün taranmış kurdeleli kızlar, ütülü pantolonları, tertemiz beyaz yakalarıyla bahçede çocuklar ip atlar, köşe kapmaca oynardı. Çocukların neşeli çığlıkları etrafı şenlendirirdi. Ara sıra aksiyon olarak bir çocuk yere düşerse öğretmenler geliyor, çocuğa pansuman yapıyorlar, velisine haber veriyorlardı. Ayağı takılıp yere düşen bir çocuğun bazen üç gün topallayarak gezdiği oluyordu. Pek nazlıydık. Gecekondu mahallesindeki ilkokulsa epey farklıydı. Çamur deryası bir bahçesi vardı. Okul bahçesi mahallenin çocuklarının top oynama yeriydi zaten, etrafında duvar falan yoktu. İlkokul bebeleri birbirlerini tekmeler, uzun eşek oynar, kızların saçını çekerdi. Dizleri, kolları yara bere içerisinde oradan oraya koşturan bu sıpalar yere falan düştüklerinde kahkahalar atarak kalkıyorlardı hemen ayağa. Kafası yarılan çocuklar bile pek iplemiyordu, biliyorlardı galiba kimsenin iplemeyeceğini. Bağlarından kurtulmuş kuduz köpekler gibi koşturuyorlardı oradan oraya. Bizim ortaokul daha bir vahşiydi sanırım.

Topraklık, İmrahor, Tuzluçayır gibi yeni oluşmaya başlamış gecekondu mahallelerinin çocukları geliyordu ortaokula. Birçoğu yine İç Anadolu ve Güneydoğu Anadolu taraflarından yeni göçmüş, bizim kaderimizi paylaşan, daha doğrusu kader ortağı olduğumuz çocuklardı. Sevmiştim okulu, mahalleyi. Ayrım yoktu işte, hepimiz aynı boktuk. Pek zorluk çekmedim, hiçbir zaman da o kapıcılık günlerini özlemedim. Çamur kokusunu, kömür kokusunu, bok ve lağım kokusunu sevdim galiba.

İlkokul concon okuluydu. Faydasını gördüm, birçok çocuk ya köy okulundan ya da varoş mahalle ilkokulundan gelmişti. Aldıkları ilköğretim eğitimi elbet Ankara'nın en cafcaflı okulu ile aynı değildi. Derslerim gerçekten çok iyiydi. Farklı olarak çocuklar ile çok iyi anlaşıyordum. Sebebini bilmiyordum ama mutluydum işte. Mutluluk kişilere göre değişen, eğilip bükülen, farklı yorumlar ile tanımlanabilen bir duygu. Beni bu gecekondu mahallesinde bu kadar mutlu eden, galiba farklı olmamaktı. Kendinle aynı kaderi yaşayan insanlarla birlikte olmaktı. Çocuk aklı işte, bir gidiyor bir geliyor. Hadi ben çocuktum ama annem, babam da mutluydu. Onlar da sevmişlerdi bu sikko mahalleyi.

Kış, kirada oturduğumuz barakada geçti. Gerçi ne babamın o hayal ettiği balkonda çay sefası vardı ne annemin iç geçirdiği o bol pencereler. Kış vakti banyo yapmak bile bir dert. Kapıcı dairesinde 24 saat akan sıcak suya inat, şimdilerde nostalji olarak anlatılan bu sobalı ev hikâyelerini birebir yaşayan bir adam olarak diyebilirim ki; sikerim sobasını. Götümüz donardı. Gecenin bir yarısı yataktan titreyerek ya da terler içerisinde uyandığım çok olmuştur. Banyo yapmak zaten bir dert, çamaşır ayrı bir dert, çamaşırların kuruması ayrı bir dert ama mutluyduk işte.

Misafirlerimiz geliyordu, biz misafirliğe gidiyorduk. Ne doğum günü kutlamaları oluyordu ne de mutluluk çığlıkları atan süslü çocuklar vardı etrafta ama şimdi düşündükçe anlıyorum ki; çok daha samimi ve duygusal bir bağ vardı.

Bir kış öylece geçti. Derslerim çok iyiydi. Bir sürü arkadaşım vardı. Annem ev işlerine gidiyor diye artık kafayı yemiyordum. Sonuçta birçok arkadaşımın annesi de bok temizlemeye gidiyordu. Gitmeyenler tezek yapıyor, inek bakıyorlardı. Ama hâlâ içim sızlıyordu eve geldiğinde soğuktan morarmış ellerini, ayaklarını gördükçe.

Bahar yaklaşıyordu, inşaat zamanı geliyordu. Bizim yarım kalan gecekondu öylece duruyordu karşımızda. Şimdi oturduğumuz barakanın yanında saray yavrusu sayılabilecek kadar güzeldi. Babam ara sıra gidip bakıyordu. Duvarlar çatlamış mı, iç sıvalar dökülmüş mü? Babam çalışmaya devam etti.

Artık sadece otellere değil Ankara'nın en sağlam restoranlarına da gidiyordu. Özel ev partileri, toplantılar, düğünler olduğu zaman ekiple birlikte gidiyorlar. İyi kazanıyordu adam.

Okul çok iyiydi, çok severdim okulu, öğrenmeyi. İnek bir öğrenci değildim. Pek ders çalışmazdım ama dinlemesini severdim. Dinlerdim sadece. Sevmediğim dersler vardı, çok sevdiğim dersler vardı, ortası hiç olmadı. Zaten hayatım boyunca hiç ortasını yaşamadım galiba. Ya çok sevdim ya hiç sevmedim ama çok başarılıydım. Öğretmenlerin göz bebeği gibi bir şeydim. Babam bana pek belli etmezdi ama çok beklentisi vardı. Annem sevinirdi veli toplantısı falan olunca. İlk dönem karne aldık, bir de teşekkür belgesi verdiler bana. Pek umursamadım, arka cebime koyup eve gittim. Babam karneyi sorduğunda cebimde katlanmış olarak verdim. Adam teşekkür aldığıma sevinmedi de karneyi ve teşekkür belgesini katladığıma kıl oldu. Bir ton fırça yedim. Çok sonra söylemişti bana. çerçeveletip duvara asmakmış niyeti. Kısmet değilmiş.

Başarı böyle geliyor demek, kendinizi ait hissettiğiniz herhangi bir yerde başarıyı çok kolay yakalıyorsunuz. Mutlu olduğunuz yerde çok kolay sivrilebiliyorsunuz. Ben buna çok şahit oldum. O dibe vurmuş insanlara hep kendimi yakın hissettim. Kapıcı dairesinde köşe bucak kaçtığım günlerin acısını, kendimden bir şeyler bulduğum bu insanlarla çıkardım. Kendime göre keyifli sayılabilecek sefil bir dünyada mutlu oldum. Kim bilir? Belki o mercimek kadar çocuk aklımla öyle yorumladım.

Mahallede sakat bir çocuk vardı, bizden belki on yaş büyük. Küçükken menenjit geçirmiş, sakat kalmış. İsmi önemli değil. Bizimle takılırdı; takılmak dediğim, top falan oynardık. Konuşamazdı ama pek garibimize gitmezdi. Kaleye geçerdi. Onu hep oyunlarımıza ortak ettik. Biz büyüdük, bizden sonra gelen jenerasyon da oyunlarına ortak etti.

Kapıcılık yaptığımız yıllarda da yan apartmanda sakat bir çocuk vardı. Doğru dürüst dışarı çıktığını görmedim. Pencerenin önünde oturur, sokağı seyrederdi. Ailesi pek çocuklarla içli dışlı olmasını istemiyordu galiba. Oysa buradaki arkadaş hep bizim içimizdeydi. Allah kimsenin evladına vermesin; bir eli tutmuyordu, kafasını sallayarak geziyordu ama eksik değildi bizim gözümüzde. Biz onu öyle kabul etmiştik. Sanırım o da kendisini eksik hissetmiyordu. Samimiyet vardı. Aynı kaderi paylaşan insanların başka çaresi de yoktu. Bu menenjit geçirip özürlü olan arkadaş, ileriki yıllarda bir işe girdi, evlendi, iki tane evladı var. Babası vefat etmişti, annesine bakıyordu. Onların da derme çatma bir gecekondusu vardı. İmar planı gelince arsaları başka bir yerden çıkmış. İki tane daire almışlar falan. Kader mi dersiniz, felek mi? Bir yandan alırken bir yandan veriyor. İki sene önce gördüm kendisini, mutlu mesut kendi dünyasında yaşıyor. İki evladını büyütüyor.

Okulun ikinci yarısı başlamıştı. Öğretmenlerin dikkatini çekmiştim. Babam pek göstermezdi ama gurur duyardı. Birkaç defa kulak misafiri olmuştum "Okutacağım bu çocuğu. Okuyacak bu belli" derdi. Babam hiçbir isteğimi esirgemedi benden o yokluk yıllarında. Her hafta kafama göre dergiler, kitaplar alırdım. Bir defa duymadım babamın ne yapıyorsun dediğini. İmkânları dâhilinde adam bana ve kardeşime her şeyini veriyordu. Pek düşkündüm Gırgır, Fırt dergilerine. O gerçek mizah sanatçılarının ellerinden çıkan karelere gülmüş bir neslin evladı olarak kendimi çok şanslı hissetmişimdir.

Mart ayı geldi, bir anda mahalle yine şantiyeye döndü. Mantar gibi gecekondular yapılıyordu. Yeni insanlar, yeni ümitleri yüklemişler kamyonlara, bir gelecek için, evlatları için yollara düşmüşler.

Kimse kimseyi ötekileştirmezdi. Memleket, mezhep, Kürt, Türk muhabbeti hiç olmadı. Karslı üç aile geldi. Çocuklar pek Türkçe bilmezdi, aramızda kaynadılar gittiler. Halen görüşürüm kendileriyle. Anneleri bizi gördüğünde, bizim annelerimiz onları gördüğünde sarılır boynumuza, eski günleri yad ederiz. Yokluklardan doğan ümitler birbirimize bağlıyordu bizleri. Kimsenin kimseyle uğraşacak ne mecali vardı, ne isteği. Sabah yollara düşerdi; kalın kalçalı, kırmızı yanaklı, kilolu kadınlar. Ellerinde şalvar ve yazmalarını koydukları çantaları ile Seyranbağları'na çıkan yokuşa doğru hanımların, beylerin evlerine gündeliğe.

Oturduğumuz barakanın (ciddi anlamda baraka) tuvaleti dışarıda. Korkardım gitmeye. Altıma işerdim, yine gitmezdim. Söylenirdi annem "Kocaman adam oldun oğul. Altına mı işiyorsun?" Sitem ederdi garibim. Korkardım, gidemezdim tuvalete. Bir de çok soğuktu. Şerefsiz kardeşim, benden altı yaş küçüktü. O piç işemezdi altına. Utanırdım.

Babam devam ediyordu sabah akşam çalışmaya. Akşamüstü eve gelir, biraz dinlenir, çıkar giderdi.

O zamanlar; Kara Şimşek dizisi vardı. Pazar günleri Tarzan gibi hepimizi ekranlara kitleyen diziler, filmler. Sokaklar bomboş olurdu. Lan, derdim, babam neden seyretmiyor? Adam ekmek derdinde. Üzülürdüm, babam da seyretseydi keşke. Bazen sabah üç, dört gibi dönerdi. Gündüz Türkiye Kömür İşletmeleri'ne devam... Hafta sonuydu. Yine beyaz gömleğini giydi, siyah pantolon ve benim boyadığım siyah ayakkabılarını. Papyon ve tirbüşonu cebine soktu, çıktı gitti. Bir düğün varmış, Ankara'nın ağır abilerinden birisinin oğlunun sünnet düğünü galiba. Akşam oldu, yattık biz. Annem babamı beklerdi. Televizyonun karşısındaki somyada kıvrılır, babam gelene kadar yatak odasına geçmezdi. Gerçi yatak odası da yoktu ya, neyse. Birden bir ses duydum, babam gelmişti. Adam ağlıyordu. Uzun zaman olmuştu babamı ağlarken görmeyeli, annem de ağlıyordu. "Allah razı olsun hepsinden" diye fısıldadı annem. Seneler geçti, halen anlatır babam bu olayı. Ümit Ölmez, Drej Ali, Kürt İdris, Dündar Kılıç, İskender Çolak zamanlarıydı. Bir efsane gibi bu adamların isimleri böyle düğünlerde, mekânlarda garsonların ağzında dolaşırdı. Bu babalardan bir tanesi mekâna geldiği zaman garson, komi, bulaşıkçısına kadar paraya boğarlardı. Ben onlarca defa şahit oldum zaten.

Bu babalar bir masada otururlarken bizim peder servis yapıyor; peder sempatik adam, tam piç bir garson. Muhabbet falan derken işte; bu gecekondunun yarım kalan inşaatı, çıkan kaya, okuyan çocuklar muhabbeti... Ağalar ellerini ceplerine atmış, bizim evi bitirebileceğimiz kadar parayı babamın eline tutuşturmuşlar. Adam hüngür hüngür ağlıyor. Belki size garip gelebilir ama bu meslek böyle bir meslek. Kişilerin bir randevu almak için günlerce kapısında bekleyeceği insanlar ile bir garson, barmen iyi arkadaş olabilir. Çok hikâyeler vardır, babamın başına gelen gibi. Epey yüklü sayılabilecek bir bahşiş vermişler. Tatlı bir hatıra işte.

Hemen gecekondunun inşaatı tekrar başladı. İç sıva, dış sıva yapıldı, çatı kuruldu, para arttı. Pencerelere demir falan kondu, balkon demirleri yapıldı. Bir ay içerisinde elektrik, su bağlandı. Tapu falan zaten alınmıştı. Okulların tatil olmasına bir ay kala evimize taşındık. 3+1, tuvaleti, banyosu ayrı, bir tane balkonu. Sonunda başımızı sokacak, bacası tüten bir evimiz olmuştu. Babamın yüzündeki o mutluluğu anlatmak imkânsız. İlk defa balkona oturup çay içerken yaşadığı o mutluluğu.

Hani sormuş ya, "Abidin bana mutluluğun resmini yapabilir misin?" Yeteneğim olsa yaparım. O sahne, gerçek mutluluğun resmiydi işte.

İşler yoluna girmişti. Okulun ilk senesi başarı ile bitti. Babamın ağzı kulaklarında. "Okutacağım seni, ömrüm yettikçe seni okutacağım" dedi. Hâlâ ne olacağımı bilmiyordum ama ne olmayacağımı biliyordum. Kapıcılık yıllarında bir köşede sinmiş, ait olmadığı bir ortamda kambur gibi duran bir adam olmayacaktım.

Yaz geldi; her yaz olduğu gibi köye gidilecekti. Harman yeri, patoz yapılacak. "Güz Günleri" diye romantik şiirler, şarkılar var ya hani. Pek şiirlerin mısralarındaki gibi romantik olmuyor. Köyde ananız sikiliyor açıkçası. Bizim oralar geçimini buğday, arpa, fiğ gibi tahıllardan çıkarır. Zor iştir reçberlik, reçber adamın eli de yüreği de nasırlı olur. Toprağa vicdanlıdır, topraktan çıkarır ekmeğini. Rahmetli dedem tüm oğullarını Ankara'ya göndermiş. Rahmetli ebemle kendi ocağını tüttürmeye çalışıyor. Zaten köyde genç kalmamış, hepsi evlenip barklanmışlar, göçmüşler büyük şehre. Hepsinin kaderi de aynı kalemden çıkmış gibi.

Pek farklı olanına rastlamadım ben. Anam, yengelerim hiç sevmezdi köy işlerini. Bıkmışlar. Kolay değil sabah 04:30'da kalkıp akşama kadar orak sallamak. Hayat zor ve acımasızdı. Bizim oranın adamı, nafakasını çıkarmak için yırtınır durur. Toprak pek çömert davranmaz, İç Anadolu'nun adamına. Pek engebeli olur, tırpan girmez birçok tarlaya. Tırpan girmediği yerde, bizim analarımız, halalarımız ellerinde orakla boğuşur. Orak sallamak çok deli bir iştir. Kimine göre orak yalnızca bir semboldür. Bizim kadınlarımıza, adamlarımıza göre, hayatın en büyük tokatıdır. Bizim kadınlarımız için, orak sallamak, ekmeğini hak etmektir, bir kadının sofrada kaşık düşmanı olmaması demektir. Orakla biçilmez, kesilmez. Orakla yolunur. Arpa, buğday, fiğ, burçak tarlalarına girersin orakla. Sırtına bir bohça yaparsın, el kadar bebeni sararsın sırtına. Orak vurmaya başlarsın. Orak vurulur. Orak talihin sapını kesmez, sokup almaya yarar sadece. Kara topraktan nafakanızı çıkarmak istiyorsanız sokup alacaksınız. Yolacaksınız.

Tırpanın girmediği yerlere annem ve yengelerim orakla girer, buğday, arpa ne varsa yolarlardı. Elleri kan içerisinde kalırdı. Hayvanlar sağılır, kış için peynir, tereyağı yapılır, iki üç ay köpekler gibi çalışılırdı. Gelinlerin hepsi gitmek zorundaydı bu güz çıkarmaya. Biz de peşlerinden. İlk ayrıldığımızda beş yaşındaydım köyden. Şimdi kafa biraz yerine oturmuştu da anlıyordum neden köyü terk edip gittiğimizi. Hayat şartları oldukça acımasızdı. Bir "halka" buğdayın alın teri oldukça ağır; köy yeri işte. Elektrik yok, su pınardan çekiliyor, yol desen yol demeye bin şahit lazım. Köy denilen cehennemden kaçarken, büyük şehir denilen felaketin tam bağrına düşmüş, sarı dişli cılız adamlar bir vefa borcu ödercesine, karılarını çocuklarını alıp giderlerdi köylerine. Sikeyim ben güz günlerinin ağır romantizmini. Güz, harman çok denyo bir iş. Her sene kavga çıkardı, rezillik olurdu. Analarımız mutlaka sağlam bir dayak yerdi. Büyük şehir değiştiriyor adamı. Her geçen senenin sonunda, farkına varmasak bile biraz daha kafamız karışıyordu. Sadece bizim değil, analarımızın ve babalarımızın da.

Köye her gittiğimizde ya da gecekondu mahallesine döndüğümüzde birkaç kız ortadan kaybolurdu. Daha geçen sene beraber koşturduğumuz derede... Beraber büyüdüğümüz, daha dün beraber patlak bir lağım borusunun etrafında çamurdan barajlar yaparak oyunlar kurduğumuz, birbirimize taş attığımız, küfür ettiğimiz, kendi çocuk kafamız ile oyunlar oynadığımız kızlar, aniden kaybolurdu. Bir daha görmezdik, bir anda yabancı olurlardı, aileleri tarafından çocukluktan çıkarılmış, genç kız olmuşlar ve hayırlı bir kısmet bekleme zamanları gelmiş olurdu. Çok geçmeden düğünlerinde karşılaşırdık, yaşıtımız kızın düğününde biz daha çocuktuk ama yaşıtımız kız beline takılmış bir al kuşak ve ucube bir makyaj ile gelin olmuş gidiyordu. Çocuk sayılacak kızların düğünleri böyle olurdu. Sanki daha yaşlı görünmesi için çocuk suratına bir maske gibi o ağır ve iğrenç makyajı yaparlardı. Tanıyamazdık. Daha altı ay önce çelik çomak oynadığımız sümüklünün, sanki anamız ile yaşıt olmuş gibi bir hali olurdu. At pazarı gibi karı pazarı kurulurdu. Önünde anası, arkasında gözleri fıldır fıldır adem oğlu, düşerdi yollara. Kız beğenmeye çıkarlardı. Sağa sola haberler salınırdı, bir pazar kurulurdu işte, at pazarından beygir seçercesine kız beğenilirdi. Köy yerinde kolaydı bu işler de, şehir yerinde gittikçe zor olmaya başlamıştı. Helal süt emmiş kız bulmak çok zordu. Bir televizyon gerçeği vardı. Gelin adaylarının kafasını çok karıştırıyordu, köy yerinde helal süt emmiş kız bulmak kolaydı. Kızlar göz önündeydi ama şehir yerinde bu işler o kadar kolay olmuyordu. Şehir yerinde hiçbir şey kolay değildi, şehirlerin içerisinde, kendi kuralları ile oluşan küçük gecekondular ve kenar mahalleler büyüyerek, birleşerek yine kendi kuralları ile yaşayan bir organizma olmuştu. Hani derler ya süslü şiirlerde, şehrin içinde bir başka şehir. Keşke hayat şiirlerin mısraları kadar yalan olsaydı. Yapmacık olsaydı, kederlerimiz acılarımız hep yaşanmamış sevdaların üzerine olsaydı. Kim bilir belki bizim de anlatacak çocukluk hatıralarımız olurdu. Olmadı işte.

Babalarından, atalarından kendilerine miras kalan törelerini ve âdetlerini bu kenar mahallelerde yaşatmaya çalışan büyüklerine inat, kendilerine sunulan renkli dünyanın peşine düşüp bir kelebek gibi savrulan kızlar vardı. Kimisi evden kaçtı. Kirlenen namusları temizlensin diye, bulunan ilk psikopatla buruk ve utanç dolu bir düğünle evlendirildiler. Çocukluk hatalarını bir ömür boyu sırtlarında söndürülen sigaralar ile her gün moraran gözleri ile efkâr basan kocanın iki duble sonrası kırdıkları kolları ile ödediler. Kimisi kaybolup gitti, unutulmadı, pavyona düştüğü, geneleve sermaye olduğu fısıldandı. Bir kız vardı, hayal meyal hatırladığım ve ilk hikâyesine şahit olduğum kızdı. Ben on bir yaşındaydım. Bizim köy epey boşalmıştı, sadece yaşlılar kalmıştı, birkaç büyük aile vardı ocağı tüten. Hiçbir şeyin farkında değildik, harman yerinde yine oyunlar kurduk. Bir sene önce bir başka sübyan gelin olmuş gitmişti. Bir Alamancı oğluna almış, götürmüşlerdi. Çok şaşaalı bir düğün olmuştu. Daha on dördünde bile değildi, ay parçası gibi güzel bir kız. Sormuş soruşturmuş bir Alamancı aile, bu garibanda karar kılmışlar. Bizim oralarda pek başlık parası falan olmazdı, şimdi de yok, eskiden de yoktu. Herkes ne kadar sevinmişti, Alamanyalara gelin gidiyordu, kaderi güzeldi, kendisi gibi. Sonradan haberleri gelecekti, Almanya acı vatan...

O sene düğünü olan kız da bizimle oynardı. Köyde kalan beş altı çocuktan birisiydi işte. Bizim şehirde öğrendiğimiz oyunlar, televizyonlardan gördüğümüz acayip laflar akıllarını alırdı. Köy çocukları severdi bizlerle oynamayı. O sene düğünü oldu. Otuz beş yaşında bir adamla evlendirdiler. Düğün gününü hatırlıyorum, birden bizden sanki on yaş büyük gelmişti gözüme. Şaşkındı. Kına gecesinde müstakbel gelini ağlatmak için çok uğraşırlar ya, kızcağız çok kolay ağlamıştı, susturamadılar bile. Çocuktu, babası tarafından konulan ismi ile başlayan kaderi, babası yaşında bir adamın koynunda devam edecekti. Yaşıtım kızları bir kadın olarak hiçbir zaman hatırlamadım, hep yaşıtım bir çocuk olarak kalmış. Düğününde gördüğüm görüntüsü içler acısıydı. Kırmızı bir tülbent örtmüşlerdi başına, çok abartılı bir makyaj ile süslemekten çok olmayan dişiliğinin öne çıkmasını istemişler sanki. Çocuk yüzünü gizleyerek, vicdanlarını mı rahatlatmak istediler acaba? "Gönlü vardı" demiş yıllar sonrası annesi; o yaştaki çocuk gönül işlerinden ne anlarsa? Artık nasıl kandırmışlarsa ya da ikna etmişlerse, otuz beş yaşındaki adama karı etmişlerdi. Birkaç sene adamın köyünde kalmışlar. İki defa kaçmış gelmiş, anlatılanlara göre, gerdek gecesi tam bir facia olmuş. İlk geceden sonra adamın koynuna sokamamışlar bir süre. Çok dayak yemiş. En sonunda adam bunu getirmiş, babasının evine bırakmış, çekmiş gitmiş. Babasından çok dayak yemiş, geri dönmemiş kocasının yanına. Kocası istememiş zaten. Boşanmışlar sonra. Çocukları olmamış, zaten hep korkmuş, adamın koynuna doğru dürüst girmemiş bile. O yaşta dul kalan kızın adı unutulur. Lakabı kalır. O çirkin isimlerin önüne ya da arkasına bir lakap koyarak, dul kadının ismini güzelleştirirler. Eski ve boktan bir gelenektir bu. Kadının adı Şadiye, Hacer, Satı, Fadime'dir. Bizim oraların dul kadınları, şehrin dul kadınlarına benzemez. Köy yerinde dul kaldıysan, peşinde bir sürek avı başlar. Gözleri dönmüş adamlar, ağzından köpükler saçarak peşine düşerler. Rahat vermezler. Kapısında bekler, yolunu gözler olurlar. Babası baş edememiş, bunu tekrar evlendirmişler. İlk kısmetine olur demiş babası. Düğün falan istememişler, dul kadının düğün nesine? Bir imam nikâhı edip, yollamışlar Can Satı'yı. Yeni kocası da çok dövmüş, çok sövmüş. Üç yıl kadar evli kalmışlar, Satı'nın sırtında kırılmadık odun kalmamış. Bir tanede çocukları olmuş. En sonunda bunlar da köyü bırakıp göçmüşler Ankara'ya.

Kenar mahalle, keskin kurallarla işleyen bir düzen. Gecekondular renk renk olurdu. O karanlık ve kasvetli mahalleye inat, köy yerinin zor hayat koşullarından kaçan insanlar, ciddi anlamda bir bok çukurunda çırpınarak bir ömür geçirirler. Dönüp baktıklarında arkalarına, heba edilmiş bir hayat ve heba ettikleri hayatlar. Ortada suçlanacak kimse olmadı, bu heba edilen hayatların sorumluluğunu kimseler üstlenmedi. Kader denildi, felek denildi, kahpe dünya denildi, görmezlikten gelindi. Köylerinden sırtlarına vurdukları yüklerin yanında, kendilerine atalarından kalan örf ve âdet dedikleri kurallar ile büyüyen bu insanlar, kendi çocuklarına güç yettiremediler.

Zaten hayat denilen kahpe ile oturdukları yaşam denilen kumar için bir atımlık barutları vardı. Her şeyi hesap etmişlerdi, her şeyi kafaları aldığı kadar planlamışlardı ama büyük şehir denilen fırıldak orospunun ışıltısına kapılıp gidecek çocuklarını hiç düşünmemişlerdi. Çok ters bir zamanda, göç yolu başladı. Arkalarında bırakıp geldikleri köylerin karanlık ve sade hayatlarına inat, büyük şehir ışıl ışıl, üç günlük ömrü olan kelebeklerin etrafında döndüğü bir ışık gibi. Analar babalar, yollara düşerken yanlarında getirdikleri çocuklarını ciddi anlamda hiç düşünmediler, düşünemediler. Düşünemedikleri çocukların birçoğu evlerini terk edip giderken, onların deyimi ile kötü yola düşerken, pavyonlara, kerhanelere sermaye oldukları haberleri bir fısıltı ile dolaşırdı, kimse soramazdı. Tecavüzcü Coşkun'lar, "haroyinci" Nuri Alço'lar, manken kıvamında terminallerde evden kaçan kızları ağına düşürüp pavyonlara, kerhanelere satanlar, bir Yeşilçam karesi olmadı. Gerçekti. Bir tokat gibi gerçekti.

Kadın olmak zor bizim memlekette, hem de çok zor. Kadınlar; siz ne bok yerseniz yiyin, geçmişte yaşadıklarınızı erkeklerin ve hemcinslerinizin ulaşamayacağı yerlerde saklayın. Yaşanmışlıkların, pişmanlıkların, yaşanmaması gereken anların bir kadının hatası olarak görüldüğü bu toplumda, geçmişiniz size karşı her zaman bir silah olarak kullanılacaktır. Bunun eğitim, statü, aşk ya da sevda ile alakası yok. Kadınların geçmişinde başından geçenlerle suçlandığı ve yargılandığı bir toplumun bireyleriyiz. Bir kadını geçmişi ile suçlamak ve yargılamak sadece erkeklere özel bir durum değil. Bir başka kadın tarafından da çok rahatça kullanılabiliyor bu durum. Yaşanmışlıkların arkasında durabilmek, aslında çok büyük bir erdem, çok büyük bir meziyet. Bir kadının ulaşabileceği en son nokta, yaşanmışlıklar, acı ya da tatlı paylaşılan hatıralar geçmişte kaldığına göre, geleceğe sadece bir tecrübe olarak taşınırsa, ileride yaşanacaklar için çok iyi bir tecrübe olacaktır. Geçmişin bir hata olarak görülmesi ve tecrübeye çevrilmemesi sonunda, o pişmanlıkların, gözyaşlarının size karşı kullanılacak bir silaha dönüşmesi kaçınılmaz oluyor. Geçmişle ilgili acı tecrübelerinizi, pişmanlıklarınızı, yaşanmamasını istediğiniz anları birlikte olduğunuz erkeğin ve çevrenizdeki kadınların erişemeyecekleri bir yerde saklayın. Adınız bir defa çıkarsa, hedefsiniz. Peşinizde bir sürek avı.

En sonunda patoz yapıldı. Harman kalktı, Ankara'ya dönüş başladı. Okulların açılmasına vardı daha. Babamla ilk kavgamızı yaptık.

İlk sene okun için kıyafet alamamıştık, eski püskü bir lacivert ceketim, bir de kurşuni pantolonum vardı. Okul için bana takım elbise alınacaktı. Sümerbank'tan çuval gibi bir şey almışlardı, ileride dar gelmesin, giyebileyim diye ama öyle böyle değil, içerisine benim gibi iki tane çocuk çok rahat girer.

Annem; "Senden sonra kardeşin giyer" demiş, kestirip atmıştı. İsyan etmiştim "Ben bunu giymem" diye. Babam köpürmüştü. İnat ettim, giymedim. Kafama çivi gibi çakılmıştı. Parasını babam veriyordu, parasını ödediği pantolona benim yapacak bir şeyim yoktu. İçime oturmuştu, çok zoruma gitmişti. Takım elbise diye, alına alına sik gibi bir şey alınmıştı. Hiçbir zaman giymedim o pantolonu. Eminim annem evin bir köşesine kaldırmıştır, duruyordur bir yerde. Babamla ilk defa karşı karşıya gelmiştik, diklenmiştim adama. Sağlam bir tokat yedim.

İlk çatırtılar böyle başladı. Kinlenmiştim, zoruma gidiyordu. Yediğim tokat umurumda değildi ama günlerdir bekliyordum bu takım elbisenin yolunu. Babam iki hafta söylendi, ben hiç konuşmadım. Sonra; komşumuz olan Kırşehirli çorap satan amcanın büyük oğlu geldi aklıma. Korsan olarak paça (koyun ayağı) işliyordu. "Beni de götür abi, ben de çalışacağım" dedim ona. "Olmaz" dedi, "babana soralım." Babam hiçbir zaman çalışmamı istemedi ama burnumun sürtülmesini istiyordu sanırım. "Git" dedi, "git ananın amını gör. Kolay el adamından ekmek parası kazanmak."

Gittik. Kırmızı bir kamyoneti vardı. Önce Et ve Balık Kurumu'na gittik, oradan taze kesilmiş paçaları topladık. Bunun yerine götürdük. Yüzlerce ayak.

"Sen bu ayakların üzerinde kalan et parçalarını ayıkla."

"Tamam abi."

Akşama kadar tek tek o ayaklardaki fazla derileri kestim; parmaklarım, ellerim kesik içerisindeydi. Benim yetişemediğim yerde bu geliyordu. Yeterli miktar elde edilince bir varilin içerisine doldurup kaynatıyorduk, sonra su süzülüyor, iyice yumuşayan deriyi çok şekilli bir hareket ile sıyırıp tırnakları ile beraber söküyorduk. Sonra bir ocağın üzerinde yakılıp bağlanıyordu. Akşama kadar çalıştık. Akşam da Bent Deresi, Ulus civarında bu hazır paçaları dağıttık. Saat dokuz gibi mahalleye geri döndük. Çok yorgundum.

Haftalık falan konuşmadık.

"Yarın gelecek misin?"

"Geleceğim tabii."

Babam evde yoktu, annem açtı kapıyı. "Gitme boşver," dedi, "gidip ne yapacaksın?" Bir şey demedim; daha 20-25 gün vardı okulların açılmasına. Ertesi gün tekrar gittim. Bir hafta sonra ilk maaşımı aldım. Onu da çerçevelettirdim. Halen evde durur.

Okullar açılana kadar çalıştım. Babam bir şey demedi ama pek mutlu da olmadı. İş iddiaya binmişti, vazgeçmeye pek niyetim yoktu. Aldığım parayı da anneme veriyordum. Çok güzel bir duyguydu o yaşta bir işe yaradığını bilmek. Sabah evden işe gitmek için çıkmak. Annemin ve babamın bakışları bile değişmişti. Artık çocuk muamelesi yapmıyorlardı pek, eli öyle de böyle de ekmek tutan bir adam olmuştum. Okulların açılmasına birkaç gün kala işi bıraktım. Sümerbank'a değil Gima'ya gittik. İstediğim gibi bir takım elbise, bir tane yarasa kollu mont (o yılların modası), kardeşime de pantolon falan aldık. Ne beğendiysem o alındı. Babam ağzını bile açmadı, parasını ben kazanmıştım, benim alın terimdi. Kafama göre harcayacak olan da bendim. Kesin ve temiz bir zafer.

Dayatılan kurallara ve kadere ilk isyan böyle olmuştu. Sikimde bile değildi alınan o yeni takım elbise ve bana göre çok uzak bir hayal olan o mont, mesele o değildi. Mercimek kadar beynimle bir şeylerin farkına vardım galiba o gün. Belki kazandığım o kadarcık paranın üzerini babam tamamlamıştı, emin değilim. Kazandığım ve çerçevelettirdiğim ilk para haricinde kuruşuna kadar anneme vermiştim. Babam benden hiçbir zaman para almadı. Kabul etmedi. Artık ben de ondan para istemedim, yani harçlık almayı çok erken yaşta bıraktım. Anlatılmaz bir duyguydu o yaşta anne ve babadan saygı görmek. Yemek masasında oturuşun, evdeki konumun bir anda değişiyor. Babam çok pişman olacaktı, o hiçbir zaman giymediğim ve elimin ekmek tutmasının bahanesi olan pantolon olayına.

O sikindirik pantolon hayatımın bir dönemece girmesinin bahanesi olmuştur. "Keşke" der bazen babam, "keşke o işe başlamana hiç izin vermeseydim". Hayatı sorgulamaya ve yorumlamaya başlamıştım, kafamın yettiğince ve mantığım el verdiğince. Çalışmıştım, bana ilk defa bir şeyler emanet etmişlerdi, görev vermişlerdi ve yerine getirmiştim. İşe girdikten iki gün sonra götüme baka baka döneceğimden emin olan babam pes etmişti. Para kazanmıştım. Dayatılan kurallara kafa tutmanın tek yolu, kimseye boyun eğmemekmiş, kimseye eyvallah dememekmiş. Bu ruh hali ile okula başladım yeni takım elbisemle.

Mahalleye birçok yeni insan taşınmıştı. Bir iki ay içerisinde kurulan gecekondular mantar tarlası gibiydi. Rengârenk evler, içlerinde birbirinden alakasız ve rengârenk insanlar ama hepsi aynı potada eriyordu sanki. O rengârenk evler ve rengârenk insanlar bir süre sonra kaybolup gidiyordu o hengâmede. Bir gecekondu dikiliyordu, dış boyası kırmızı, en fazla iki gün sonra bir parçamız oluyordu. Mahalle gittikçe büyümeye başlamıştı. Yeni komşular, yeni insanlar, en fazla bir hafta sonra bizden birisi oluyordu. Fazla yadırganmıyordu, yadırganacak bir şey de yoktu. Çok çabuk tanışıyor, kaynaşıyorduk. Sefalet, sefillik, yokluk ve yoksunluk içerisinde bacasını tüttüren her insan ciddi anlamda mutluydu. Çok sevdim ben o günleri, samimiyeti ve onlarca insanın aralarında uçurumlar olmadan aynı kaderi paylaşmalarını. Memleket, ırk, mezhep ayrımcılığı yapmadan kendi hallerinde aşlarını kaynattıkları o gecekondu mahallesini.

Mahallenin kızlarına asılmaya gelen çakallar olurdu; okulun önünde bekleyen, kızlara salça olan sıpalar falan dolaşırdı eskiden. Mahallenin büyük abileri biz tıfılları gönderirdi bu heriflere bulaşmak için.

Çoğu zaman sekiz-on yaş arası bir bebe seçilir, mahallede dolaşan parlak kılıklı yabancı sıfatlı, düzgün giyimli tiplerin üzerine salınırdı. Bu yamuk kafalı, sümüklü, üç numara tıraşlı piç adayı sataşırdı:

"Laaa, ne geziyonuz bizim mahallede amına goduklarım?"

"Sen kimsin lan cucuk?"

"Amuga gorum senin."

"Yazık la, kimin bebesisin sen?"

"Siktir git lan, dolaşmayın mahallede."

"Olum siktir git, alırım seni ayağımın altına."

"Ne gubarıyon la? Kalıbına mı güveniyon, amına goduğum."

"Gel lan buraya piç kurusu."

Bulaştığınız herif, kesmekte ya da peşinde dolaşmakta olduğu kızın karşısında daha fazla dayanamaz, belinize bir tekme indirir. Bizi bu elemanın üzerine gönderen abiler gelir.

"Ne vuron la el kadar bebeye, amcık? Gücün sübyana mı yetiyor?"

"Ya kardeşim, şey kem küm. Konuşarak halledebiliriz."

Böyle başlardı dayak faslı, oyunlarımız böyleydi. Kimsenin kimseden pek korkusu yoktu çünkü kimsenin sefil hayatında kaybedecek bir şeyi yoktu.

Bir komşumuz vardı, çok efendi, düzgün bir adam. Komik bir abiydi, benden iki yaş küçük bir oğlu, bir de kızı vardı. Bir devlet dairesinde odacılık yapıyordu. Bu abi düğünlerde köçeklik yapıyordu çocukları daha iyi bir hayat yaşasın, ocağı daha iyi tütsün diye. Birkaç abi daha vardı, köçek. Bilmeyenler için söyleyeyim, köçekler düğünlerde, pavyonlarda etek giyip zil takarak insanları eğlendirirler. Zor meslektir, saygıyı sonuna kadar hak eden, adamların çocuklarını okutmak için etek giymesidir. Ekmek parası denilen kahpe icat için, zalimlerin zalimlik yapması için uydurulmuş bir eğlence anlayışıdır. Zalimce bir eğlence anlayışıdır, bir adama etek giydirip el çırparak oynatmak.

Topal köçek vardı, çok meşhurdu zamanında. Pos bıyıklı, güzel bir abi. Çocukluğumda bir köy düğününde görmüştüm. Köy yerinin düğününde tango yapacak halimiz yoktu. Sabaha kadar oynamıştı adam, para takıp oynatmışlardı, en sonunda yıkılıp kalmıştı yorgunluk ve aldığı aşırı alkolün etkisiyle. Emekli oldu sonra. Aslında demir çelik fabrikasında çalışıyordu, Karabük'ten gelmişti düğüne. Kızı ve oğlu senelerce konuşmamış kendisiye. Evlatlarını okutup, ellerine ekmeklerini verdikten sonra bırakmıştı bu işi. Köçeğin oğlu, köçeğin kızı, köçeğin karısı diye lakabınız olur, köçek bir babanız varsa.

Sanılanın aksine; düğünlere ya da oturak âlemine çağırılan köçeklere büyük saygı gösterilir, en ufak bir terbiyesizlik hoş görülmez. Bir köçeğe yapılacak en büyük terbiyesizlik, oynarken karşısına geçip göbek atmaktır, yakışmaz. Hiçbir köçek keyif için bu işi yapmaz, köçek lakabını almak demek, o lakabı çevrenizdeki insanlara, ailenize ve çocuklarınıza bulaştırmak demektir. Zor meslektir. Boyu kadar çocuğu olan bir adam neden etek giysin, gerdan kırsın? Sorsanız çok bilen, okumuş, eğitimli ve hayatı yorumlayan porselen dişli beylere, hanımlara "Sapık ve yoz kültürleri ile bizi kirletiyorlar. Bu nasıl bir eğlence anlayışı?" diye sabahlara kadar tartışırlar. Türkiye gibi muhteşem hayat standartlarının olduğu bir ülkede kendilerini geliştirememiş insanların yoz kültürüdür bunlar. Güllük gülistanlık bir ülke olduğumuzdan, bizim gibi seçilmiş insanlara yakışmayan; saçları, pis kokuları, aptal hareketleri, dinledikleri boktan müzik ile ciddi anlamda rahatsızlık verir bunlar.

İnsanı sevmekle başlar her şey. Öyle bir memlekette yaşıyoruz ki, birbirimize etiketler vurmaya bayılıyoruz. İnsanları; yaptıkları işleri, giyimleri, konuşma tarzları/otobüste oturmaları ile yargılamak, bu ülke insanının en büyük ahmaklığı. Başkalarının saçmalıkları ve eksiklerinden tiksinerek sanırım kendimize ifade edemediğimiz aptallıklarımızı örtüyoruz. İç huzur çok önemlidir. İnsanın iç huzuru yakalaması için, bu hayatı hem kendisiyle hem çevresiyle yaşamayı bilmesi gereklidir.

Okul başladı. Diyorum ya, çocuk milleti acımasız olur, kahpe olur, vicdansız olur. Artık biz biraz daha acımasız, biraz daha kahpe, biraz daha vicdansızdık. Farkında bile değildik ama pek acıma duygumuz, merhamet erdemimiz yoktu. Kavgalarımız olurdu, itişmek kakışmakla sınırlı olmayan kavgalar. Ne kadar canını yakarsan karşındakinin, o kadar rahat edersin. Kural buydu.

İlk kafayı suratıma yedikten sonra çok kavgamız oldu. Gecekondu kavgaları çok daha farklıdır; can yakmaktan çok, sana bulaşacak diğer çocuklara gözdağı vermek için dalarsın. Dayak yemek, dayak atmak hayatımızın bir parçasıydı. Dayak yesek de atsak da önce öğretmenden, eve gidince anneden, akşam olunca da babadan bir ton dayak yerdik. Bir zaman sonra alışıyorsunuz.

Geceleri altımı ıslatmayı bıraktım ve ilk defa sevdalandım. İsmini bile hatırlamıyorum, şimdi yolda görsem tanımam ama abisini hiç unutamam. Pek kavga falan olmadı, direkt daldı koyduğumun evladı. Küçüğüz lan, el kadar bebeyiz! Zaten ne karşı cinsle konuşacak yüreğimiz ne de özgüvenimiz var. Kafamıza göre uzaktan seviyoruz. O kadar saf duygular ki... Kendi aramızda konuşuyoruz:

"Lan, ben falanca kızı seviyorum."

"Verse siker misin?"

"Siktir lan."

"Melek lan o. Ne sikmesi. Yazık, kıyamam ben ona."

İşte böyle.

Kızın yanına bir defa gidip konuşmuşluğum bile yok. Uzaktan gelin güvey oluyorum. Sınıfta sıranın üzerine ismini kazıyorum, deftere şiirler falan yazıyorum. İlk aşk işte, tertemiz; yürek böyle fırlayacak gibi oluyor kızı görünce.

Duyuldu tabii, kızın kulağına gitti. Gitse ne olacak? Kim olduğumu bile bilmiyor, tanımıyor bile beni. O çocuk, ben ondan çocuk. Kızı gördükçe kaçar oldum, önceden yüzüne falan bakıyorduk uzaktan. Artık o da yok. Kızın ve benim aldığım aile terbiyesi, iki karşı cinsi yan yana gelmesinin bile ayıp olduğunu empoze etmiş genç beynimize.

Ama bu kızın bir de abisi var, benden belki on yaş büyük, mahallenin delisi. Sonradan öğrendik kim olduğunu. Düşmüş peşime, aldığım istihbarata göre, yakalayınca canıma okuyacak. Aldı beni bir korku. Yolumu değiştiriyorum. Geceleri korkudan uyku bile yok. En sonunda; salak bir arkadaşın gazıyla çıktım herifin karşısına, delikanlı gibi konuşacam. Bu yarma, saz arkadaşları ile top oynuyor. Topladım tüm cesaretimi:

"Abi, baksana bi."

"Söyle."

"Ben senin bacını seviyorum. Niyetim ciddi. Delikanlı gibi geldim yanına."

"İyi. Benim de canım sıkılıyordu zaten. Gel bakayım şöyle."

Gerisi malum. Bir kırık aşk hikâyesi böyle bitti.

Yıl sonu geldi, karneler dağıtıldı. Yine teşekkür aldım. Okul kapanınca babam, "Köye göndereceğim seni" dedi.

"Gitmem köye falan. Ben bir işe girip çalışacağım" dedim.

Karşı çıktı, çalışmamı istemiyordu. "Paraya alışan çocuk okumaz" derdi hep. Yaka paça beni köye gönderdi babam. Bir hafta sonra dedem otobüse bindirip geri gönderdi. Kafaya koymuştum, çalışacaktım, yoktu çaresi. Babam çıldırdı ama dövmedi, dayak fazla etkilemiyordu artık. Okulda, sokakta, evde zaten ortalama üç öğün dayak yiyordum. "Tamam" dedi, "ben sana iş bulacağım".

Sabahın bilmem kaçı, peder zebellah gibi dikilmiş başıma, beni dürtüklüyor. "Lan! N'oluyoz?" demeye kalmadan, yaka paça kaldırdılar beni. Kahvaltıya oturduk, kimse konuşmuyor, ben kendime gelmeye çalışıyorum. Kafam zonkluyor. Yaz tatilinde bünye alışkın değil erken kalkmaya. Evden çıktık hiç konuşmadan. Zaten; soğuk bir savaş var aramızda. Peder bana kıl, ben de ona. Dolmuşa binip Ulus'a geldik. Biraz yürüdük, bir başka dolmuş durağında sıra bekliyoruz. Peder homurdanıyor, "Amına kodumun evladı, başımın belası" gibi laflar anlaşılıyor da, gerisi meçhule giden bir gemi. Dolmuş geldi bindik. Git babam git, en sonunda OSTİM organize sanayi denilen bir yerde indik. Benim kafa basmıyor, almıyor. Bir kaportacıya girdik, selamlaşma faslı, şu bu derken peder ağzındaki baklayı çıkardı:

"İşte Can usta, evin delisi bu. Allahın bebesi hayatımızdan çaldı. Adam et bunu."

Can usta hiçbir şey demedi, pis pis sırıttı sadece.

Lafı uzatmayalım. Peder çıktı gitti. Saçlar 90'lı yılların tıraşı; Amerikan stili bir tane tişört. Yani anlayacağınız, sanayi bölgesinde lavuk diye tabir edilen tiplerin muazzam bir örneği, bir ibret abidesi gibi dikiliyorum.

Kalfa, kalfa dediysek on üç yaşında bir sıpa:

"Ne dikiliyon lan? Git üstünü değiştir, tulumunu giy."

"Ne diyon olum? Ne tulumu ya..."

"Artis misin olum?" diye ufak bir tanışma faslından sonra elime verdiler çalı süpürgesini. Ankara'nın sıcağı binmiş tepeme, akşam saat dokuza kadar iyice siktiler belamı. Kaportaya ben oksijen kaynağı tutuyorum, kalfa (ibnenin evladı) çekiçliyor. Zamanlamayı iyi yapmak lazımmış, kaynağı biraz fazla tutunca kaporta delindi. İki de tokat yedik ustadan. Akşam eve geldim, üstüm başım toz toprak, yorgunluktan gebermişim. Peder çok mutlu, ağzı kulaklarında, sanki kansere çare buldu. İki hafta devam etti böyle. Günlük masrafım o günlerin parası ile dört bin lira falan (iki dolmuş gidiş - iki dolmuş geliş ve öğle yemeği) haftalığım on bin lira. İsyanlardayım.

Gecenin bir yarısı eve geliyorum, yorgunum ama uyumaya korkuyorum. Sabahın köründe kalkacaz korkusu. Harcadığım, kazandığımın üç misli. Küfür, dayak gırla gidiyor. En sonunda astım gitmedim bir gün. Okulda devamsızlık yapıyoruz ya, eve erken geldim. Peder niye geldiğimi sordu. Sanayide elektrikler kesilmiş falan, uydurdum bir şeyler, yemedi tabii, ağzıma sıçtı. Ertesi gün üşenmedi, beni yine kendi elleri ile Can ustaya teslim etti. Birkaç gün daha çalıştım. Fırsat bulunca kaytarıyordum.

Can usta artık anladı, benim adam olmaya niyetim yok.

"Kaporta sana ağır geldi, seni oto boyamaya verelim. Daha rahat, sadece boya yaparsın."

Hemen kabul ettim. "Lan ne güzel, elimde fırça boya yapacam" diye sevinerek gittik boyacının yanına.

Bismillah demeden herif elimize verdi böyle ince bir tel (bilezik diyorlar), arabanın boyasını kazımamı söyledi. Arkadaş, yağmurdan kaçarken doluya tutulduk. Saatlerce kazı babam kazı. Elim kolum kan içinde kaldı. Boya işi kaportanın yanında cehennem ıstırabı. Birkaç gün daha takıldım. Siktir ettiler beni.

Eve geldim, peder bir şey demedi.

Kaportacıda başladım yine, iki hafta dayanabildim. Babamın derdi para değildi. Burnum sürtülsün, okuldan soğumayayım derdindeydi. Burnum çok kötü sürtülmüştü cidden. Anamdan emdiğim sütü burnumdan getirdiler. İlk defa lafımı yedim, eve döndüm, ikinci raunt babamın olmuştu:

"Ne oldu? El ekmeği acı olurmuş."

Hiçbir şey demedim; çok zoruma gitmişti, o sözü yemek kanıma dokunmuştu. İlk zaferim ne kadar net ve kesinse, bu yenilgi de o kadar net ve kesindi.

Babamla bir güç yarışına girmiştik. O bana doğrularını dayatmakla meşguldü, benim derdim başkaydı. Yukarıda Allah var, adama diyecek bir şeyim yok; elindeki imkânlar kadarını, belki de daha fazlasını bize sundu. Birçok adam kahvehane köşelerinde batak oynarken o eşek gibi bizim için çalıştı ama benim derdim başkaydı işte. O zevki almıştım, bir işe yaradığını bilmek, eyvallah etmemek çok farklı duygulardı. Köye göndermedi beni, gönderseydi geri geleceğimi biliyordu sanırım. Geri geldiğimde iyice karşı karşıya gelecektik. "Ne bok yersen ye." dedi ve kesti attı.

Şimdilerde Cebeci Eski Site Sineması'nın orada çok ünlü bir baklavacı var, o zamanlar küçük bir işletmeydi. Sahipleri Çankırılı. Çankırılılardan iyi baklavacı ustası çıkar. Sanılanın aksine Gaziantepli baklava ustaları pek Ankara, İstanbul gibi yerlerde çalışmaz. Zaten baklava Antep'te bir sektör. Bu işletmeyi açan iki kardeş bizim komşumuzdu. Üç kardeşti bunlar, en küçükleri benimle yaşıt. O yazları çalışırdı, bulaşık falan yıkar yardım ederdi. Ona sordum. Abisi gelsin demiş. Fazla sayılmayacak bir paraya ama bana göre çok iyi bir paraya bulaşıkçı olarak başladım. Ben gelince de bulaşıkçının birisini çırak yaptılar. Koca koca kazanları, şerbetli tepsileri yıkıyorduk. Keyifli işti. Bulaşık yıkamanın neresi keyifli derseniz, ben çok sevdim. O kaportacı faciasından sonra şeker, şerbet gelmişti. Bol bol baklava yiyordum, bazen paket yaptırıp eve götürüyordum, babam kıl oluyordu, sinir oluyordu ama pek bir şey demiyordu.

Bir yaz öyle geçti. Aldığım parayı götürüp anneme verdim. O biriktirmiş. Babam elini bile sürmezdi. Tekrar okul açıldı, orta sona devam. Yavaş yavaş ergenliğe adım atıyordum. Artık çocuk kafası ile düşünmüyorsun, daha bir hırçın, daha bir agresif oluyor insan, kendini ispatlama çabasına giriyorsun. Babamla aramızın iyice açılmaya başladığı zamanlardı, pek konuşmazdık birbirimizle, pek bulaşmazdık ama vardı aramızda gittikçe açılan bir uçurum. Annem devam ediyordu ev işlerine gitmeye, haftada dört-beş gün giderdi. Okuldan gelir annemin hazırladığı yemekleri ısıtır, kardeşimi doyururdum. Bir gün eve geldim, sobayı galiba çok doldurmuş annem, altını, üstünü kapatmış, evin içerisi buz gibi. Açtım kapaklarını, üflemeye başladım, alev alsın ısınsın biraz ortalık. İçin için duman çıkarıyordu, eğilip alt göze bakarken soba birden "pofladı", ateş fışkırdı sobadan. Gözümü açamıyordum, bağırmaya başladım, kardeşim de ağlıyordu. Çığlıklar atarak dışarı çıktım, sağ olsun komşular karga tulumba beni hastaneye götürürdü. Ne anneme ne de babama ulaşabildiler tabii, ikisi de çalışıyor. Gözümü yıkadılar, sardılar, eve geldim. Sonra annem geldi, yine dayak yedim anasını satayım. "Sobayla niye oynuyorsun?" diye kadın bana daldı terlikle.

Böyle geçiyordu günler... Göt kadar bir mahalleye kapanmış, acılarını, dertlerini, sevinçlerini kendisi gibi insanlarla paylaşan bir nesil doğuyordu. Kendi kurallarını koyan ama ileriye götüremeyen... Unutulmuştuk demiyorum. Hiç hatırlanmadık ki. Bu göt kadar mahalle elbet yetmeyecekti, yollara düşecekti bu gecekondunun ve varoşların çocukları. Kendi ana ve babaları gibi kaderlerine boyun eğip, adına kader denilen dayatmalara eyvallah çekmeye hiç niyetleri yoktu.

Sınırlar kalmamıştı. Kimse farkında değildi ama kendi raconlarıyla kuralsız yetişen bu jenerasyon, ciddi anlamda bela tiplerden oluşuyordu. Dış dünyaya tamamen kapalı bir şekilde, kendi başlarına kafası karışık bir nesil geliyordu. Çok değil birkaç sene sonra Tunalı Hilmi, Kurtuluş Parkı, Küçükesat, Çankaya gibi, aralarında uçurumlar olan farklı bir kültür ile büyümüş çocuklarla yolları kesişecekti. Koskoca mahallede lise yoktu mesela, en yakın lise ya Kurtuluş Lisesi ya Ellinci Yıl Lisesi ya da İncesu Lisesi. Yani bizim gecekondu mahallesi kültürüyle hiç alakası olmayan çocuklarla aynı sıraları paylaşacaklardı. Bizim ergenlik sorunlarımızı halletme biçimimiz çok farklıydı. Ailelerimizin bize yaklaşımı çok farklıydı, öğretmenlerimizin bize yaklaşımı çok farklıydı, bizim birbirimize yaklaşımlarımız çok farklıydı. İki farklı kültürün çocukları çok yakın bir zamanda karşılaşacaklardı, yolları kesişecekti. Onlar bize apaçi diyecekti, biz de onlara concon bebesi diyecektik.

Ortaokul nihayet bitti. Yazın hiç sormadan, izin bile almadan işe başladım. Halamın oğlu Tunalı Hilmi'deki Cambo İnegöl Köftecisi'nde paketçilik yapıyordu, abisi de aşçıydı. Şimdiki yerinde değil, şimdiki yerin tam karşısındaki eski yerinde. Latif Abi vardı, patron, pek karışmazdı işe. Bir kasiyer vardı, Necati Abi, o bakardı işlere. Burada çalışıyordum, ilk komilik tecrübem olmuştu ama ne tecrübe. Bir garson vardı, beni yanına verdiler. Müşteri geldiğinde ekmek kesiyorum, su, ayran ne isterse onu getiriyorum. Öğlen dışarı paket servisleri vardı; çevredeki işyerleri, evler sipariş veriyor, biz de bu siparişleri götürüyoruz. Akşam olunca garson topladığı bahşişlerden bize harçlık veriyor. Zaten paket servislerinden hatırı sayılır bir para kazanıyoruz, bir de maaş alıyoruz. O yaşta kazandığım paranın haddi hesabı yok. İşe çok çabuk ısındım ama geceleri çok geç çıkıyorduk. Tunalı'dan Esat, oradan Seyran Bağları üzerinden eve geliyordum. Gecenin bir yarısı el kadar çocuk, isteseler yatırıp bir köşede ebeni bellerler. O yüzden cebimde bir falçata taşıyordum her ihtimale karşı. Her akşam eve epey yüklü sayılabilecek bir para ile gidiyordum. Babam iyice kıllanmaya başlamıştı. Önceden çalıştığım işler bir çocuk için iyi sayılabilecek çekirdek parası olan işlerdi. Şimdi ciddi ciddi para kazanıyordum, epeydir eyvallahım yoktu, kendime olan güvenim tavan yapmıştı, paranın tadını almıştım. Para tatlıydı, para güç demek. Babam sabahları servisle gidiyordu işe. Birkaç defa beni taksiyle giderken görmüş. Adam burnundan soluyordu, zoruna gidiyordu sanırım. Yaşıtlarım misket oynarken, kibrit kutusu biriktirirken, telli araba sürerken ben evde terör estiriyordum. Anlatılmaz bir duyguydu. Babam yine inat etti, benden beş kuruş almadı. Ben anneme veriyordum, kardeşime hediyeler falan alıyordum.

Sadece para kazanmak da değildi, adını bilmediğim, tadını yeni öğrendiğim birçok duygu vardı. Sorumluluk almak, verilen bir işi eline yüzüne bulaştırmadan yerine getirmek, en güzeli: Başarmak. Bir de ergenlik yılları... Giyim, kuşam, saç stili farklılaşmaya, alım gücüne paralel olarak değişmeye başladı. Gelen müşterilerden gördüğümüz farklı yaşam biçimlerinden etkileniyordum. Işıl ışıl bir hayat vardı. Bizim mahalleyi ilk kez bu gözle görmeye başladım. İnsanların yaşadığı hayatın ne kadar farklı olduğunu, dayatılan adaletsizliği düşünüyordum. Kafam pek basmasa da anlamaya çalışıyordum işte. Bir yaz böyle geçti. Okulların açılmasına az bir zaman kala işi bıraktım.

Hayat böyle sürüyordu ama başka bir durum daha vardı. Hormonlar iyice tavan yapmış, ergenlik halleri iyice ortaya çıkmıştı. Bir kızı vardı komşumuzun, sanırım 20'li yaşların üzerindeydi. Mahallenin kadınlarına hatim indirir, sure öğretir, mevlit falan okurdu. Hep kapalıydı. Bize gelirdi bazen. Bir gün annem evde yoktu. Sanırım işe gitmişti, kardeşimle evde tepişiyorduk. Kapı çalındı, bu geldi. Annemin evde olmadığını söyledim. "Olsun" deyip içeri girdi. Kardeşimi eline Tommiks, Teksas kitaplarımdan verip dışarı sepetledik. Bu yanıma yaklaştı, saçımı okşadı, öpmeye başladı beni. Hiç itiraz etmedim. Çok garip bir zevk alıyordum. Göğüslerini açtı. Ellerimi üzerinde dolaştırmaya başladı. Çok güzel kokuyordu. Uzandı üzerime, dudaklarımı öpüyor, ellerimi tutarak göğüslerinin, kalçalarının üzerinde gezdiriyordu. Elimi aşağı indirdiğimde... Sıkıca tuttu. Tam bir birleşme olmadı ama üzerimde epey tepindi. Yüzümüz kıpkırmızı olmuştu. Çok zevkliydi. Daha önce hiç tatmadığım bir zevk. Gitmek istediğini söyledi. Gitmesini istemiyordum. Göğüslerini sıkıyordum. Bir kadına ilk defa dokunmuştum. Çok zevkliydi. O göğüslerinin arasından gelen garip koku, tülbendini çıkardığında parlayan saçları, ben üzerindeyken çıkardığı hırıltılar, gözlerini kapatması... Göğüslerini öperken başımı bastırması, kalçalarını sıkarken saçlarını savurması... Sonra birçok defa daha geldi. Annem evde olmuyordu zaten. Kardeşim içeride televizyon seyrederken, biz yatak odasında tepişiyorduk. Hiçbir zaman tam bir birleşme olmadı... Bakireydi sanırım, tadında kaldı.

Ondan sonra kadınların ne işe yaradığını anlamıştım. Kadın vücuduna âşık olmuştum.

Artık lise yılları başlayacaktı. Tek dünyamız olan varoş mahallemizden ayrılıyorduk bir şekilde. Babam öğretmenlerin gazı ile yapabileceği en büyük yanlışı yaptı. Beni Seyran Bağları'ndaki Ellinci Yıl Lisesi'ne kaydettirdi, zamanın üst tabaka çocuklarının gittiği bir okul. Kötülüğümü istemedi elbet, daha iyi bir eğitim almamı istiyordu; ne de olsa devlet okulları, mahallesine göre değişiyordu.

Saçları itina ile taranmış, tertemiz çocuklar. Ellerinde çantaları... Hiç sevmedim bu okulu. Bizim mahalledeki okul gibi değildi. Kendimi hiçbir zaman ait hissetmedim bu okula. O hep kaçtığım, rahatsız olduğum farklılıklar şimdi daha çok öne çıkmıştı. Ben iki takım elbiseyi değiştire değiştire giyerken, sıra arkadaşım her gün farklı bir elbise ile cebinde bok gibi para ile geliyordu. İnat etmiştim zaten babamdan para, harçlık da istemiyordum. Okulun birinci haftasında Necati Abi'nin yanına gittim, hafta sonları çalışmak istediğimi söyledim, kabul etti. Evdekilere hiçbir şey söylemedim. Babam duysa kemiklerimi kırardı biliyordum ama babamın yüzünü zaten pek görmüyordum. Hafta sonları okulun izci bilmem nesi var yalanıyla annemi kandırmak pek zor olmadı. Kadın sevindi beni seçmişler diye. Okulda doğru dürüst değil, hiç arkadaşım yoktu. Kendimi bu çocukların ortamlarına, doğum günlerine ya da botanik parkı gezmelerine ait görmedim. Onlar da beni siklemediler zaten. Öğretmenlerin bize yaklaşımları da çok farklıydı, daha sevecen, daha anlayışlı. Dayak olayı kesinlikle yoktu. Okulun öğrencilerinin çoğu kalburüstü sayılabilecek ailelerin çocuklarıydı. Eminim en ufak bir tatsızlıkta veliler hesap sorardı. Bizim gecekondu mahallesindekinden çok farklı bir eğitim sistemi, çok farklı bir ortam, benim ait olmadığım...

Cumartesi-pazar sabah dokuzda başlıyordum, akşam dokuz-on gibi bırakıyordum işi evdekileri kıllandırmamak için. Yoksa okul çıkışı gider çalışırdım da. İlk dönem böyle geçti, karneler alındı, derslerim yine çok iyiydi. Babam karnemi gördü, ağzı kulaklarında. Yarıyılda çalışacağımı söylediğimde adamın sinirden kulaklarından duman çıktı ama beni de kıramadı. Mecburen olur dedi. On beş gün Necati Abi'nin yanında, Cambo İnegöl'de çalıştım.

Okulu ciddi anlamda sevmiyordum artık. Kendimi ait görmediğim insanlar içerisindeydim. Zaten kendimi belli ediyordum. Yaşıtım çocuklardaki o naiflik, naz yapmak, şu bu pek yoktu bende. Midem bulanıyordu. Hafta sonları gittikleri yerleri anlatırken, babalarının arabalarından bahsederken içim kalkıyordu. İyice yalnız hissediyordum kendimi.

Mahalleden en sevdiğim üç arkadaşım Aktaş Endüstri Meslek Lisesi'ne gidiyordu. Hem okuyorlar hem meslek öğreniyorlardı. Düz liseden farklıydı. Okulun bitmesine yakın babama söyledim. Bir senem kaybolacaktı ama en azından biz zanaat sahibi olurum düşüncesiyle kabul etti. Sınavla alınıyordu, sınavlara girdim, güle oynaya yüksek bir puan ile metal işleri bölümünü kazandım. Kendim gibi insanlarla kendi çöplüğümde... Yaz gelmişti zaten.

Yine Necati Abi'nin yanında çalışıyordum. İyi para kazanıyorum. Bir gün yeni garson olmuş bir çocukla tartıştık; kim haklıydı hatırlamıyorum ama birbirimize iyice kinlenmiştik. Aramızda pek yaş farkı da yoktu. Dükkânın önünü yıkıyorduk bununla. Ben fırçayla yerleri sabunluyorum, bu elinde çekpasla köpükleri falan temizliyordu. Birden tekrar tartışmaya başladık. Elindeki çekpası bacağıma vurdu. Galiba çivi vardı ucunda, sağ diz kapağımı üç-dört santim kadar yırttı. Ben de elimdeki fırçayı bunun kafasına vurdum. İçeriden geldiler ayırdılar bizi. Bacağımdaki kanı görünce iyice gözüm döndü. Masanın üzerindeki çatalı alıp kolunu façaladım. Tekrar ortalık karıştı. İkimizi de siktir ettiler. Mahalleye geldim. Çok zoruma gitmişti.

Bir abi vardı, Mürsel Abi. Çok şekil bir üniversite öğrencisi. Okuyordu, geceleri garsonluk yapıyordu. Hep gülerdi. Bunun yanına gittim, "Abi böyle böyle oldu, benim çalışmam lazım." "Bizim iş biraz farklı," dedi, "benim yanımda çalışamazsın, yaşın tutmuyor." Yalvardım. Ulus, İsmetpaşa taraflarında bir batakhanede çalışıyordu. "Parası falan önemli değil abi. Bi konuş." Ertesi gün bir siyah pantolon, siyah ayakkabı, beyaz gömlek giyip bunun yanına gittim. Beraber bindik dolmuşa. Mekân çok acayip bir yerdi, alt kat birahane, üst kat pavyon. Aslında ne birahane ne de pavyon. Bildiğiniz açık hava kerhanesi gibi bir yer. Ankara'nın en mikrop, en bela yerlerinden birisi. Mürsel Abi bir olay falan çıkarsa sen karışma dedi.

"Hem emanetsin hem de yaşın tutmuyor. Polisle başımız belaya girmesin."

"Ne olayı abi?"

Güldü. Hep gülerdi zaten. Burası Cambo'dan çok farklı bir mekândı. Anason kokuyordu. Sigara kokusu işlemiş loş bir yer. Alt kata kocaman yazmışlar büyük bira 400 lira ama üst kat pavyon. Canlı müzik var, konsomatrisler var. Olay da gayet basit: Etraftan gelen sazanlar bira 400 lira diye üst kata çıkıyor. Oysa üst katta bira altı bin lira. Kimsenin haberi yok.

Sazcı, kemancı, darbukacılar geldi. Garsonlar geldi. Sonra bir sürü abla geldi. Program başladı. Dört tane at hırsızı kılıklı herif geldi, iki tane çocuk geldi. Mürsel Abi'nin komisiydim.

"Saldır masalara" dedi, "durmadan kül tablası değiştir. Bir emriniz var mı abi diye sor."

Bildiğiniz pavyon... Program ilerledikçe, rakılar devrildikçe, o ablalar masalara oturdukça gelen at hırsızı kılıklı, kerhane peçetecisi kılıklı herifler para saçmaya başladı. Saatler ilerledikçe tartışmalar, küfürleşmeler... Birçoğu raconu biliyordu ama bira dört yüz lira diye gelip anasının amı bir hesap ile karşılaşanlar olay çıkarıyordu. Ben durmadan kül tablası değiştiriyordum. Kafası güzel abiler masalarına oturttukları ablalara şekil yapmak için elime para sıkıştırıyorlardı. Ceplerim para doluydu.

Birden dört tane kafası güzel denyo masayı ters çevirdi. Hesaba itiraz ettiler, akıllarınca mekâna posta koydular. Şef gitti.

"Abi kusura bakmayın, bir yanlışlık olmuş. Buyurun müdüriyette konuşalım."

Mürsel Abi, "Sen göz kulak ol, kimse hesabı vermeden kaçmasın" dedi.

Masayı deviren elemanları, tüplerin olduğu dar bir oda var, oraya soktular. Adamların kafası zaten güzel. Garson, komi, aşçı, bulaşıkçı heriflerin ağızlarını burunlarını kırdı, analarını bellediler adamların. Hesabı da kuruşu kuruşuna alıp herifleri dışarı attılar. O akşam belki 10 kişi dayak yedi. Bir dolap var, içerisi sadece beyaz gömlek dolu. Üzeri kan olan, gömleği yırtılan gidip değiştiriyordu. Tırsmıştım. Sabaha karşı mekân kapandı. Mutfaktan çorba çıkardılar. Müzisyenler, garsonlar, kons ablalar oturduk çorbalarımızı içtik. Mürsel Abi bana biraz para verdi. Sabah 4 gibi çıktık. Kons ablaların kafa on numara olmuş. Çalgıcılar, garsonlar, aşçılar bir kahvehaneye gitti. Mürsel Abi "Bir iki saat burada bekleyeceğiz. İlk otobüsler servise başlayana kadar" dedi. Bunlar otobüs beklerken bir yanık masası çevirdiler. Sabah saat yediye kadar yanık masasında birbirlerini iyice üttüler. Otobüse bindik. Ceplerim para doluydu. Yorgun argın girdim eve. Cebimdeki parayı saymadım bile. Vurdum kafayı yattım. Cambo'da üç dört günde kazandığım parayı dokuz saate kazanmıştım. Deli ortamdı pavyon. Babam duysa kemiklerimi kırardı biliyordum. Annem sordu.

"Nereden buldun bu kadar parayı?" Ters ters baktım yüzüne. Hesap vermeyecektim.

"Çalışıyorum işte." Fazla üstelemedi zaten. Hesap vermeyi bırakalı epey olmuştu. Cebimdeki paranın az bir kısmını kendime ayırdım. Masanın üzerine bıraktım arta kalanı. Babam yine evde yoktu. Olmaması daha iyiydi aslında. Onun derdi ona yetiyordu. Benim derdim bana yetiyordu. Mürsel Abi'nin yanına gittim. Mahalledeki kahvede takılırdı.

"Gelecek misin?"

"Tabii geleceğim abi."

Bir çay ısmarladı. Başladı anlatmaya pavyon ortamını. Kons ablaları anlattı. Müşteriyi nasıl yolacağımızı, nasıl davranmam gerektiğini söyledi. Ankara'nın en bela, en mikrop, en berbat ve en tehlikeli arka sokakları, psikopatları, kons ablaları, çengileri, köçeklerini anlattı. Yine filmlerdeki gibi değildi, yine dizilerden farklıydı. Gerçek arka sokaklar, ağzımız bir karış açık seyrettiğimiz sinema karakterlerinden çok başkaydı. Masaya kons oturduğunda devreye biz giriyorduk. Adam zaten alkollü, bir beklentisi var masaya oturttuğu kadından. Şekil yapacak. Başından hiç ayrılmamak lazım. Rahat vermemek lazım. Adamın kafasını ne kadar sikersen, adam seni başından atmak için o kadar çok bahşiş verir.

Kons ablalar kıyak kadınlardı. Feleğin çemberinden geçmiş. Bir şekilde düşmüş ablalar. Verirlerdi gazı, oturdukları masalardaki at hırsızı kılıklı heriflere.

"Aşkım, kocacığım yazık, görsene çocuğu."

O zaman kopma noktasıydı işte. Adam o gazla "Gel koçum" dediği zaman giderdik masaya.

Mekândan karı çıkmazdı. Adam çok kafa sikerse kons, "Sen dışarıda bekle, öyle buluşalım" derdi. Herif hesabı öder, mal gibi beklerdi dışarıda.

Konslar çok iyi kazanırdı ama kazandığı pek kendisine kalmazdı. Mutlaka bakmakla sorumlu olduğu birileri vardır. Kendi ıskaladıkları hayatın güzelliklerini başkalarına yaşatmak için sanki ömürlerini adarlar.

Ya da kadınların birçoğunun taksi şoförü, kuaför kalfası gibi sevgilileri vardır. Onlara yedirirler. Giderleri de çok fazladır. Otel masrafları, yeme içme, bakım, kuaför falan derken ellerine pek bir şey kalmazdı.

Garson, komi, vestiyer de iyi kazanıyordu ama onlar da her sabah yanık masasında aldıkları parayı birbirlerini sikmek adına takıldıkları kahvehanenin ganyatasına, erketesine vermekle meşguldü. Kavgasız, adam dövmesiz bir gün olmuyordu zaten. Bir tanesi konsa tokat atmıştı o kafa ile. Adamı dilim dilim ettiler gözümün önünde. Pavyon fedailerinin çoğu Yozgat, Sivas ve Çankırılı'dır. Ellerinin kesinlikle ayarı yoktur. Hesaba itiraz, alkolün verdiği cesaretle dallamalık yapmak, konslara salça olmak gibi birçok aksiyona göz yumarlar.

Alkolün verdiği gazla yapacağınız her türlü şımarıklık sonunda en fazla sizi mekândan dışarı atarlar.

Dikkat etmeniz gereken şey şu ki: Analarına küfür etmeyin. Ne bok yerseniz yiyin, analarına küfür etmeyin.

Birçoğu içeri girip çıkmış, uzun süre mahpus yatmış adamlar. Kendilerine iş, ekmek veren mekân için gözlerini kırpmadan ölüme gidecek kadar sağlam ve gözü kara adamlardır. Sabıkaları yüzünden dışlanmış olan bu adamlar, uğruna kellelerini koydukları mekân ve sermayeler için ölürler de öldürürler de.

Ufak yaşta, boktan sebeplerle içeri düşen bu adamların çoğuna içeride, kapısını bekledikleri mekândan birileri sahip çıkmıştır. Bu yüzden kapısını bekledikleri mekân, anaları/babaları ve namusları olmuştur.

Konsların hayatları ayrı bir hikâye. Hepsinin hikâyeleri birbirine benzer. Ulus civarındaki otellerde kalırlar. Güvenlik gerekçesiyle hiçbir zaman kendi evlerinde kalmazlar. Bir manyağın, takıntılı bir psikopatın ya da canını almak için takip eden baba/abi/eski kocanın her zaman hedefi durumunda bir hayat yaşarlar. Aylık kiraladıkları otel odalarını tercih etmelerinin tek sebebi, can korkusudur. Filmlerde ve dizilerde gösterildiği gibi pek birbirleriyle yarış halinde değillerdir. Haftada bir gün mekâna ücretsiz çalışırlar sigorta gideri için ve racon böyledir. Raconu iyi bilirler. Muhabbetleri sağlamdır. Hiçbir zaman bir gelecek düşünmezler.

Önlerine trilyonlar serseniz, bu hayattan çekip çıkaracağım diye yırtınsanız bile fayda etmez. Kendi koydukları kuralları, kendilerine göre yaşarlar. Para, pul, koca ile hiç işleri olmaz. İzinli günlerinde, bir başka pavyona eğlenmeye giderler ya da bir kons arkadaşlarına destek olmak için mekânında ziyaret ederler. Hepsinin; sırtında, kolunda, bacağında, boynunda jilet/yanık/dayak/kesik izleri mutlaka vardır.

Asıl muhabbet, sabaha karşı otellerine döndüklerinde kendi aralarında yaptıklarıdır. Bırakın geçmişi, dünü bile hatırlamazlar. Çalıştıkları mekânlardaki müşterilerle kesinlikle bir ilişki yaşamazlar. Sevseler, âşık olsalar bile mekânın raconu gereği, ilk önce mekânı düşünürler. Bir gülüşlerine evlerini, arsalarını, katlarını, yatlarını satan, heba eden adam çoktur. Karşılığında en fazla bir yemeğe çıkarmışlardır ya da mekân haricinde bir yere eğlenmeye gitmişlerdir. Hiçbirisi mekâna borçlu değildir, filmlerdeki gibi kendilerine senet falan imzalatılmaz. Mekâna, racona ters işler yapanlar, huzursuzluk çıkaranlar, gönül işine girenler, peşine belalı adamlar takanlar, yani adı çıkanlar başka bir mekânda çalışamaz. Tek çaresi şehri terk etmek, başka bir şehirde işine devam etmektir.

Pavyonlar uzaktan görüldüğü gibi, sizin YouTube videolarından seyrettiğiniz gibi yerler değil aslında. Ordu'lu işletmecilerin tekelindedir. Garson, komi, işletmeci, vestiyer, otopark gibi tüm görevler genelde Ordulular'ın elindedir. Pavyon, batakhane ve gazinolar farklı kesime hitap eder. Batakhaneler Dışkapı ve Ulus taraflarında yoğunluktadır. Ankara'nın yerlileri ve Çankırı, Çorum gibi çevre illerden göç etmiş yeni nesil bitirimlerin uğrak yeridir. Kaşık havası takılır. Kons olayı fazla yoktur. En fazla sazcıya ve konsa ufak bir bahşiş verirsiniz. Sahnede istediğiniz kaşık havasını çaldırır eğlenirsiniz. Ayık kafa ile gidilmez pek. Tahta kaşık ya da zil almak için garsonu ve sazcıyı görmek zorundasınızdır.

Pavyonlar Cebeci, Ulus, Akay Caddesi, Dışkapı'da bulunur. Yerli konslar çalışır. Oldukça güzel, kıvrak kızlardır bunlar. En iyi müşterileri Konya'dan günlük kaçıp gelen jeep sahibi badem bıyıklı abiler ve Gölbaşı civarı toprak ağalarıdır.

Gazinolar Küçükesat, Kızılay ve Maltepe taraflarındadır. Rus kızlar çalışır. Sayıları oldukça azdır. Ağır meblağlar ödersiniz bir gecelik sahte eğlence için. Kurban Bayramı'nda büyükbaş hayvan getiren, yılbaşında satmak için hindi getiren abiler malları sattıktan sonra buralarda gezmeye bayılır. Konya taraflarından ciddi anlamda müşteri gelir bu mekânlara. Çok kazıktır. Rus konslar yerli konslar gibi insaflı değildir, iliğinizi sömürür.

Böyle mekânlara gitmek istiyorsanız sizlere önerim:

- Kesinlikle alkollü gitmeyin.

- Derdiniz sadece biraz eğlenmekse şefe ya da garsona söyleyin cebinizdeki parayı, ona göre masanızı donatın. Parasını, bahşişini verin. Bir daha size bulaşmazlar.

- Alkolün etkisiyle kültablanızı değiştiren komiye, bir ihtiyacınız olup olmadığını soran garsona para sıkıştırmayın. Sikerler. Başınızdan ayrılmazlar. Salça olurlar.

- Şef gelecek ve karşıdaki bayanın sizden bir sigara istediğini söyleyecek. Muhatap olmayın.

- Masanıza kons oturduğu zaman ilk iki tur içkilerden sonra hesabınız gelecektir. Konslarla takılmak istiyorsanız hesabı ödeyin, öyle devam edin.

- Masaya kons oturtmak racondur ama kısıtlı bir bütçeniz varsa bulaşmayın.

- Bir beklentiniz olmasın, konslar mekânın namusudur. Hiç şansınız yok.

- Masaya katlı, yanarlı meyve ya da ikram antepfıstığı gelmişse yarrağı yemişsinizdir çoktan. Geçmiş olsun.

- Hesap geldiğinde düzeltmelerini isteyin. Tekrar geldiğinde tekrar düzeltmelerini isteyin. Orta yol bulunacaktır.

- Kavga etmeyin. Çok sıkışırsanız polise gideceğinizi söyleyin. Emniyet göz açtırmıyor.

Felekten bir gece çalmak, farklı bir eğlence anlayışına şahit olmak isterseniz, biraz da size hitap ediyorsa gidin görün. Pavyon ayrı bir kültürdür. Açık karı pazarı olan telebarlar ile karıştırılmamalıdır. İstanbul'da mesela pavyon yoktur pek. Telebarlar vardır.

Pavyon güzeldir, raconu biliyorsanız kolay kolay adam söğüşlenmez. Yoldan geçen vatandaşın koluna girilip "Kardeş bayan istiyor musun?" diye sorulmaz. Parasını verip beceririz diye düşünürseniz, alırlar paçanızı aşağı. Hem de çok kötü alırlar. Pavyon karı aramaya giden abazanlar için çok acı bir hatıra olur.

Abazan adamın mekânı değildir. Türkçe konuşan, sarışın Rus kadınların çalıştığı, kelle kopardığı açık hava kerhanesi değildir. Pavyon çok farklı bir kulvarın, farklı bir eğlence anlayışının, racon bilen adamların mekânıdır. Pavyon raconunu bilen, pavyoncu ve âlemci adam pek macera yaşamaz. Pavyon dedik de, bu pavyon kültürü epey eleştirildi. Hak vermemek elde değil, rahatsız edici bir ortam ama hayatın kendisi aslında. Kendisini izole ettiği, sikik dünyasından hayatı yorumlayan, kişileri sorgulayan ve yaşadıkları hayat tarzından dolayı toplumu suçlayanların bir türlü kabullenemedikleri hayat kesitleri.

Bu ülkeyi babasının malı sananların, çıkış kapısı.

Pavyonda kons olarak çalışan bir abla vardı, Gölbaşı taraflarından. Pavyonun gülüydü. İyi kazandırırdı mekâna. Albenisi çoktu ama kendi halindeydi, kimselere zararı olmadan, herkesle iyi geçinirdi. Bazen eserdi, onu bu yollara düşüren kahpe feleğe bir ah çekerdi. Güzel bir ablaydı. Zaten kimsenin pek kimseye zararı olmazdı. Kaybedecek fazla bir şeyi olmayan insanların ortak buluşma dünyalarından biri. Kim kime ne yapsın ki? Bu ablanın suratını psikopatın birisi jiletle paramparça etmiş, dilim dilim doğramış kadını.

Üzüldük bir süre; akşam oldu unuttuk. Yine sazlar çalmaya başladı, olağan şeylerdi bunlar. Fazla kafayı yormamak gerekiyordu.

Gidenin, düşenin, tökezleyenin, kaçanın yerine mutlaka bir tane daha geliyordu. Kendi kurallarını kendisi koyuyordu bu ortamlar. Yeni gelenler de bu adı konmamış kurallara sike sike uyuyordu işte. Pek iflah olan yok demiştim. Yoktu gerçekten. Sokaklarda yatan, şarap parası dilenen, saç sakal birbirine karışan şarapçılar, zamanında bu arka sokakların bir dönem kralı ve kontesi olmuş kişilerdi. Kendine göre işleyen bu çarklar bir şekilde kusuyordu artıkları. Benim için iyi bir tecrübe olmuştu sanırım.

Babam bir duysa pavyonda çalıştığımı, bacaklarımı kırardı. Düşünmesi bile korkunç. Meslek lisesini kazanmıştık kazanmasına ama bu gidiş iyi bir gidiş değildi sanırım. Babamla evde ara sıra karşılaşıyorduk. Misafir falan geldiğinde muhabbetler belliydi. "Okuyacak bizim bebeler" derdi.

Okullar açılana kadar çalıştım o pavyonda. Aktaş Endüstri Meslek Lisesi'ne kaydım yapıldı. Metal işleri bölümü. Binlerce erkek öğrenci, sekiz-dokuz tane de kız öğrenci vardı. Okul tam bir apaçi yuvası, adı meslek lisesi ama pek meslek falan yok ortada. Okulun o zamanlar daha inşaatı tamamlanmamıştı, eksikleri çoktu, bu eksikleri öğrenciler atölyelerde yaptıkları işlerle tamamlıyordu. Bana bile ağır gelmişti bu okul. Zaten semt olarak Aktaş o zamanların bela yerlerinden birisi. Tam gündü okul. Sabah sekiz akşam 4. Atölye dersleri tam bir işkenceydi, gözlerinde patates sarılı öğrenciler fizik, kimya dersleri görüyordu. Kaynak alırdı gözlerimizi. Tek ilacı patates sarmak. İki/üç gün gözlerimizi açamazdık. Birkaç dönerci vardı çevrede karnımızı doyurmak için. Kolay değil tam gün okul. Ekmek alırdık, içine salata, garnitür doldurulur, sonra kasaya gider parasını verir döner koydururduk. Yok, öyle yapmazdık. Ekmeği alır, içerisine salatayı, garnitürü doldurur, ceketin altına saklar, para ödemeden, yani döner koydurmadan salata ve ekmekle karnımızı doyururduk. Sonra cebimizde para varsa okey, bilardo oynamaya kahvehaneye giderdik. Yoksa, Sıhhiye Köprüsü'nün oradaki adliye sarayının en alt katında "suçüstü" mahkemesi gibi bir yer vardı. Oraya giderdik.

Suçüstünde kimler yakalanır? Orospular, dönmeler, yankesiciler, kavga edenler, zina edenler... Acayip eğlenceli olurdu. Bir defasında kamyoncularla travestileri getirmişlerdi. Suç delillerini görmenizi isterdim: Kamyon takozları, falçatalar, şişler... Otururduk bir köşede bunları seyrederdik, en zevklileri de zina üzerinde yakalanan tipler. Adamın karısı gelir, babası gelir, kadının kocası gelir ortalık şenlenirdi. Hele yakalanan adam bir ibne ya da travestiyle yakalanmışsa, asıl muhabbet başlardı. Beddualar, tükürükler, salyalar havada uçuşurdu. Canlı tiyatro işte. Bilmiyorum şimdilerde nasıl? Üç film devamlı, parçalı filmlere giderdik üç beş kuruş paramız olduğunda. Şimdi kolay tabii; elinizin altında, bir tık ötenizde, arşiv bile yapabiliyorsunuz. İndirdiğiniz filmin ilk on beş saniyesinde hatunun memelerini beğenmediğiniz zaman delete yapıp, uzayın sonsuzluğuna gönderebiliyorsunuz. Şimdi zaman makinesi icat edilse, binlerce yıl ötesine cebinizde bir

Zippo ile gitseniz, eski çağ insanları sizi görünce, zaten bir gram olan beyinlerini rendeler. Kolay mı? Ateşi cebine hapsetmişsin. Canın çektiğinde ateş çıkarıyorsun cebinden. Üç film efsanesi de böyle...

Okulu kırdığımızda uçardık, suratımızda bir kilo sivilceyle o amına koyduğumun lacivert ceket ve gri pantolonu, yakasında kocaman meslek lisesi amblemi. Okulu kırdığın zaman sabah sekiz yola çıkacan, en erken akşamüstü beş deyince eve gideceksin. Yoksa; evdekiler anlar okulu kırdığını, ağzına sıçarlar.

Sorarım size; hanginiz dayanırsınız en az yedi saat sikişsokuş seyretmeye...

Sabah saat on gibi başlardı ilk seans. Eski Melek Sineması, Site Sineması, Kerem Sineması. Dalardık içeri. Filmin ne olduğu belli değil, sarı bir afişin üzerine yazılmış: Üç film devamlı. Kerhane peçetecisi kılıklı bir gişeci olur her zaman. Verirsin parasını, dalarsın içeri. Işıkçı sana yol gösterir, bahşişi peşin alır köftehor.

Gazete kâğıtları, pantolonun üzerinde "haşur huşur" sesler çıkarır, yaşlı başlı hacı amcalar, parlak oğlan arayan ibneler ve taze göt arayan oğlancılar... Ara verilir. Işıklar yanar, millet yonca görmüş eşek gibi koşar tuvalete. Bir sürü pisuar boş ama ne hikmetse herkes kapalı kapılar ardındaki helayı bekliyor.

Pis bir cenabetlik kokusu sinmiştir. Bir utangaçlık, bir vicdan azabı, bir hayâsızlık. Ara verildiğinde herkes bir kenara siner. Kimse kimsenin gözünün içine bakamaz. Bir tanıdık görür diye.

Parça konulurdu filmlere, makinistin sikinin keyfine göre, her an olabilecek görüntü şöleni. Filmlerin çoğu zaten full sansürlü olurdu. Gösterilen filmler çok nadir porno film olmasına karşın kırpılırdı. Parça atan sinemalar bilinirdi zaten.

Sun Sineması vardı, hiç parça atmazdı. Batı Sineması ve Site Sineması en tutulanlarıydı, bir film içine üç-beş defa parça konulurdu. Parça konulduğu zaman bir dalgalanma olurdu, koltuklar düzeltilir, birazdan kalkacak olan siklerimizi daha rahat pozisyonlara alırdık. Her yaştan insan olurdu, askerler çok olurdu. Bolca Almanca öğrenmiştik.

Okula iki hafta kadar gittim. Olmayacaktı. Okul ters gelmişti. Okumayı, öğrenmeyi çok seviyordum ama öğrenmek mecburiyetinde olduğumu düşündükçe okuldan soğuyordum. Gözlerimde patates sarılı olarak üç sene fizik, kimya okuyup tornacı olmak pek cazip gelmedi. Sikerim okulunu, apaçilik yapıyorduk sabahtan akşama kadar. Benim gibi okula gitmeyen üç arkadaşım daha vardı. Sabah evden çıkıyorduk okula gider gibi, akşama kadar dolaşıyorduk, Kurtuluş Parkı'nda çakallık yapıyorduk. Askeri okullarda ya da polis akademisinde okuyan öğrenciler pek havalı olurdu. Kızlar ağızları sulanarak seyrederdi bunları. Bunlara kıl olurduk, bulaşırdık yanlarında kız falan varken. Ağızlarını açamazlardı, okuldan kovulma tehlikesi vardı adamlarda. Koca koca heriflere posta koyuyorduk.

Sikerim okulunu... Okul da neymiş? Küçük Emrah vardı, Küçük Ceylan vardı, İbrahim Tatlıses vardı, Serpil Çakmaklı vardı, Ahu Tuğba vardı. Bizim gibi garibanlardı, felek bunlara güldüyse bize neden gülmesin? Bu ünlüler okula mı gitmiş?

Komşumuzun bir oğlu vardı, benimle yaşıt; kavga dövüş, bağırtı eksik olmazdı. Annesi, benim annem gibi ev işlerine gider, babası da bir sinemada ışıkçı. Aynı sınıftaydık, her gün beyaz bir takım giyerdi, annesinin ev işlerine gittiği bir kadın, bildiğiniz bir sahne elbisesi vermiş. Vakko marka. Bu bizim eleman deli Ferdi Tayfur manyağı. Ses yarışmaları o zamanlar epey meşhur, gazetelerde falan durmadan reklamları olurdu. Daha önce kasetini yaptıkları ve ünlü ettikleri kişilerin, nasıl bir hayata kavuştuklarını falan anlatan. Hayaller kurardık, tek ümidimiz bu arkadaşımızdı, bir ses yarışmasına girebilse kesin birinci olurdu, kaseti çıkardı, bizi de yanına alırdı.

Dört arkadaş aramızda para topladık, bir tanesi sınıf başkan yardımcısıydı. Siktiğimin okulunda durmadan para toplanırdı zaten, yok perde alınacak, yok tebeşir alınacak. Oradan biraz para kırptık, biraz da biz üstüne koyduk. İlk ses yarışması tecrübemiz böyle başladı. Paramız eksik kalmıştı ama konuştuğumuz at hırsızı kılıklı herif, bizim arkadaşı dinledi, sesini çok beğendi, bize kıyak olması için kaydımızı yaptı. Hamamönü taraflarında bir düğün salonunda olacaktı yarışma. Heyecanlanmıştık.

Bizim arkadaş kesin birinci olurdu, önce bir kaset çıkarırdı, sonra bir film. Birinci olacağına o kadar inandırmıştık ki kendimizi, bol keseden hayaller bile kurmaya başlamıştık. Hayallerimiz vardı, ama neyin hayalini kurduğumuzu biz bile hatırlamıyorduk, o kadar küçük bir dünyamız vardı. Ailelerimizden kurtulmak ilk hedefimizdi. Kaset çıkacak, filmler yapılacak, paramız olacak, kafamıza göre takılacaktık.

Birkaç gün kalmıştı yarışmaya. Güvenilir adamlardı, gerçi o yaşta o kafa ile bir milyon umut ve hayaller doğrultusunda, kimin güvenilir ya da kimin güvenilmez olacağına karar verecek bir altyapımız yoktu.

Yarışma ertelendi. O zaman anlayamamıştık ama sanırım biraz daha bizim gibi ördek toplamak için ertelemişlerdi zaten hiç olmayan yarışmayı. Bizim arkadaşın kaydını yapan abinin yanına gittik birkaç defa. Bir sürü kaset posterleri ve zamanın ünlülerinin afişleri vardı. Kara ve izbe bir ofis benzeri, tahta masalı, karanlık tiplerin arasında, onlarca kişi bekliyordu sırada. Çoğu bizim yaşımızdaki çocuklar, kimisi aileleri ile gelmiş, kimisi bizim gibi burnunun doğrultusuna gelmiş.

Kayıt yapılırken soruyorlardı.

"İsminin ne olarak çağrılmasını istersin?"

Şaka gibi geliyor ama ciddiyim. İsmi Döne olan bir kız "Serpil olsun, Funda olsun, Ahu olsun, Tuğba olsun" diyordu. Bizim arkadaşın ismi de Tayfun olmuştu.

Epey düşünmüştük, hatırladığım kadarıyla. Evet, Tayfun güzel isimdi. Yarışmada birinci olduğu zaman, ilk kaseti çıkarken bu isim epey şekilli olacaktı. 90'larda çocuk olmak, bir hedefi olmaktı.

Yarışma pazar günü olacaktı. Bir gün öncesinden, epey prova falan yapmıştı bizim Ferdi Tayfur'un tahtını sallayacağına inandığımız yeni prensimiz Tayfun. Tek umudumuz Tayfun. Arabeskin yeni kralı Tayfun, yarışmayı kazanacaktı. Biz de okula gitmediğimizi söyleyecektik. Çok para kazanacaktı arabeskin yeni kralı Tayfun... Kaydımızı yapan organizatör abi sıkı sıkı tembihlemişti, yarışma sabahı çiğ yumurta iç falan. Gittik yarışmanın olduğu düğün salonuna; onlarca, yüzlerce yıldız adayı. Türkü söyleyen vardı, şarkı söyleyen vardı. En çok arabesk melodilerle inliyordu ortalık. Bir tane sazcı vardı, karanlık bir düğün salonu. Şimdi televizyonlarda gösterilen bu yetenek yarışmalarından pek bir farkı yoktu aslında.

O zamanla bu zaman arasında pek bir şey değişmemiş. Yine çocuklar ve gençler bir hedef.

Bizim arkadaş on altıncı sıradaydı. Sırayla üç-beş dakikalık bir zaman süresinde, jüri (bir sürü at hırsızı kılıklı herifle birkaç kerhane peçetecisi kılıklı kadın) büyük bir ciddiyetle dinlediler yarışmacıları. İki tane kız kazandı. Göt olmuştuk. Prensimiz Tayfun'a haksızlık yapılmıştı. Yıkılmıştık. Şimdi yetenek avcıları biraz daha tanınmış kişiler; biraz daha ışıklı ve ferah yerlerde dönüyor bu işler. O günlerden bu günlere pek bir şey değişmedi aslında.

Sonra, Tan gazetesiyle iyice zıvanadan çıktı bu insanlar. Tan gazetesi bu ülkenin en büyük gerçeklerinden birsidir bence. Zaten kafası karışık adamların kafasını iyice karıştırdı bu gazete. Herhangi bir resmin altına bir hikâye uydurup verdiler gazı millete. Köyünde eşekle olan adamların beyin devreleri yandı bir anda. Tan gazetesinin çıkışı ve zirvede olduğu zamanlar. Akdeniz ve Ege sahillerinin yavaş yavaş turistlerle dolmaya başladığı zamanlardır. Herhangi bir resmin altına, yağız Türk delikanlısı ve cayır cayır yanan Alman Helga'nın ilişkileri yazıldı çizildi. İşte bu buhranlı zamanlarda çocuktuk. Bu apaçi kavramının en önlerinde bayrak sallamış bir apaçi olarak, unutulmaz hatıralarımız olmuştu. Tan gazetesi sikti attı bizim jenerasyonu. Hayatımızı sikti attı.

Pek çocuk değildik aslında. Kız milletinin, tekmelenmekten başka işe yaradığını yavaş ama sistematik bir biçimde öğreniyor, kadınların ergen bünyeyi nasıl etkilediğini keşfetmeye çalışıyorduk. "Ossbir" olaylarına yeni girmiş, suratımızda onlarca sivilce, kasıklarımızda bir ateş, dolanıp duruyorduk işte. Tan, Bulvar, Posta gibi; zamanın efsane yayın organlarını ilgiyle takip ediyor, manşetten verilen;

Alman Helga: "Türk erkeklerini daha önce tanımadığım için çok pişmanım."

İngiliz Kristina: "Türk erkeklerinin namını, ta bizim oralardan duydum da geldim."

Fransız Nina: "Bizim oradakiler erkek mi?"

"Antalya'nın güneşi yakıyor ama yağız Türk erkekleri daha bi yakıyor." gibi gaz haberleri okuyup "ossbir"e malzeme topluyoruz. Bırak ecnebi kadınları, sınıftaki sütçünün kızı sümüklü Naciye bile hayallerimizi süslüyor. Patlamaya hazır atom bombası gibi geziyoruz. Hayallerimiz vardı. Televizyonlarda her gün gösterilen farklı bir yaşam tarzı, birden ünlü olan yeni bir prens... Birkaç gün sonra Antalya sahillerinde

Olgaların kucağında olma hayalleri kuruyorduk. Bir de Televole programları başladı. Şahdık, şahbaz olduk. Daha dün pavyonlarda darbuka çalan gariban, bir kasetle voliyi vurmuş. Yeni aldığı jeep ve sarı saçlı sevgilisi ile "Merhaba televole," derken, daha dünün apaçisi iyi bir transfer parasından sonra jet ski üzerinde poz veren futbolcuların sahte hayatları dayandı gözümüze. Sahteydi hayatları... Ama onların sahte hayatı bizim gerçeklerimizdi... Anında voliyi vurmak, köşeyi dönmek bu kadar kolaydı. Bir kaset çıkarırsan ya da iyi bir transfer ücreti... Okulu kim siker.

Annem iyice kıllanmıştı. Bazen para bitiyordu, hava çok soğuksa kütüphanelere falan gidiyorduk sıcak olur diye. Eve erken geliyordum o zamanlar. Ders boş falan diyordum ama epey sıklaştı tabii benim eve erken gelmelerim. Okulun saatleri belli. Sanırım iki ay kadar devamsızlığım vardı. Çoktan sınıfta kalmış olmalıydım. Tam bir gün okula gitmeyince iki gün sayılıyordu.

Ara sıra babamla karşılaşıyorduk. "İyi oldu bu okul, hem bi meslek öğrenirsin." Adam hayaller kuruyordu işte. Sikmişim okulunu diyemiyordum. Derdim de... Bizim arabeskin yeni prensi olacak Tayfun fos çıkmıştı.

Eve birkaç defa devamsızlık kâğıdı göndermişlerdi. Annem pek evde değildi. Kadın sabah akşam ev işlerine gidiyor, okuma yazması da yoktu zaten. Babam desen malum, adam kafayı kaldıramıyor. Postacı kapıya bırakıp gidiyordu devamsızlık kâğıtlarını. Birkaçını kardeşim almıştı zaten ama annem ciddi ciddi şüphelenmeye başlamıştı. Birkaç hafta daha böyle gitti. Çalışmıyordum, cepte para yoktu. Hamamönü taraflarında bir Uzay Sineması vardı. Şimdilerde durmuyor galiba. Orada eski kitap alıp satan yerler vardı, yıllarca biriktirdiğim kitaplardan her gün üç/beşini alıp burada okutturmaya başladım. Ders kitaplarımı falan sırasıyla okutturup satıyordum.

Bazen de Zafer Çarşısı'nın altındaki kitapçılara gidiyor, orada satıyordum kitapları. Üç beş kuruş geliyordu. O parayla Ankara kazan biz kepçe itlik, puştluk yapma derdindeydik. Aktaş Endüstri Meslek Lisesi'nde okurken, Kurtuluş Parkı'nda TED Kolejli piçlere bulaşmak için bahane arardık. "Piç piç kolej, siz paralı biz beleş" diye bağırır dururduk. Epey bir dayak yemişliğimiz de vardır. Ayı gibi oluyorlardı ibneler zaten, iyi besleniyordu bu piçler. Dayak yiyeceğimizi bilsek bile bulaşıyorduk. Kaybedecek neyimiz vardı?

Aslında babamın karşısına çıkıp okula gitmediğimi, gitmek istemediğimi söylemeyi çok istiyordum ama gelecek tepki ürkütüyordu. Adam tüm umutlarını bana bağlamış, küçücük dünyasında tek beklentisi beni elimde diplomayla görmek. Tek gurur kaynağı benim. Pek sevgisini göstermiyor ama evladıyım sonuçta. Baba oğul ilişkileri çok farklı olur bizim oralarda. Biz olamazdık. Birbirimizi hiçbir zaman anlamaya çalışmadık.

İnsanlar birbirlerine karşı her zaman zıt kutuplar oluşturmuştur. İnsan denilen canlıların, kendi geliştirdikleri savunma duygusu yaş ilerledikçe daha fazla artar. Küçük bir çocuk, istediklerini gürültülü bir biçimde, karşısındakine kabul ettirmek için yırtınırken, daha gelişmiş bir birey; zekâsı ile harmanladığı, egoları ile yoğurduğu ve pişmanlıklarını savurduğu bir savunma mekanizması geliştirmiştir. Aslında, kimse kimseye zıt değildir de, birbirlerine dayattıkları ve kabul görmesini istedikleri doğruları yüzünden, birbirleriyle ve kendileriyle çelişkiye düşerler. Bir babanın evladını anlaması için ya da bir ömür cebelleştiği babasının doğrularını bir evladın kabul etmesi için ortak tek an; babanın, evladının yaşına inmesi, evladın babanın olgunluğundan ve tecrübelerinden faydalanmak istediği andır.

Aynı şey bir anne ve kız için de geçerli. İki sevgili için de. Farklı düşüncelere sahip iki yetişkin insan birbirlerine kendi kurallarını dayatmayı bıraktığı zamanlar, elbet bir ortak noktada buluşulacaktır.

Zıt iki insan, gerçekten birbirlerini anladıkları zaman,

– Ben, elimden geleni yapıyorum.

– Ben, anlamaya çalışıyorum.

– Ben, uğraşıyorum

gibi, durmadan "ben" ile başlayan dayatmalar ve vicdan rahatlatma seanslarının yerini "biz" alacaktır.

Önce, ben demeyi bırakıp, onun açısından düşüneceksiniz. Sonra "biz..." başlayacak. Sağlıklı temel ilişkilerin en önemli yapıtaşı, "biz" olarak düşünmektir. Biz olarak düşünen/düşünebilen her insan, ilişkisinin arkasında durabilir. Biz olarak düşünmekten kasıt, kesinlikle kendi değer yargılarınızı örseleterek, yıpratarak, kendi sınırlarınızı çiğneyerek olmaz. Bu eziklik olur. Kişiliksizce, sevgi ve saygı dilenmek olur. Kendi değerlerinden ödün veren hiçbir insan, karşısındaki kişiden saygı görmez; sömürülür sadece. Biz olabilmek zordur. Tek taraflı olunmaz, karşınızdaki kişi ile biz olamıyorsanız hiç zorlamayın. Biz de pek zorlamadık zaten, baba oğuldan çok iki yabancı olduk o yıllar.

Ergenlik yılları işte; kendimize göre bunalımlar yaşıyor, durduk yerde agresifleşiyor, hayata ve çevremize kin kusuyoruz. Bizim peder nereden bilsin çocuk psikolojisi falan? Adam zaten geçim derdinde. Üstüme geldikçe geliyor. Birçok okumuş, kendini geliştirmiş beyefendiler ve bayanlarla çalışmaya başladı; ister istemez kendini, kendi çapında geliştirdi. Bir gün muhabbet esnasında benim bunalımlar gelmiş aklına. Anlatmış dili döndüğünce. Yanlış yapıyorsun demişler, çocuk ergenlik bunalımı yaşıyor, arkadaş olmayı dene, konuş, problemlerinin derinine in... Gazı vermişler buna; geldi yanıma.

Benim surat beş karış, her zamanki gibi oflayıp pufluyorum. Babam suratıma baktı.

"Ne lan senin derdin?"

"Ne derdi ya!"

"Söylesene, anlat bana."

"....."

"Konuş lan! Anlat psikolojik dertlerini."

"...."

"Müdürün sekreteri söyledi, senin psikolojik sorunların varmış."

"...."

"Konuşsana lan şerefsiz, ne sorunun var!"

"...."

Aslında çözüm kolaydı kolay olmasına. Biraz zamana bakıyor sanırım, zaman ilerledikçe kişi kendisi ile olan çarpışmalarına son veriyor. Aslında hep esirgiyoruz sevgilerimizi, hep saklıyoruz. Sevgimizi göstermekten kaçıyoruz bir ömür. Hep suçladığımız babamızdan esirgiyoruz sevgilerimizi. Annemize bile göstermiyoruz sevgimizi. Hep kendimize saklıyoruz. Hep mesafeli davranıyoruz ve acımasızca yargılıyoruz. Anlamaya çalışmıyoruz bizi anlamayı bekleyenleri. Göstermekten korktuğumuz sevdalarımızı bizimle paylaşacak kişiler bekliyoruz. Sevgilerimizi paylaşmak için bahaneler yaratıyoruz. Tutunacak bir dal arıyoruz aslında. Bir karşılık beklemeden paylaşılan ve eşit miktarda paylaşılan sevgilerse en güzeli oluyor. Yargılamadan, sormadan, cevap beklemeden. Ama benim bunları öğrenmeye ve hazmetmeye daha yıllarım vardı. Bunları öğrenmek için ödemem gereken bedeller ve ödetmem gereken bedeller vardı.

Bir gün yine okuldan kaçmışım, arkadaşlarımla itlik yapıp eve geldim. Annemin ağlamaktan gözleri şişmiş.

"Nerelerdesin sen? Nerelerde sürtüyorsun?"

Hiçbir şey söylemedim, söylemeye de niyetim yoktu zaten.

"Allah belanı versin" diye başladı. Ağzına geleni söyledi.

"Yazık değil mi adama, yazık değil mi? Kimin için uğraşıyor?"

Hırsından, sinirinden ağlıyordu kadın.

Okula gitmiş, devamsızlıktan kaldığımı söylemişler. Öğretmen gelsin, devam etsin, en azından kaydı silinmez demiş.

"Baban duymasın."

"Duysun" dedim, "ben artık okula falan gitmem."

Çıldırdı kadın. Yalvarmaya başladı.

"Kulun köpeğin olayım etme. Babana yazık. Ben bir şey söylemem."

"Yok. Sen söyle ya da söyleme. Ben okula falan gitmeyeceğim."

Saatlerce yalvardı. Babam geldi, anladı bir şeyler dönüyor. Annemin gözleri kızarmış ağlamaktan, bağırmaktan sesi kısılmış. "Ne oldu?" dedi babam. Annem bir şey söylemedi. Sadece yüzüme baktı yalvarırcasına. Babam bana döndü.

"Ne oldu?"

Bir şey söylemedim. Anneme sardı bu defa.

"Söylesene kadın."

Annem hıçkıra hıçkıra anlattı epeydir okula gitmediğimi. Yüzüme baktı babam. Kafamı önüme eğdim. Utanmıştım galiba. İlk defa utanmıştım. Korkmuyordum da. Yolumu çizmiştim zaten. Olacaklara kendimi hazırlamıştım da... Yaptığından utanmak, yüzünü saklamak çok kötü bir duygu. Bunu hesaba katmamıştım. Babam hiçbir şey söylemedi. Ne dövdü, ne sövdü. Gözleri daldı gitti, ellerini ovuşturdu sadece. Sobanın kenarına çöktü.

"Sen okuyacaktın be. Bey olacaktın, ağa olacaktın. Yüzümüzü sen güldürecektin."

Emin değilim ama mırıldanır gibi kendi kendine konuştu. Annem bitik bir vaziyette yemek hazırlıyordu. Babamın yüzüne göz ucu ile bakmayı denedim, olmadı. O cesareti kendimde bulamadım sanırım. Garibim öylece dalıp gitmiş, kolu kanadı kırılmış bir haldeydi. Sanırım kasım sonları, buz gibi bir hava vardı. Keskin, zehir gibi bir Ankara. Birkaç saat daha durdu babam. Derin bir of çekti. Bir hayal kırıklığı, kadere bir sitem... Sonra yine bir şey söylemeden hazırlandı. İşten gelmişti, tekrar işe gidiyordu garibim. İçim yandı onu böyle omuzları düşmüş görünce. Canım ilk defa yandı. Annem bir köşede dalmış, yere bakıyordu. Kafasını sallayıp ellerini ovuşturuyordu.

"Sen bilirsin" dedi giderken.

Siyah bir paltosu vardı, siyah bir kasketi vardı, onu takti, siyah bir atkı. Boynunu büktü, sessizce çıktı gitti.

Annem saatlerce yalvardı. "Yok," dedim, "ben okula falan gitmeyeceğim." Hıçkıra hıçkıra ağladı kadın. Yattım uyudum. Üzerimden bir yük kalkmıştı. Ağır bir yük. Üzerimden ağır bir yük kalkmıştı kalkmasına da bir ömür lanet gibi sırtımda taşıyacağım o günahın akşamıydı.

Sabaha karşı babam gelmiş, adam birkaç saat uyku ile kalkmış işe gitmiş, görmedim. Akşamüstü geldi, sol yanağı hafif düşüktü. Sol gözü kısılmış. Hastaneden gelmiş. Burnu akıyordu durmadan. Elinde bir mendil burnunu siliyordu. Yüzü çok garipti. Sol gözü küçücük, yanağı şişmiş. Beni görünce kafasını çevirdi. Öylece bakıyordum.

Genelde motor sürücülerinde ve balıkçı teknelerinde çalışan denizcilerde görülen bir yüz felci geçirmiş. Üzüntüden de olabilir demiş doktor. Geçici bir hastalık mı artık neyse. Annem çığlıklar attı. Sanırım yorgunluk ve ayaz, bir de bu sıkıntılar. Adamın senelerdir gecesi gündüzü belli değil. Zaten altyapısı hazırmış. Benim okulu bırakmam da üzerine tuz biber oldu. Babamın sol yanağı felç olmuş. Geçici yüz felci geçirmiş. Hiçbir zaman bilemedim, sebebi ben mi olmuştum yoksa bahanesi mi bendim?

Annem çıldırmıştı. Elleri titriyordu. Birden bana derin bir kin ile baktı. Yüzüme, gözlerimin içine.

İlk defa "Allah'ından bul. Senin evlatların da sana etsin" diye beddua etti. Yanına yaklaşmaya korktuğum o adam, babam, çocuk gibi yüzüme bakıyordu. Dokunsan ağlayacak. Annemin yanına sığınmış bir küçük çocuk gibi. Sanki benden kaçıyordu, ona bir zarar vermemden korkar bir hali vardı. Babamı hiç bu kadar aciz ve savunmasız, annemi de bu kadar yırtıcı ve dik görmemiştim. Annem babama sarılmış, babamın yüzünü bir çocuk gibi ovuyordu. Bir taraftan ağlıyordu. Sanki babamı benden koruyordu. Aklımdan neler geçti o an bilmiyorum. Neler düşündüm, neler planladım? Öylece kalakaldım.

Annem çığlık atarcasına "Defol git Allah'ın belası!" diye bağırıyor, bir taraftan babamın yüzünü ovuyordu. İçerideki odaya geçtim.

Akrabalar, komşular geldi geçmiş olsuna. Onlar soruyordu, babam gülümsemeye çalışarak anlatıyordu. Yüzü çok acayip bir şekil alıyordu gülümsemeye çalışırken ya da konuşurken. Onu seyrediyordum bir köşeden. Göz göze gelmemeye çalışıyordum. Babam da gözlerini kaçırıyordu benden. Gelen akrabalar benim okulu soruyorlardı. Babamla göz göze geliyorduk. Birkaç defa yakaladım bakışlarını. Kin yoktu, nefret yoktu; hayal kırıklığı vardı sanırım. Gelen misafirler okulumu ve derslerimi sordukça, babamın omuzları biraz daha düşüyordu sanki. Babam benimle yıllarca hiç konuşmadı. Küs değildi. Kırgındı. Bir daha da okul konusu hiç açılmadı.

Hayat denilen kahpeyle buluşmaya elimde bir ortaokul diplomasıyla gidiyordum. Varım yoğum bir ortaokul diplomasıydı ama beklentim çoktu. Çok erken düştüm yollara. Çok erken daldım arka sokaklara... Bildiğim sandığım gerçekler şimdi gözümü korkutuyordu. Hiç beklemiyordum böyle olacağını. Yollara düşecektim elbet ama yıllarca içimde taşıyacağım o vicdan azabı... Bir evladın babasının yüzüne bakamamasından daha kötü ne olabilir ki? Ya da bakmaya çalıştıkça kendisini sorumlu gördüğü ve suçladığı o mutsuz yüz. Evin içinde iki yabancı gibi dolandık durduk.

O günden sonra ne kızdı, ne bağırdı, ne sevdi, ne nefret etti. Bu daha çok koyuyor adama. Çok kırgındı. Sadece bana değil, kaderine de kırgındı. Küçük bir dünya kurmuştu kendisine, küçük hayalleri vardı. Küçük beklentileriyle uğraşıyordu bu sahnede. Fazla bir beklentisi de yoktu zaten. Gurur duymak istiyordu; hep ezildiği, sömürüldüğü, sikildiği dünyada. Ben bahanesi olmuştum. O kadar inandırmıştı ki kendisini, bir anda yıkıldı gitti her şey. Benden sonra zaten kardeşime de fazla inandırmadı kendisini. Sadece bize değil hiçbir şeye bağlanmadı, hayaller kurmadı; kısaca, tutunacak bir dal aramadı. Tam bir yıkım olmuştu. O günden sonra anamla birbirlerine daha çok bağlandılar. Karı koca olmaktan çok, kader yoldaşı oldular. Birbirlerinin üzerine daha çok düştüler, birbirlerine daha çok sahip çıktılar.

Birkaç gün öyle boş boş gezdim. Annem de pek konuşmuyordu benimle. Babam gece işe gitmiyordu. Doktor bir süre ara vermesini istemiş, gerçi yüzü de çok kötüydü. En ufak bir soğukta iyice belirginleşiyordu yüzündeki hasar. İstese de gidemezdi çalışmaya kara kış vakti. Eski hırsı da kalmamıştı sanki.

Annem ara sıra "Yazık ettin kendine, bize de kendine de yazık ettin" diye sitem ederdi ama babam gelince gülümserdi durmadan. Pek belli etmemeye çalışırdı. Babamı üzmemek için kendi dertlerini atardı bir köşeye. Babam gelince ben öbür odaya geçerdim. Bakamazdım yüzüne, o da benim yüzüme bakmazdı zaten.

Teyzemin oğlu vardı, onun çevresi vardı. Birkaç gün sonra bana bir iş bulur düşüncesiyle yanına gittim. Pavyonda çalışamazdım artık. Sabah erkenden kalktım. Annem sordu:

"Nereye gidiyorsun?"

"İş bakacağım" dedim.

"Geç kaldın," dedi, "götüne bir tirbüşon tak, bizim gibi ırgat ol, hizmetçi ol, uşak ol."

Ankara ayazında düştüm yollara. Yaşıtım öğrencileri gördüm. İçim cızladı. Bakmadım arkama. Teyze oğlu Filistin Caddesi'nde yeni açılan, sahipleri Rizeli, çekirdekten yetişmiş bir adamın, belki de dönemin en trend mekânında çalışıyordu, garsondu orada. Ankara'da zaten o zamanlar RV, Milka, Yahya, Yakamoz, Villa gibi birkaç sağlam mekân vardı. Birçoğu kapandı şimdi. Yahya boş duruyordu en son. Milka kapandı, önce NTV binası oldu, şimdi TV 8 binası. RV Restoran eski güzel günlerini çoktan unuttu.

Gittim teyze oğlunun yanına. Konuştu şef garsonla. Yarın gel başla dediler. "Yarın gel başla." Bu lafı birçok defa duyacaktım ileride. Oradan oraya savrulurken...

"Yarın gel başla / ne halin varsa gör / ben demiştim / ben anlatmaya çalıştım / söyledim anlamadın / bu yolu sen seçtin..." Bu sözleri de çok duyacaktım sonra. Herkes bir şeyler anlatmaya çalışacaktı, ben anlamayacaktım. Herkes benim iyiliğimi isteyecekti, ben nankörlük yapacaktım. Herkes bir şeyler söyleyecekti, ben dinlemeyecektim. Herkes benim iyiliğimi isteyecekti, ben hak etmeyecektim. Herkes doğruydu, ben yanlıştım... Bir yerden sonra kasıyor işte. Hangimiz böyle düşünmedik ki vicdan muhasebesi yaparken, kendi iç dünyamızla savaşırken. En büyük düşmanımız olan kendimizle mücadele ederken anamız / babamız / sevdalımız / dostumuz / arkadaşımız bir şeyler dayatmadı mı? Kendi doğrularını ve kurallarını önümüze sunmadı mı? Ben kendi yolumu seçtim. Kim ne derse desin.

"Yarın gel başla." Güzel bir haberdi. Eve gittim. Babam bir köşede oturmuş televizyon izliyor, annem de işte kendi kafasına göre bir şeylerle uğraşıyor. Annem bırakmıştı ev işlerine gitmeyi. Babam erken geliyordu eve. Hiç dikkat etmemiştim belki; babamın da zoruna gidiyordu, annemin elinde bir çanta ev işlerine gitmesi. Pek bir anlamı kalmamıştı sanırım ikisi için de. Kafalarını sokacakları, dumanı tüten bir ev istiyorlardı. Balkonu olan ve çay keyfi yapabilecekleri. Artık o ev vardı ve benim okulu bırakmam tam bir hayal kırıklığı olmuştu. Boş dünya, yalan dünya. Şimdi düşünüyorum da, onlara hak vermemek elde değil.

Okulu bıraktığıma hiçbir zaman pişman olmadım; en azından okulda okuyorum diye sikindirik ve geleceği olmayan tırıvırı bir okulun kantininde, kendimi ve benden beklentileri olan insanları kandırmadım. Yoluma baktım. İnsan hayaller kurar ergen yaşlarda; hayallerini hedefe çevirebilirse ve kendisine koyduğu hedeflere yoğunlaşabilirse, savaşmayı göze alabilirse, kısaca kendine güvenip kellesini hedefi için ortaya koyabilirse, çocuğun adını da koyar. Sadece hayal kurmakla olmuyor. Hiçbir zaman pişman olmadım okula gitmediğime, bira-türkü bar-nargile kafede bol geyik yapacağını bilerek, sırf üniversite okumak için geleceği olmayan bir bölümde senelerini bitirip, nefret ettiğim bir ofis odasından sanal sözlüklerde, internette fırtınalar estirerek hayatını/geleceğini heba eden bir adam olmadım en azından. Memleket, ziraat mühendisi çöplüğüne dönmüş durumda. Ziraat mühendisliği yalnızca bir örnek. Bu, senelerce turizm okuyup sonunda bir otelde en fazla ön büroda sikim bir maaşla çalışmak da olabilir. Okumak için okuyan, güle eğlene üç dört sene sonra okulu bitirip bi baltaya sap olamayacağını bilen o kadar çok insan var ki çevremizde. İstikbal kimseye gümüş tepside sunulmuyor. Onun için, sisteme ağlamaktansa, kendi kaderini kendi çizen insanlar, istikbalini zorlayan kişiler örnek alınmalı. Sadece okumak, diploma sahibi olmak, masa başı iş kovalamakla istikbal olmaz. En fazla bugün isyan ettiğiniz, ağladığınız sistemin ya bir çarkı olursunuz geriden gelenler için ya da bu çarkların öğüteceği bir malzeme olursunuz.

Ertesi gün işe başladım. Şanslı sayılabilecek bir konumdaydım. Ankara'nın sayılı mekânlarından birisiydi, oldukça şekilli, parası çok iyi, bu meslek için bir başlangıç olabilecek oldukça düzgün bir yer. İşe gitmek için evden çıkarken annem sormadı bile. Gecenin bir yarısında geldiğimde de sormadı. Birkaç gün geçtikten sonra konuşmaya başladı. Çalışıyorum dedim teyze oğlunun yanında. Hayırlısı olsun dedi, başka da bir şey söylemedi. Evden ne kadar erken çıkarsam ve eve ne kadar geç gelirsem o kadar işime geliyordu. En azından babamla karşılaşmıyordum. Mekân çok disiplinli, bir o kadar düzgün bir yerdi. Birçok yabancı, yerli tanınmış sima gelirdi. Ekmek teknemizdi. Sivas, Çankırı ve Rizeli personel vardı. Mutfak her şekilli mekânda olduğu gibi Bolu/Mengenli ustaların tekelinde. Birçok kırık dökük hayat hikâyesi vardı. Bir Sivaslı komi babasını kaybetmiş, okulunu bırakmış, burada kardeşlerini okutmakla meşguldü. Bir çaycımız vardı, karısı başkasıyla kaçmış kafayı kırmış. Bunun gibi onlarca hikâye. Herkesin bir hikâyesi vardı işte. Yaş/memleket/kişi ayırt etmiyordu hayat.

İyi kazanıyordum, haftalık bahşişler, aylık çok iyiydi. Bırakırdım masanın üzerine. Annem dönüp bakmazdı bile, babamla artık pek görüşmüyorduk. İyice kabuğuna çekilmiş bir hali vardı. Oluruna bırakmıştım sanırım. Haftada bir gün iznim vardı, okulu beraber kırdığımız arkadaşlarla takılırdık. Onlar da bırakmıştı okulu. Takılırdık işte. Pek parayla işim olmadı. Gerçi ömrümde parayla hiç işim olmadı. Para bir türlü geliyordu bu meslekte. Ne kazanırsam eve veriyordum, belki vicdanımı rahatlatmak için ya da kendimi babama ispatlamak için. Epey bir süre çalıştım. Disiplinliydim. İlk zamanlar ürksem de korksam da bir şekilde hayatın bir köşesinden tutunduğumu hissediyordum.

Patron bir gün bizi çağırdı, "Bu işi yapacaksınız madem, İngilizce öğrenin" dedi. Zaten Rizeli birkaç abi İngilizce kursuna gidiyordu, birçoğunun akrabası, abisi, arkadaşı Amerika'da yaşıyordu. Hepsi kapağı oralara atma derdinde. Bunlara ben de takıldım. Haftada üç gün İngilizce kursuna yazıldık. Epey bir süre böyle devam etti.

Yazın Ankara'da pek eleman kalmaz, okullar boşalınca Ankara boşalır. Personel Akdeniz, Ege sahillerine çalışmaya gider. Kimi Marmaris taraflarına akıyordu. Mutfak personelinden birkaç kişi de Antalya taraflarına. Turizm yeni daha, bok gibi para kazanıyorlardı. Zaten büyük amcam Alanya'da bir otelde çalışıyordu yazları. Pek aklımda yoktu, deniz kenarına gideyim, orada devam edeyim... Epey bir süre çalıştım. Kimseye bulaşmadan, karışmadan. Ne söylenirse büyük bir disiplin içerisinde yaptım. Sevmiştim bu işi.

Kendi imkânlarım dahilinde kendimi geliştirmeye çalışıyordum. Kırık dökük birkaç kelimeden oluşan İngilizcemle diğer garsonların bize öğrettiklerini devam ettirmeye çalışıyordum. Annem ev işlerine gitmeye tekrar başladı. Babam da geceleri garsonluğa. Artık beni pek umursamıyorlardı zaten. Kendilerine göre planları vardı annemle babamın.

Kız arkadaşım yoktu, ev ortamım neredeyse sıfır. Pek farkında değildim galiba ama Ankara ciddi anlamda boğuyordu.

Sadece işyerinde mutluydum. Televizyonlardan gördüğüm artistler falan gelirdi. Yeme içme boldu, keyifliydi yani. Sonra; mekândaki İbrahim Abimiz kafamıza sahil kenarlarını soktu. Deniz, güneş, yabancı hatunlar... Yabancı hatunlar pek derdim değildi de, lan deniz acaba nasıl bir şey? Bu çok kafama takılırdı. Anlatırdı İbrahim Abi maceralarını, cıbıl cıbıl gezen kadınları. Bir gün ben bunun anlattıklarını ağzım bir karış açık dinlerken, "İstersen seni götüreyim Marmaris'e" dedi. Bir şey söylemedim ama kafamın bir kenarına kazınmıştı.

Bir müşterimiz vardı, ünlü bir işadamının oğlu. Piç kurusunun deli bir arabası var, para bok. Her gelişinde bir başka hatun. Tam mekân kapanırken gelirdi, sabaha kadar dikerdi bizi. Hiç sevmezdik pezevengi ama iyi harcardı işte. Bu yine geldi, saat iki civarı. Yorgunluktan zaten kırılmışız. İbrahim Abi ile ben bu gavatın başında kaldık. Yemekleri hazırlamak için de bir tane aşçı. Saat 4 oldu, bu ibnenin oğlu hâlâ oturuyor. Ana bacı düz gidiyoruz. Ayakta duracak halimiz yok. İbrahim Abi'yle dışarı çıktık, birer tane taş aldık, bu pezevengin arabasını boydan boya çizdik. İmzamızı attık. Bir şekilde hırsımızı böyle aldık işte. Bu olay İbrahim Abi'yle beni daha fazla yaklaştırdı.

İbrahim Abi şekil bir herif. Bekâr, dünya sikinde değil, ortamı yaşıyor, yazın kafaladığı cıbıldak turist kızlarla fotoğraflarını gösteriyor. Hikâyelerini, maceralarını anlatıyor. Tek derdi; bir karı ayarlayıp Almanya ya da Avusturya'ya kapağı atmak. Bir iki hafta sonra İbrahim Abi işi bıraktı, Marmaris taraflarında bir otele çalışmaya gitti. Bir daha hiç görmedim kendisini.

Yaz gelmiş, işler oldukça düşmüş, Ankara boşalmıştı sanki. Patronun iki oğlu vardı, biri kasaya bakıyor, abisi de vestiyere bakıyor. Düzgün adamlar. Bizden pek farkları yok. Beraber, aynı masada personel yemeği yiyoruz. Abi kardeş ilişkimiz var. Arka tarafta bir depo vardı, patronun büyük oğlu ile orayı temizlemeye gittik. Kışın vestiyere bakıyor da, yazın işi yok. Arka bahçede birkaç kişi depoyu temizliyoruz. Mekânın yanında bir çocuk yuvası var, orada yaşıtımız kızlar çalışıyor. Bir tanesinin soyadı "Çıldır", gariban bir kız işte. Biz bu kızı görünce "Çıldırrrr, çınaydıııırrr, ovvv ovvvv!" diye bağırıp kızı deli ediyoruz. Birkaç defa çocuk yuvasının sahibi mi yoksa yetkili bir ablası mı, gelip bizim patrona şikâyet etmiş. Patron kızı deli etmeyin diye tembihlemişti ama kızı görünce kırmızı görmüş boğa gibi coşuyorduk. Yine işi gücü bıraktık başladık bağırmaya. Patronun abisi bana bir koydu tokadı, kulaklarımdan duman çıktı. Bir şey demedim. Tokat tekme yerdik garsonlardan, patrondan, sorun değildi. Usta çırak ilişkisiydi, çırak ustasından hep dayak yerdi. Ama bu abi anama küfür etti. Anama küfür etmesi çok zoruma gitti, gözüm karardı sanırım. Ağlayarak gittim içeri. Bu, ana bacı küfür etmeye devam ediyor. Soğuk meze dolabının üzerinde bir bıçak vardı. Bunu kaptığım gibi gittim yanına. Kaçtı. Garsonlar, aşçılar geldi, bıçağı elimden aldılar. Sinirimden ağlıyordum. Hesabımı kestiler, siktir ettiler beni.

Ağustos sonlarıydı sanırım, Ankara'nın en bitik zamanları. İş bulmak neredeyse imkânsız. Birkaç hafta evde takıldım, babam gelince dışarı çıkıyordum. Sağa sola baktım. İş falan bulamadım. Okul yıllarındaki gibi serserilik yapmak da istemiyordum. Kahvehane, bilardo, okey gibi olaylardan zaten bir ömür nefret ettim. İyice bunalmıştım. İngilizce kursu da yalan oldu. Pek öyle takılacak arkadaş ortamım da yoktu. İbrahim Abi geldi aklıma. Gitsem yanına en azından bir iş bulurdum. Eve gidip anneme söyledim "ben Marmaris'e gideceğim" diye, kadın çıldırdı, delirdi, ağzına geleni söyledi. Olay kapandı. Annem bu kadar tepki veriyorsa babam ne derdi düşünemiyorum bile. Zaten değil bir şey sormak, selam vermek için bile babamın karşısına çıkmaya cesaretim yoktu. O sıralarda devlet dairelerinde odacılık kadrosunu yavaş yavaş kaldırmaya başlamışlardı. Babam da bir yolunu bulmuş, ortaokul diplomasını almış. Memur kadrosuna geçti. Türkiye Kömür İşletmeleri'nin hukuk bölümünde sanırım avukatlarla birlikte adliyede falan ayak işlerini yapıyordu. Ne yapacağımı iyice şaşırmıştım çünkü babam eve artık çok erken geliyordu. O gelince ben ya dışarı çıkıyorum ya da odaya kapanıyordum. Cebimdeki üç beş kuruş da bitmişti.

Plan program yapmadım. Babamın cebinde her zaman yüklü sayılabilecek miktarda para oluyordu. Evrak işleri için falan daireden belirli bir para veriyorlardı zimmetine. Sabaha karşı babam geldi. Bunlar biraz oturup yattılar, biraz zaman geçince kalktım, girdim yatak odasına paradan bir miktar aldım. Saymadım, elime ne gelirse işte. Bir çantaya birkaç kıyafet doldurdum. Kardeşim uyandı, çocuk yorganın altından bakıyordu, sus işareti yaptım. Çıktım gittim. Hiçbir şey söylemeden, not falan bırakmadan. Dolmuş, otobüs yoktu, gecenin karanlığı, bir taksi durdurdum: "Otogar."

Titriyordum sanırım, sıcak yaz akşamı ama titriyordum işte. Taksi şoförü anladı sanırım. Bir şey demedi adam, nasihat verdi. Bitirim bi abiydi belli, feleğin çemberinden geçmiş. "Bak... Nereye gidersen git, İstanbul'a gitme koçum. Yerler seni orada" dedi. "Anında top ederler seni. Fazla dikkat çekme, otobüslerin orada bir sürü sivil polis vardır. Madem kafaya koydun, yakalanma. İlk otobüse bin git. Ama İstanbul'a gitme."

Otogara bıraktı. Elimde küçük bir çanta, içim kıpır kıpır. "Adana, hemen kalkıyor" diye bağırıyordu bir tanesi. Bileti aldım bindim otobüse, hemen hareket ettik. Neresi olursa olsun pek fark etmeyecekti, bir an önce her şeyi arkamda bırakmak istiyordum sanırım. Her şey derken neleri arkamda bırakmak istediğimi de bilmiyordum ki. Bilinmeyene doğru yola çıkmıştım, güneş hafiften doğmaya başlamıştı. Korkuyordum. Aslında korkmuyordum, korkacak pek bir şey yoktu. Bir ömür kendimi suçladığım, belki hayatımdaki en büyük travma olan babamın felç olmuş yüzüne bakmaktan ya da annemin kamburunu çıkararak o yokuşu bok temizlemek için çıkmasını görmekten daha kötü olacak değildi.

Cebimdeki parayı üçe bölmüştüm, bir miktar da çorabımın içerisine ayırmıştım. Saatler ilerledikçe yeni şehirlerin, köylerin, dağların arasından geçmeye başladık. Şimdiye kadar en uzak yer olarak köye gitmiştim. İki saat kadar sürerdi bizim köy. Düşünmedim bile şu anda evdekiler ne âlemde. Belki de sevinmişlerdir. Kendimden o kadar nefret etmiştim ki, sevinmişlerdir diye düşünüyordum. Gece uyku uyumamıştım, bir şeyler de yememiştim ama ne uykum vardı ne karnım acıkmıştı. Pencereden manzarayı seyrederken dalmışım, kolumda saat yoktu. Sonunda Adana'ya geldik. Otobüsten indim. Pek farkı yoktu buraların da Ankara'dan.

Otobüsten inince kafama dank etti: Ne bok yiyeceğim, nereye gideceğim, hiçbir fikrim yok. Öylece dolandım bir süre otogarın etrafında. Bir çorbacıya girip bir şeyler yedim, sonra yine aynı duygu. Gidecek yerinin olmaması ne kadar bok bir duyguymuş. Kafam allak bullak olmuştu, bu kadarını tahmin etmemiştim. Otobüste düşünmemiştim bunları. Korkuyordum. Farklı bir korkuydu bu. Daha önce yaşamamıştım. Babamdan dayak yeme korkusuna benzemiyordu. Korkuların da kendisine göre çeşitleri varmış. Sahipsiz olmak, gidecek bir yerinin olmadığını bilmek, en kötüsü, ne yapacağını bilememek, korkuların en büyük olanıymış.

Sakin olmalıydım. Biraz dolaştım otogarın etrafında. Taksi şoförünün söyledikleri aklıma geldi. "Terminallerde fazla dolaşma, dikkat çekersin. Sivil polisler, çakallar, itler anlar senin evden kaçtığını, ya başın belaya girer ya da yakalanırsın."

Orada bir amca vardı, yanına gittim, "Amca deniz nerede?" diye sordum. Adam yüzüme baktı, "Oğul denize dolmuşla gidersin ama şu otobüslere binersen Tarsus ya da İskenderun'da denizi görürsün." Anlamıştı sanırım evden kaçtığımı. Gösterdiği otobüslerden birine bindim. Savruluyordum işte. Korkuyordum. Tarsus ya da İskenderun nedir, neresidir bilmiyordum da ama gidecek bir menzil olması biraz işime gelmişti sanırım. Otobüsün içerisinde yine güvende hissettim kendimi, fazla sürmedi, İskenderun'a geldik. İndim otobüsten, elimde çantam, birden karşıma deniz çıktı. Akşamüzeriydi sanırım. Öylece kalakaldım. Hep resimlerden, televizyondan gördüğüm deniz. Bir huzur kapladı içimi. Zaten o günden sonra hep deniz kenarında huzur buldum. Denizin kokusu, sonsuzluğu, tükenmezliği.

Hava kararmaya başladı. Karnımı doyurdum. Tekrar otogara gittim. Marmaris'e, İbrahim Abi'nin yanına gidecektim. Bilmiyordum hangi otel olduğunu ama herhalde bulurdum. Marmaris'e otobüs yok dediler, ama İzmir var, oradan geçersin. Bindim otobüse İzmir'e doğru yola koyuldum. Cebimde ne kadar para var artık bilmiyordum bile. Saymamıştım. Evi falan düşünmüyordum artık. Kendi götümün derdine düşmüştüm, anlamaya çalışıyordum, kafam almıyordu. Otobüsten indiğimde sudan çıkmış balık gibi oluyordum. Otobüsler iyiydi, en azından gidecek bir yer vardı. Farkında değildim ama oldukça yorgun, bitik ve umutsuzdum. Tek umudum, İbrahim Abi'nin Marmaris'te çalıştığı (ki o da kesin değil) ismini bile bilmediğim oteli bulmaktı. Tek umudum buydu. İlk defa böyle bir duygu yaşıyordum. Hiçbir şey düşünmeden, menzilim olmadan, gittiğim yeri bilmeden yollara düşmek... Sanırım epey bir süre uyudum. İzmir'e yaklaştıkça içimi yine bir sıkıntı sardı. Aslında İzmir bahaneydi, eşek gibi biliyordum İbrahim Abi'yi bulamayacağımı. Ne bok yemeye çalışıyordum hiçbir fikrim yoktu. İzmir'e geldik.

Otobüsten indiğimde Adana ya da İskenderun'dakinden pek farklı değildim. Yine gidecek bir yerim yok, sığınacak bir yerim yok, tutunacak dalım hiç yok. Artık; çaresizlikten mi yoksa olmayan umutlarımın tükenmesinden mi, oluruna bıraktım. Gittiği yere kadar gider. Hayal meyal hatırlıyorum, tramvaylar falan vardı, hiç görmemiştim daha önce. Şehri gezmeye başladım. Çok pis bir koku vardı biz şehre girerken. Galiba Körfez'in o pis zamanlarıydı. Şimdi nasıl, bilmiyorum. Ömrümde zaten bir defa gittim İzmir'e. Bir daha hiç gitmedim.

Çeşme dolmuşları vardı, sebep aramadan bindim birine. Epey gittik, Ilıca'da durdu minibüs. İndim, yine bir sebebim olmadan. Çok hoşuma gitmişti, güzel bir deniz manzarası vardı, masmavi bir deniz. İskenderun'da gördüğüm denizden farklı mavilikte. Hatırlıyorum, oturup epey bir süre seyrettim. Plajda yatanları gördüm. Tekneler, turistler, mayolu kadınlar. Biraz dolaştıktan sonra bir pansiyona gittim. London'dı galiba adı. Bir teyze gösterdi odayı. Bizim tuvalet kadar bir oda. Oldukça sade, tek kişilik bir yatak. Günlerdir yoldaydım. Ne bir duş almışım ne elbisemi değiştirmişim. Hemen bir duş aldım. Zaten sıcaktan iyice yanmışım. Ankara'dan çıkarken sağlam giyinmiştim ama buralar cidden yanıyordu. Pansiyonun karşısından bir mayo (ki öldürseler giymem şimdi), bir gömlek, bir bermuda, bir tane de tişört aldım. Döndüm tekrar odaya. Üzerimi değiştirdim. Etraftaki herkes böyle giyiniyordu. Yolda gelirken gördüğüm insanları taklit etmiştim. Terlik almayı aklıma getirememiştim. Spor ayakkabılarım vardı, onları da ayağıma geçirip plaja doğru gittim. Oturdum bir köşeye, çevreyi seyretmeye başladım. Millet ne güzel keyfini çıkarıyordu. Ayakkabıları çıkarıp, suda yürüdüm biraz, yüzenleri taklit etmeye çalıştım. Deniz suyunun tadına baktım. Farklı bir duyguydu, hayatımda ilk defa denize girmiştim. Babam anlatırdı, Manisa'da yapmış askerliğini, vardı denizde çekilmiş fotoğrafları. Onun haricinde bir defa da teyzemler Ayvalık'a gitmişlerdi de bizim götoğlanı teyze oğlu anlatmıştı kadınların erkeklere nasıl tecavüz ettiğini. Ben de bekledim bir süre gelsinler bana da tecavüz etsinler diye. Ne gelen var ne giden. Epey bir süre takıldım. Bizim sülalede denize giren sayılı bir adamdım artık. Hoşuma gitmişti.

Bir sürü kadın vardı. Aynı Tan gazetesinin resimlerindeki gibi. Bir tanesi yanıma gelsin diye çok bekledim o güneşin altında. Tan gazetesi yazıyordu. Bu sarı kadınlar biz yağız Türk çocuklarına tecavüz bile ediyormuş. Kimse gelmedi bana tecavüz etmeye, kimse de "Yağız Türk genci, senin methini çok duyduk bizim memlekette, biz sırf bunun için geldik" demedi. Ne gelen ne giden. Pansiyona döndüm. Sanırım gece geliyordu bu karılar. Ne salağım ben ya! Güpegündüz kadınlar belki utanır. Karnımı doyurdum. Pansiyonda biraz dinlendim. Plaja dönüp saatlerce denizi seyrettim, bir kadın gelmedi. Tan gazetesine ana avrat küfür ederek, döndüm pansiyona.

O gece pansiyonda kaldım. Güzel bir uyku çektim. Fazla para harcamamıştım. Ertesi gün de Ilıca'da kaldım. Ne yapacağım, ne bok yiyeceğim hiçbir fikrim yoktu. Aklıma, beni o restoranda işe sokan teyze oğlu geldi. O İbrahim Abi'nin adresini mutlaka biliyordur. Ondan adresi alırdım, giderdim İbrahim Abi'nin yanına ama telefon etmeyi bilmiyordum. Şehirlerarası nasıl aranır, bir fikrim yoktu. Teyze oğlunun telefonu da yoktu gerçi. Pansiyondan ayrıldım, İzmir'e döndüm. Oradan bir bilet aldım, doğru Ankara... Ankara'ya varınca gidecektim bizim teyze oğlunun yanına, alacaktım adresi. Oradan da İbrahim Abi'nin yanına.

O kadar yorgun ve bitkindim ki, otobüste gözlerimi bir açtım, Çorum bilmem kaç km. yazıyor yol tabelalarında. Ortalık da karanlık. Saatten haberim yok. İzmir ile Ankara arası kaç saat sürecek hiçbir fikrim yok. Lafın kısası, Ankara'yı geçip Çorum'a varmışız. Otobüsten inip iki saat sonraki Ankara otobüsüne bindim. Sabah erken sayılabilecek bir saatte yeniden Ankara'daydım. Kaç gündür ilk defa otobüsten indiğimde gidecek bir yerimin olması rahatlığı ile derin bir oh çektim. Fazla vakit kaybetmeden teyze oğlunun takıldığı Tunalı Hilmi'deki kahvehanede soluğu aldım. O civarda çalışan tüm garson, komi, mutfak personeli Tuna isimli bu kahvehaneye takılırdı.

Beni görünce koşarak yanıma geldi, kolumdan tuttu "Lan nerelerdesin sen? Perişan oldu annen, baban." Nedendir bilinmez ağlamaya başladım. O kadar uzun zaman olmuştu ki ağlamayalı, salya sümük hıçkırarak ağladım. Yediğim bokun ne kadar ciddi olduğu yüzüme tokat gibi çarpılmıştı. "Sakin ol" dedi, "sakin ol, yok bir şey." Dışarı çıktık, kolumdan tutuyordu. Sanki kaçmamdan korkuyordu. Kaçmaya falan niyetim yoktu, almıştım ağzımın payını. Götüm yemezdi artık. Seymenler Parkı'nın oraya gittik. Puşt işi biliyordu, en sakin yer orası, kaçarsam falan beni kolayca yakalar. Kalabalığa karışmamdan korkuyordu sanırım. "Ben eve falan gitmem" dedim, "bana İbrahim Abi'nin adresini ver, ben onun yanına çalışmaya gideceğim." Fazla üstelemedi, yavaş yavaş konuşarak, anlatarak, "Önce eve bir git; annen, baban perişan, onları bir gör. Sana söz, ben bindireceğim seni otobüse" dedi. Aslında korkum falan yoktu, utanıyordum sadece. Doğru ya da yanlış yaptığım her şey babamın ve annemin başında patlıyordu. Artık kaldıramıyordum. Çok fazlaydı. Kabul ettim, bir taksiye bindik eve gittik. Annem çığlık attı beni görünce. Komşular, akrabalar zaten evdeydi. Kadının ağlamaktan gözleri kurumuş neredeyse. Bir saat sonra da babam geldi. "Hoş geldin," dedi sadece, hiçbir şey söylemedi yine. Dövseydi sövseydi bu kadar utanç verici olmazdı sanırım. Annem yemek hazırladı, karnımı doyurdu. Banyoya girdim, iyice temizlendim. Beni eve getiren teyzemin oğlu kaldı bir tek. Herkes gitti. Annem karakola gitmemiz gerektiğini söyledi. Karakola haber vermişler. Bulunursam benim de gelmemi söylemiş polisler. Gittik annemle. Polislerden bir tanesi:

"Gel bakalım koçum, seni arıyoruz. Nerelerdesin ya?" dedi gülerek.

Ben de sırıtarak "gezdim abi" dedim.

"Yenge bir dakika müsaade et, gencin ifadesini alacağız" dedi bu hal hatır soran polis. Aldı beni bir odaya soktu, bir güzel tokat manyağı yaptı. Annemin duyamayacağı bir ses tonuyla, "Lan amına koyduğumun çakalı. Bizim senden başka işimiz gücümüz yok mu?" deyip daldı, iyice tokatladı. Ağzımı açıp tek kelime edemedim. Karakoldan çıktık, eve döndük. Annem anladı sanırım beni tokat manyağı ettiklerini, ama pek bir şey diyemedi. Dayım ve birkaç yakınımız 12 Eylül mağduru olduğundan her zaman korkardı polisten. Yüzüm gözüm kıpkırmızı, hem yediğim tokatlardan hem de babamın karşısına yine kafam yerde çıktığımdan.

"Ne yapacaksın?" dedi.

"Ben İbrahim Abi'nin yanına gideceğim, durmam buralarda. Marmaris'e gideceğim" dedim.

"Çok meraklıysan amcanın yanına git Alanya'ya, git onun yanında çalış, madem burada kalmayacaksın."

Kabul ettim. Gideyim de neresi olursa olsun hesabı. Annem tekrar ağlamaya başladı. Dil döktü, yalvardı, çırpındı, yakama yapıştı. Gideceğim deyip kestirdim attım. Babam fazla konuşmadı. Cebinden aldığım paranın arta kalanını verdim. Fazla bir şey harcamamıştım. Öyle yerine konulmayacak bir miktar değildi. Saymadı bile. Yüzü yine gerilmiş, gözü kısıklaşmıştı. Sinirlenince ya da üzülünce hep öyle olur. "Yarın akşam bindiririz seni, gidersin" dedi. Annem sabaha kadar ağladı. İstesem de kalamazdım zaten bu saatten sonra. Patlardı yine bir yerinden bir olay. En iyisi gidip boyumun ölçüsünü almak olacaktı. Yorgundum zaten, sızıp kalmışım. Ertesi gün uyandığımda babam yoktu. Amcamı aramışlar, annem çantamı hazırlıyordu ağlayarak. Akşamüstü babam geldi, konuşmadık yine. Biletimi almış. Teyzemler falan geldi, topluca gittik terminale. Annem yine yalvarıyor, "Beni telefonsuz, habersiz bırakma" diyor. Elini öptüm, sarıldı sıkıca. Babam zor aldı elinden beni. Babamın da elini öptüm. Amcamın adresinin olduğu bir kâğıt verdi. Vedalaştım. Antalya'ya doğru yola çıktı otobüs. Hani şair demiş ya "Ankara'da âşık olmak zor iki gözüm". Ankara'da âşık olmadan ayrılmak daha zormuş be iki gözüm derim ben. Arkanda anan ve babandan başka bir bekleyenin olmaması. Bir bahanen olmaması Ankara'ya dönmek için. Ankara'yı Ankara yapan değerlerin tadına bakmadan arkanda gri bir kütle bırakıp gitmek.

Bir Erdal Abim vardı. O anlatırdı. Öğretmen bir kompozisyon ödevi vermiş. "Ankara'yı nasıl bilirsiniz?" Giriş/gelişme/sonuç kurallarına göre yazın falan... Ödevler hazırlanmış. Herkes kafasına göre anlatmış Ankara'yı. Bir tanesi yazmış Kızılay çok güzel, Gima'nın önü buluşma noktası. Kuğulu Park harika. Bir tanesi yazmış Atakule muhteşem, Papazın Bağı nefis, Seymenler Parkı tam gezilecek görülecek yerler. Bir tanesi yazmış Atatürk Orman Çiftliği'ndeki hayvanat bahçesi muhteşem, kokoreç pek meşhur. Herkes kafasına göre yazmış işte, Ankara'nın en güzel yerlerini, en yaşanası bölgelerini. Bir tanesi de, "Bu anasını siktiğimin Ankara'sına Çankaya'dan bakınca pek güzel de, gel bir de Saimekadın'dan, Abidinpaşa'dan bak nasıl görünüyor?" yazmış. O hesap. Ben

Ankara'ya hep Türközü'nün o çamurlu yollarından baktım. Gördüklerim pek iç açıcı, keyif verici şeyler değildi. O yüzden ne Ankara'da âşık oldum ne Ankara'da âşık olmadığıma pişman oldum. Terk etmenin tadını almıştım bir defa, ağzıma o kan tadında terk etmeler hoş bir lezzet vermişti.

En keyifli uyuşturucudur, hiçbir sebep yokken, boktan bahanelerin ardına sığınarak ve açıklama yapmadan, bir daha geri dönmemek üzere çizgi çekmek. Tüm yaşanmışlıklara, hatıralara, paylaşmışlıklara tecavüz etmektir. Sikip atmaktır, çok zevklidir, zevk almayanını görmedim. Arkanda bıraktıklarının perişanlıklarını düşünerek, sadizmin en kansız ama en dip noktalarına ulaşmaktır. Hiçbir açıklama yapmadan, vedalaşmadan, helalleşmeden yapılanı en acı verenidir. Sebepsizce, bir anda bırakıp gitmek, ortadan kaybolmak.

Önce iyice alıştırmalısınız kendinizi, iyice bağlamalısınız. Farkında bile olmamalı, ona çoktan hayatının bir parçası olduğunuz eroin gibi davranmalısınız. Çok keyif vermelisiniz ama müptelanız olduğunun farkında bile olmamalı. Duymak istediklerini söylemelisiniz, olmanızı istediği kişiliğe bürünmelisiniz, aç ruhunu doyurmalısınız. Kendinize alıştırmalısınız. Bir gölge gibi girdiğiniz hayatında, koskocaman bir gerçek olmalısınız, terk edip gittiğinizde, karşısında acı bir gerçek olmalı ki terk etmenin keyfine varabilmelisiniz.

Terk ederken açıklama yapmayın, bahanelere sığınmayın, karşısına geçip kendi inandığınız haklı sebepleri önüne sunmayın. O terk etmek olmaz. Acındırırsınız kendinizi, kendinize ihanet edersiniz aslında. Sebepsizce, aniden bırakın gidin ve arkanıza bakmayın. Terk etmek diye ben buna derim. Bu tadı ben daha çocukken yaşadım ve bir ömür Allahın bir laneti gibi taşıdım, her terk edişimde daha büyük keyif alarak.

Yapabileceğiniz en büyük kötülüktür; ciddi anlamda başını alıp gitmeyi kafaya koyan, zaten kal, dur, gitme, bırakma gibi kalıplarla başlayan hiçbir dayatmayı kabul etmez. Gidecek ya da terk edecek insan böyle kalıpları duymak adına gidiyorum demez, sadece çeker gider. Arkasına bile bakmadan. Düşünmez geride kalanları. Bırakıp gidenler, vedalaşmaz ve helallik istemez. Nasıl bir anda girdiyse hayatınıza, hiç ummadığınız bir zamanda kaybolur.

Bir de kal, gitme demenizi, yalvarmanızı bekleyenler vardır. Gideceğini günler öncesinden söyler. Tepkinizi ölçer, yoklar, verdiği acıları görmek ister. Siz gitme dedikçe daha çok zalimleşir. Siz gitme dedikçe neden gitmesi gerektiğini, bıkmadan, usanmadan anlatır. Size verdiği acıdan o kadar çok keyif alır ki... Siz gitme dedikçe gitmeye niyeti olmasa bile, kendisini gitmek zorunda hisseder. Gitmek istemese bile gider. İki ucu keskin bir bıçak. İnsan evladı bir avuç suya benziyor aslında. Bir akarsu, önüne barajlar kurun, bentler çekin, setler yapın, duvarlar örün. Gideceği yere gidiyor. Gidip yolunu buluyor. Böyle bir ruh halim vardı sanırım.

İnsanoğlunun belki en zor, en bunalımlı ve en çok acı veren yıllarıdır 17-20 yaş arası. Benim hayatımın en güzel, en neşeli yılları oldu. Antalya'ya doğru çıktık işte. Babamın verdiği adrese baktım, Turbay Otel diye bir şeyler yazıyor. Otobüs muavine sordum var mı böyle bir yer diye, bilmiyordu. Ben şoförün arkasındaki koltukta oturuyordum. Kırık dökük bir walkman'im vardı. Onu taktım kulağıma, Ferdi Tayfur abimizin kasetini sardırıp sardırıp dinliyorum. Arkamda yaşıtım bir kız ve sanırım babası oturuyor. Önümdeki aynadan gözüm bazen kıza kayıyor. Walkman'i kapattım, arkama yaslandım. Adam ana bacı küfür ediyor. Bu kime küfür ediyor diye düşündüm. Muavini çağırdı. "Şu önümdeki amına koyduğumun sağırına söyle, rahat dursun. Kızıma bakıp duruyor." Adam sabahtan beri bana kayıyormuş, sülalem kevgire dönmüş. Sanırım kulaktaki walkman'den beni sağır sanmış. Ben zıpladım. Otobüs karıştı. Beni arkaya oturttular. Antalya'ya varınca şoför geldi. Beni siktir ettiler otobüsten.

Doğu Garajı'nın oralarda dolmuş durağı vardı. Elimde adres. Aklımdan "Turbay değildir bu, olsa olsa Tuğba'dır" diye geçti. Dolmuşlardan birinin yanına yaklaştım:

"Abi Tuğba'ya gider mi?"

Şoför güldü.

"Abimmm... Tuğba'ya da gider, Cevriye'ye de gider. Atla."

Ben de atladım dolmuşa. Gazladık, epey bir gittik. Bir şelalenin yakınlarında dolmuş boşaldı. Bir ben kaldım. Elimde çanta, bekliyorum. Şoför baktı.

"Son durak."

"Abi ben Tuğba'ya gidecektim."

"Ee git işte, karşıda."

"Abi Otel Tuğba, Alanya'da."

Şoför şaşırdı. Adam beni Antalya kerhanesine getirmiş anasını satayım. Eski Doğu Garajı'nın oradaki dolmuşların alayı Antalya kerhanesine gidiyormuş. Ben de Tuğba falan deyince olay kopmuş tabii. Şoför gülerek geri getirdi beni.

"Koçum neden indin otobüsten? Alanya buraya iki saat."

"Ne bileyim?"

Bana tarif etti bineceğim otobüsleri. Tekrar düştük yollara. Yaklaşık bir, bir buçuk saat geçti. Yolları seyrettim; eylül başlangıcıydı sanırım, pırıl pırıl bir güneş, yemyeşil her taraf. İlk defa yol kenarlarında limon, mandalina, portakal, muz ağaçları gördüm. Masmavi bir gökyüzü.

Birden hayatımın en güzel sahnesini gördüm. Deniz aniden karşıma çıktı. Masmavi... O kadar heyecanlanmıştım ki, bir anını bile kaçırmamak için gözlerimi bile kırpmadım. Masmavi deniz, masmavi gökyüzü birbiri ile kucaklaşmış sanki. Bir ömür unutmadım ben o sahneyi. Ömrümün en güzel sahnesiydi. Savrulurken oradan oraya bir yaprak gibi... Düşerken yerlere, belime inerken tekmeler... O Karaburun mevkisindeki manzaranın hayaline sarılacaktım.

Yirmi dakika daha gittik, bir tabela gördüm. Tabelada "Welcome to Turbay Hotel, 500 mt" yazıyordu. Telaşla kalkıp otelin önünde indim. Pırıl pırıl bir güneş, mis gibi tertemiz bir hava. Elimde eski bir çanta. Tozlarını savurarak devam etti otobüs. Babam iki tane büyük telefon jetonu vermişti, vardığında ararsın diye. Otelin karşısında bir telefon kulübesi vardı, öğrenmiştim şehirlerarası aramayı. Annemi aradım, sağ salim geldiğimi söyledim. Konuşamadı pek, ağladı durdu. Hıçkırıyordu. Kardeşimle konuştum, kapattım telefonu.

Otelin bekçi kulübesinde bir abi vardı. Amcamı sordum. Kaldığı daireyi tarif etti. Otelin yanında bir tatil köyü vardı. Orada kalıyorlarmış, iki yüz metre kadar ileride. Oraya gittim, amcam oradaydı. Âlemci adamdır. İyi karşılamadı beni, suratı bir karış, "Yazık değil mi lan anana babana" dedi. Bir şey demedim. Çelimsiz, üflesen yıkılacak bir ergenin elbet sorumluluğunu almak tırstırmıştı adamı. Bir de ben gelmeden namım gelmiş, buram buram belayım. "Karıştırmışsın Ankara'yı." Cevap vermedim. "Burası Ankara'ya benzemez. Sezonun kapanmasına iki ay var zaten, bir bak. Yok ağır gelirse seni gönderirim Ankara'ya." Zor gönderirsin diye geçti içimden. Nah dönerim Ankara'ya.

Amcam servis şefi. Yönetim kadrosundaydı, havası cıvası yerindeydi. Otel de çok güzeldi. Pek fazla görememiştim ama... Cayır cayır bir müzik sesi yıkıyordu ortalığı. Dese ki hemen başla, hemen başlayacaktım çalışmaya. Karnımı doyurdum, döndüm amcamın kaldığı o tatil sitesine. Hava hafiften kararmaya başlamıştı. Amcamların kaldığı dairenin balkonuna çıktım. Nefis bir esinti vardı. Alışık olmadığımdan, sanki denizin kokusunu duyabiliyordum. Çevre dairelerdeki yazlıkçılar kurmuşlar sofralarını, demlemişler çaylarını, sefa yapıyorlardı. Kahkahalar atarak okey, tavla oynayanlar vardı. Hayatı hiç bu yönüyle görmemiştim. Kafamdaki soru işaretleri o zaman başladı. Annemi ve babamı düşündüm, ne yapıyorlar şimdi, ne yapacaklar? Babam işten çıkmıştır, biraz sonra garsonluk yapmak için evden çıkar, sabahlara kadar koşturur durur. Gecenin bir yarısı ayakları kan toplamış bir biçimde döner eve. Annem ya Küçükesat ya da Cebeci taraflarına ev temizliğine gitmiştir. Bok temizlemiştir, onuncu katlarda cam silmiştir, anası sikilmiş bir şekilde, elleri ayakları buz gibi dönmüştür eve. O siktiğimin kapkaranlık gecekondusuna.

Eylül de geldi. On ton kömür alırlar. Kodumun sefaleti. Bir de şuraya bak. Kahkahalar nasıl çınlatıyor ortalığı. Millet çoluğu çocuğuyla neşe içerisinde. Böyle kahkahalar atarak pür neşe bir defa sofraya oturmadık biz. Kapkaranlıktır şimdi bizim oralar. Neden bilinmez, çok erken çöker karanlık gecekondulara. Karşıdaki tepelerdeki büyük sosyete binaları hep ışıl ışıl olur. Sanki bize güler o amına kodumun ışıkları. Erken kararır bizim oralar.

Bir kasvet çöker. Bir irin akar o yollardan. Biz buna sefalet diyoruz. Biz buna kabullenmişlik diyoruz. Biz buna anasını siktiğimin kaderi diyoruz. Biz buna kaderimiz diyoruz. Kaderimiz buysa çekeriz diyoruz.

Kaderimizi de sikeyim. Bize bu kaderi layık görenleri de sikeyim. Öyle bir boyamışlar ki gözlerimizi, öyle bir perde çekmişler ki önümüze, lan fakirliğinden, yokluktan, sefaletten gurur duyan bir biz varız. Fakir adam hep delikanlı olur Yeşilçam'da. Münir Özkul gibi. "Bak beyim"le başlayan bir replik görmedim ben gerçek hayatta. "Sen bilirsin beyim"dir doğrusu. Fakirsen gururlusun, fakirsen bir gün felek sana güler. Sen yeter ki isyan etme. Mutlu biter fakirlerin hayatının sonu. Sen yeter ki sisteme karşı çıkma. Sen o siktiğim gururunla ayakta kal. Sikilmeye devam et. Öyle olur Yeşilçam melodramları. İyi biter fakirlerin sonu. Nah biter! Ben sonu iyi biten, bir bedel ödemeden o yaşadığı lağım çukurundan çıkanı görmedim. Ya okumuş iyi bir kariyer yapmıştır. Bedelini ailesi ödemiştir okutmak için. Ya zengin bir koca bulmuştur. Bedelini o fakir ve gururlu genç ödemiştir. Yaş küçük. Algılama dar. Dünyam sikildi benim o ilk gün Alanya'da gördüklerimden. Başıma yıkıldı geçmişte kendimi avutmak için tutunduğum değerler.

Işıl ışıl lan her yer. Otelden bahsetmiyorum. Tatil sitesinde kalan balkon sefası yapanlardan... Bir de bizim oraları düşünüyorum. Ananı sikeyim senin felek. Ergenlik zamanları zordur. Ne çocuk olabilirsiniz, ne yetişkin. İkisinin ortası bir şey... Çocuk gibi davranamazsınız, size yakıştırmazlar. Yetişkin gibi bakamazsınız sustururlar. Pek farkında olmasak da, hiçbir zaman kabullenmesek bile bir an gelir ileriki hayatımızı etkileyecek olaylar, manzaralar, kişiler kafamıza çakılır. Bu manzara da kafama öyle çakılmıştı. Babamın yüz felci geçirdiği günden beri ilk defa belki de boşalmıştı sinirlerim. Anam, babam mutlu olacak diye; onların bana biçtiği hayatı yaşamayacağımı kafama ben o ilk gün kazıdım. Beynimin en kılcal damarlarına kadar yazdım. Bana dayatılan kaderi yaşamayacaktım. Ben kapıcı dairesinde hamamböceği gibi yaşarken, gecekondunun sefaletinde lağım faresi gibi kıvranırken, Allah'a çok şükür derken, bu insanlardan farkım neydi? Ben bu yaşıma kadar daha evimizde neşeli kahkahalar atılarak bir sofraya oturulduğu hatırlamam. Hep şükrederek, her zaman daha kötüsünden bizi esirgemesi için Allah'a dualar ederek geçti bizim ömrümüz. O kapıcı dairesinde ve sefil gecekonduda. Daha fazlasını değil istemek, hayal etmemiz bile yasaktı sanki.

Benim kaderim yılbaşında milli piyango çekilişi için bir sene hayal kuranlar gibi olmayacaktı. Kusura bakmayın anne, baba benim kaderim bana sunulanlar ile sınırlı olmayacaktı. Hayattan o kadar nefret ettim ki o gün, hayat gerçeklerini benim yüzüme çarptığında... İlk defa hayata isyan ettim sanırım. Ben yokluğun ne olduğunu iyi bilirim. İşin kötüsü yokluğun bir insana neler yaptıracağını da iyi bilirim. Hayat sadece yokluklar ile sınırlı değil. Yaşanması, sömürülmesi ve keyfi çıkarılması gereken bir hayat var önümüzde. Bir bira aldım marketten. Yarısı zaten sikmeye yeterdi beni. Bir paket sigaram vardı cebimde. Oturdum plaja, soktum ayaklarımı suya. Arkamda ışıklar, kahkahalar, neşeli çığlıklar, önümde Akdeniz ve yakamozlar. Bir söz verdim kendime. Kimse için yaşamayacak, kimsenin doğruları için inandıklarımdan vazgeçmeyecektim. Buna annem ve babam da dahildi. Yaşanması ve sömürülmesi gereken bir hayat vardı önümde. Söke söke harcayacaktım bu hayatı, armut piş ağzıma düş demeden, keşfedilmeyi beklemeden... Talih kuşunun kafama sıçmasını beklemeyecektim kaderimin değişmesi için. O talih kuşunu arayıp bulup, yatırıp sikecektim. Keşfedilmeyi beklemeyecektim işte. Hoşlandığın kişinin seni keşfetmesini beklersin. Beklerken, zaman geçer. Zaman geçtikçe, seni keşfetmesini bekleyen kişi takıntı olur. Takıntı oldukça için acır. Acı çekmeye başlarsın. Bu acıyla onun yokluğuyla yaşamaya başlarsın. Bir zaman sonra kendi gider, karanlık bir görüntüsü kalır. Hoşlanmaktan çıkar, kara bir sevdaya döner. Takıntı olur. Tatmin olamazsın. tatminsizliklerle başa çıkmak çok zor. Bedenin açlığı bir şekilde gideriliyor da. Ruhunuz açlığının hiçbir çaresi yok işte. Genlerden gelen bir boşluk bu. Kişinin kendisine biçtiği bir bedel sanırım.

Her şeyin bir bedeli var ya. Hayatın bize sunduğu güzelliklerin de bedeli bu olsa gerek. Tatminsizlik. Hep fazlasını istemek... Daha fazlasını... Biz elde ettikçe yeni hedefler koyuyoruz. Yeni misyonlar yüklüyoruz ve acı çekiyoruz. O içimizdeki tatminsizlik denilen boşluk kemiriyor bizi farkına vardığımızda. Çoktan iş işten geçmiş oluyor. İçinizdeki bu yangını söndürecek olan kişi keşfetmiyor sizi. Bakıyorsunuz boş duvarlara. O karanlık görüntüsüne. Canınız yanıyor. Beklersiniz. Bekledikçe daha bağlanırsınız. Yaranız kanamaya başlar. Sığınaktır artık. Mabedindir. Dokunulmazındır. Tek dayanağındır. Tek tutunduğun dalın, tek nefretin, tek beklentin, tek muradın... Kendi kendini kandırırsın. O hoşlanıp konuşamadığın kişi düşmanın olmuştur. Koparıp atmaya kıyamazsın o yarayı. O mührü kaldırmaya kıyamazsın. Orada kalır. Vücudun, benliğinin, kalbinin, mantığının ve en önemlisi en insancıl duygularından beslenen bir asalak, iliğini kemiğini kurutan bir kene gibi yapışır kalır. O yara senin bir parçandır artık. Hayata karşı her yenilginde sığınacağın kuytu köşendir. Kimseleri sokmazsın o kuytu, karanlık köşeye. Her tokat yediğinde hayattan her çelme sonrası felekten... Her yıkımda, her bozgunda buluşursun o yarayla. Acıtır. Keşfedilmeyi beklemeyin. Reddedilmek, dünyanın sonu değil. Biraz apaçi olun. Yoksa keşfedilmeyi beklerken, kaşıdıkça yaraları kanatırsınız. Ben hiç beklemedim.

Biraz daha takıldım orada. Amcamların kaldığı o daireye döndüm. Kahkahalar, neşeli çığlıklar daha bitmemişti. Millet keyfini çıkarıyordu işte. Koydum kafamı yastığa. Dalıp gitmişim. Sabah uyandım. Amcam ve birkaç yönetim kadrosundaki abi uyuyordu sanırım. Balkona çıktım. Yine pırıl pırıl bir güneş... Bu defa millet balkonda kahvaltısını yapıyor. Neşe içerisinde gülüyorlar, eğleniyorlar. Bizim oraları düşündüm. O ter kokan otobüslere, dolmuşlara binmek için sıra bekleyen cılız adamları. Yollara düşmüş mutsuz insanları.

Hayat ne garip... Amcam bir an önce uyansa işe başlasam diye düşünüyordum. Heyecanlıydım, umutluydum. Beklentilerim vardı. Uyandı. Bok gibi bir surat. Dik dik bakıyor yüzüme. Lan sıçma işte şu güzel günün içine diye düşündüm "Bak. Amca falan muhabbeti yok. Bey diyeceksin. Benim yeğenim olman hiçbir şey ifade etmez." Ya! Ne demezsin.

Gittik otele. Zaten nemrut bir adam iyice nemrutlaşmıştı. Belli burnumu iyice sürtecek arkama baka baka döneceğim Ankara'ya. Babam iyi gaz vermiş. Otele girişim yapıldı. Personel işlerinden beni depoya yönlendirdiler. Sikindirik bir ceket verdiler. "Hayırlı olsun. Allah utandırmasın." dediler. Gittim restorana. Belli komiler çok şekilli bir üniforma giyiyor. Benim ceket farklı. Kıllandım. Bir komi geldi, aldı götürdü beni. Havuzun önünden geçtik. Yüzlerce kadın, erkek güneşleniyor. Kadınların çoğu üstsüz… Dönüp bakamadım bile utandım. Bana çalışacağım yeri gösterdi. Otelin çay ocağı… Lan ben Ankara'nın en kral mekânından gelmişim. Amca bey beni otelin çay ocağına attı. Belli ki bu beni mahvetmeyi kafaya koymuş. Otel sekiz yüz kişilik. Sadece İskandinav müşterisi olan, zamanın en baba otellerinden biri. Başladım çay ocağına.

Şöyle hesap edin, sekiz yüz kişi var. Günde bir fincan kirletseler en iyi ihtimal –ki bu ibneler günde belki on defa çay, kahve içiyorlar– bir de mutfakta silme Bolu-Mengenli elemanlar... Bu abiler çay manyağı. "Goçumm. Bi çayla bizi." diye bağırıyor bu ibişler durmadan. İlk gün ciddi anlamda anam sikildi. Kafayı kaldıramadım bile. Daracık, göt kadar bir bölüm. Sıcak başıma geçmiş. Belki o ibne aşçılara elli defa çay servisi yaptım. Zaten yıkadığım fincanların haddi hesabı yoktu. Kafamı kaldıramadım bile. Amcam çağırmış beni. Kan ter içerisinde gittim yanına. Beyefendi klimalı ofisinde götünü serinletmekle meşgul. Çantanı elbiselerini al. Personelin kaldığı lojmana geçeceksin bu akşam." Gecenin bir yarısına kadar köpekler gibi çalıştım. Ayakta duracak halim yoktu. Sarhoş gibi gittim, amcamın kaldığı daireden aldım zaten üç beş parça olan eşyalarımı. Komi ve bulaşıkçıların kaldığı yirmi kişilik odaya geçtim. Boş yatak yoktu. Bir tane ayarladılar. Vurdum kafayı yorgunluktan sızdım.

Lojman dediğim bildiğin bir baraka. Üst üste ranzalar. Elbise dolabı bile yok. Gerçi benim elbisem bile yok. Evden ne bulursam üç beş parça doldurmuştum. Annem hazırlayamamıştı çantamı ağlamaktan. Sabahın köründe kalkıyordum. Gecenin bir yarısına kadar it gibi çay servisi, kahve servisi hazırlıyor, mutfaktaki ibişlere paso çay pompalıyordum. Kafamı kaldıracak bir dakikam bile yoktu. Küçük bir pencere vardı. Havuzu görüyor kafayı çıkarıp bakardım. Yüzlerce sarı sarı kadın neredeyse tamamen çıplak güneşleniyordu.

Mahallede beni sıkıştıran, taciz eden kız geldi aklıma. Ama buradaki kadınlar ve kızlar çok farklıydı. Sarı, esmer, kızıl, uzun, kısa, birbirinden güzel kızlar. Hoş bir güneş kremi kokusu geliyordu. İçim bir hoş oluyordu. Birçoğu üstsüzdü. Ne o mahalledeki kıza benziyorlardı ne de okulu kırdığımızda gittiğimiz porno filmlerdeki Alaman karılara. Çok güzellerdi.

O güne dek bir tek o mahalledeki kız olmuştu hayatımda. Başka da bir icraatım olmamıştı. Değil kızlarla konuşmak, yanlarına bile yaklaşamazdım. Şimdi karşımda İsveç, Norveç, Danimarka, Finlandiya ırkının en seçme yüzlerce hatunu. Bakardım vücutlarına. Gece garsonlar, komiler gelirdi lojmana, çalışmaktan onların da anası sikilmiş. Hemen bir duş alırlardı. Üzerlerini değiştirirler dışarı çıkarlar. Sabaha karşı gelirlerdi. Boyunları morarmış, kafaları kıyak. Otelin yakınlarında bir disko vardı sanırım. Her gece başka bir kız ile takılıyordu bu itler. Ballandıra ballandıra anlatırlardı. Aynı İbrahim Abi gibi. Kafamı kaldıramıyordum. Tek derdim kimseye bulaşmadan, sataşmadan burada çalışabilmek. Ankara'ya dönmek korkutuyordu. Amcam zaten göz açtırmıyordu. İki hafta kadar geçti. Ankara'da öğrendiğim kırık dökük birkaç kelime İngilizce'yle komilerle muhabbet falan ediyordum. Garsonlardan bir tanesi nerelerde çalıştığımı sordu. Saydım çalıştığım yerleri.

"Lan sen bu çay ocağında ne geziyorsun? İngilizce biliyor musun?"

"Abi biraz biliyorum. Masa servisi, protokol servisi bile biliyorum. Balık bile ayıklıyorum."

"Burada ne geziyorsun? Çay ocağında ne işin var?"

"Bilmiyorum beni buraya verdiler."

Amcamı karıştırmadım. Tamam deyip gitti. O akşam beni çay ocağından aldılar. Komi oldum. Amcam sinir oldu sanırım ama elinden bir şey de gelmedi. Tüm personel sikinin derdinde, karı kız peşinde. Köpek gibi koşturdum. Bir iş verdilerse on iş yaptım. Ne geç kaldım ne cevap verdim. Ankara'ya gönderilme korkusundan eşekler gibi çalıştım. İşe bir saat erken geldim, mesaimi yeri geldi üç saat geç bitirdim. Boş vakitlerimde yüzmeyi öğrendim. Ne güzeldi denizin köpüklü suları. Ne güzel kokuyordu. Bizim köyden bile güzel kokuyordu. Plajın kumlarına yatıp gözlerimi kapatıp denizin dalgalarını dinlemek ne güzeldi.

Zaten iki ay kadar bir zaman vardı sezonun bitmesine. Çabucak geçti. Otel kapandı. Personel işlerinden çağırdılar. İstersem mart 1'de gelip çalışmamı söylediler. Amcam ile oturduk. Anlattım derdimi. Anlayışla karşıladı. Zaten işime bağlı, fazla kafa ağrıtmayan bir tiptim. Personel müdürü bu çocuğa sahip çıkın demiş. Şeflerin, garsonların göz bebeğiydim. Öbür komiler bu işe burada başlamış ama alt yapım iyiydi, pratiktim. Öğrenmeye açtım, hayata açtım, paraya açtım.

Ankara'ya döndük. Kasım ortasıydı. Güzel bir alışveriş yaptım. Saçlarımı kestirdim, bir hamama gittim. Sanırım yirmi kilo kadar muz, portakal, mandalina aldım. Muz ve sucuk fakirlik günlerimizin sembolüydü. Elim ekmek tutunca muz ve sucuğa doyamadım zaten. Ankara yine aynı Ankara... Pek bir şey değişmemiş. Eve gittim. O çamurlu yollar, tek katlı yıkıntı gecekondular, patlamış lağımlar... Bir de bu İmrahor deresi vardı. O zaman kapatılmamış, şimdi üzerini kapatmışlar, yol olmuş. Bu dere bizim mahallenin ortasında geçerdi. Bildiğin lağım akıyor. Leş gibi korkardı. İlk zamanlar ne kadar çok sevmiştim bu gecekondu mahallesini. Şimdi üzerime üzerime geliyordu. Midem bulanıyordu. Eve gittim. Annem yine ağlıyor. Gidiyorum ağlıyor, geliyorum ağlıyor. Kadın hep ağlıyor. Babam geldi sonra. Elini öptüm. Sadece "Hoş geldin." dedi. Başka da bir şey sormadı. Ben de anlatmadım. Kardeşim meyvelere saldırdı. O akşam dinlendim. Ertesi gün erkenden kalkıp Tunalı'daki milletin takıldığı kahvehaneye gittim. Eski çalıştığım yerdeki garsonlar, komiler... Bizim teyze oğlu oradaydı. Bana bir iş ayarlamalarını söyledim. Vardı bir yer. Kaliteli bir restoran. Gaziosmanpaşa'da. Gittim. Şef ile konuştuk. "Yarın gel başla." dedi.

Başladım işe. İyiydi. En azından babamla yüz yüze gelmiyordum. Annem de ağlayıp kafa sikmiyordu. Ne kazanırsam getirip bırakıyordum masanın üzerine. Babam dönüp bakmıyordu hâlâ. O mekânda çalışırken bir taraftan da İngilizce kursuna yazıldım tekrar. Boş vaktim olduğunda yaşıtlarım gibi kahvehanede okey oynamaktansa İngilizce öğrenmek daha çekici gelmişti. Fiziğim oldukça düzgündür. Bu meslekte fizik çok önemli. Eliniz yüzünüz düzgün olursa çok çabuk sivrilirsiniz. Dikkat çekersiniz. Karnını doyurmaya gelmiş elit sayılabilecek kişiler elbet kendisine yemek getiren kişinin ağzı yüzü bir tarafta olsun istemez. Yabancı diplomatlar falan da gelirdi mekâna. Kırık dökük İngilizcem işe yarardı. Şimdi kimse sormuyor İngilizce biliyor musun diye. Kaç dil biliyorsun diye soruyorlar. Ama o zaman üç beş kelime bilmek bile büyük ayrıcalıktı. Beni bara aldılar. Son iki ay bar komisi işten çıktı. Üniversite öğrencisi bir abi vardı barmen. Yanına beni istedi. Tam da bu Tom Cruise'un Kokteyl filminin ortalığı kasıp kavurduğu zamanlar. Millet bir gaza geldi. Herkes barmen olmak için kıçını yırtıyor. Bok var sanki. Filmlerdeki gibi değil işte o işler. Anam sikilirdi onlarca kasa taşımaktan, sabahlara kadar bardak yıkamaktan. Ellerim ayaklarım şişerdi. Hayat keşke filmlerdeki kadar kolay olsa. Değildi maalesef.

Ama sevmiştim bu işi. Bar işi kıyaktı. Zor ama zevkli.

Mart yaklaşırken işten ayrıldım. Tam olmasa bile bar olayının temel birkaç kuralını öğrendim. Amcam zaten dönmüştü Alanya'ya personel alımları için. Eve gittim, Alanya'ya döneceğimi söyledim. Annem yine salya sümük. Hiç konuya girmeden çantamı hazırladım. Babam zaten karışmıyordu. Belki de öyle davranıyordu. Terminale falan gelmemelerini istedim. Bindirdiler beni dolmuşa. Aldım biletimi düştüm yollara. Arkama bile bakmadım.

Yine o Karaburun mevkisinden geçerken o manzarayı gördüm. Pırıl pırıl bir güneş karşıladı. Bizim gri soğuk gecekondu mahallesine inat. Pırıl pırıl bir gökyüzü...

Alanya'da hepi topu yirmi tane otel vardı. Turizm yeni gelişiyor. Cennet köşesi bir sahil kasabası bile demeyelim. Bildiğiniz köy. Otel epey değişti. Müşteri getiren Star Tour otelin belirli bir yüzdesine ortak oldu. Müdürler, mutfak şefleri gibi kafa yerlere hep İsveçli yetişmiş elamanlar geldi. Oldukça profesyonel adamlar. Bizim yattığımız o leş yeri falan yıktılar. Personelin daha insanca yaşaması için birçok yenilikler getirdiler. Üniformalarımız bile değişti. Daha bir disiplinli ama daha insanca çalışma koşulları oluşturdu adamlar. Biz otelin hazırlanması için ıvır zıvır işleri yapıyorduk. Restoranın masalarını boyadık, sandalyelerini temizledik. Otel kapanırken depoya kaldırdığımız tabak, çatal, bardak ıvır zıvırları yerleştirdik. Mart on dört hiç unutmam. Her şey hazırdı. İlk defa personel için bir gece düzenlendi. İsveçli ve yerli personelin kaynaşması için. Ertesi gün ilk sezon müşterileri gelecekti. Tüm personel toplandık. Yedik, içtik, eğlendik. Çok keyifli bir akşam oldu. Sonra bizim eski kaşar garsonlar, komiler, barmenler plaja gitti. Hepimizin kafası güzel. Bir ateş yaktık. Mart ortası hava soğuk. Şarap falan açtık. Yirmi otuz kişi varız. Otelin sikicileri belli. "Ayin yapacağız." dediler. Ben seyrediyorum.

Herkes donlarını, külotlarını çıkardı. Yanan ateşin içine attı. Ben de çıkardım. Donlarımızı külotlarımızı yaktık. Etrafında apaçi dansı yaptık. Donların ve külotların küllerini denize savurduk. Her sezon başı yapılırmış bu apaçi dansı. Dans demeyelim de... Ayinler yapılıyormuş, adaklar adanıyormuş. Personel kendi kafasına göre bir eğlence uydurmuş. Donların, külotların külleri denize savrulurken bol bol da dualar edildi. Çok karı kız gelsin diye. Küllerimizi sarı kızların ruhlarına savurduk. Ateşin etrafına oturduk, geçen sene abilerin ayıkladığı kadınların maceralarını dinledik. Onlar anlattı biz dinledik. Norveçli kızın otobüse binmemek için nasıl saklandığı, İsveçli zengin karının geçen sezon memleketine götürdüğü garsonu, Finli kızın barmen çocuğa getirdiği hatıraları dinledik. Kızlar için kadeh kaldırdık. Bir çeşit ayin. Bol bol karı sikelim diye. Dualar ve dilekler eşliğinde ateşi işeyerek söndürdük. Yatmaya gittik. Yarın müşteri girişi vardı. Yeni bir sezon. Yeni umutlar. Hiç unutmam o geceyi. Hayatımda ilk defa o personel gecesinde eğlenmiştim.

Ömrümün bekli de en güzel günlerinin yaşanacağı ve her dakikasının aklıma işleyeceği, hatıraların hiçbir zaman silinmeyeceği zamanların başlangıcıydı. Kuru bir yaprak gibi oradan oraya savrulurken, olmadık işler başıma geldikçe, tam pes edecekken beni hayata bağlayan o güzel yıllarımın ilk zamanları.

Ertesi gün ilk müşteriler gelecek, sezon açılışı yapılacak. Sabah erkenden kalkıp işlerimizin başına gittik. Yeni üniformalarımız çok şekildi. Neşe içerisinde güle eğlene hazırlıklara başladık. Memleketin dört bir tarafından gelmiş, kimisi ekmek derdinde, kimisi macera peşinde, onlarca farklı hayat hikâyesi olan insan... Amcam gözünü üzerimden ayırmıyordu. Sanki bir açığımı arar gibi bir hali vardı. Zaten bir gece önceki o plaj partisini duymuş kıl olmuştu. Beni bir köşeye çekti. "Dakika bir gol bir. Dün içki içmişsin. (Ki kendisi alkolik.) Sigara kullanıyor musun? (Ki günde iki paket uzun Samsun içer.) Aklını başına devşir." diye tehdit etti. Aba altından sopa gösterdi. Pek iplemedim. Yüz göz olmaya pek gerek yoktu. Geçen seneden tanıdığım kişilerin bazıları yoktu. Kimisi askere gitmiş, kimisi memleketinde kalmış. Birkaç tanesi İsveç, Norveç karıların peşinden gitmiş. Birçok garsonun ve kominin kız arkadaşları vardı yabancı.

Zaten otel Allah'ın dağında. O zamanlar Alanya bildiğiniz köy. Sekiz yüz kişilik otelde karı kızdan bol bir şey yok. Otel personeli garsonundan, bekçisine, bahçıvanına kadar ırkının en kral kadınlarını götürüyor. Herkesin anlatacak renkli maceraları var. Garson ve komiler, barmenler ve barboylar, market çalışanları, deri ve kuyumcu çalışanları, bir de resepsiyon en kral hatunlara yazıyorlar. Herkese yetecek kadar kadın var. Benim pek aklıma gelmiyor. Ne işim olur? Tek derdim bu işte yükselmek. Hayallerim ve beklentilerim o kadar kısıtlı ki. Ankara'ya dönmeyeyim. Başka bir beklentim yok. Allah göstermesin amcam beni bir siktir etse... O Adana'da otobüsten indiğimdeki ruh halim aklıma geliyor. Ne yaparım? Nerelere giderim? Karı kız ortamı hiç gözümde bile yok.

Beni Latif Abi isimli bir garsonun komisi yaptılar. Latif Abi güzel adam. Otelin, adı çıkmış sikici takımını en başlarında. Genç, yakışıklı, boylu boslu bir adam. Beraber bakmakla yükümlü olduğumuz hatırladığım kadarıyla on beş yirmi masa var. Servislerini falan attık. Hazırlıklarını yaptık. Akşam ilk müşterilere "hoş geldin yemeği" verilecek. Yaklaşık üç yüz kişi kadar giriş olmuştu otele. Tarih dün gibi aklımda. 15 mart 1988.

Üç tane Ramazan vardı. Restoranda garson. Biri Ankaralı, öbür ikisi Konyalı. Hepsine Rambo derlerdi. Biz de Rambo Abi derdik. Rambo Abi. (Komik geldi şimdi yazarken.) Bu Rambo Abiler ve Latif Abi otelin efsane adamlarıydı bizim gözümüzde. Çıtır çıtır ayıkladıkları hatunların haddi hesabı yoktu. Bunlar karı kız konusunun piri, resepsiyon ve barmenlere kafa tutan adamlardı. Tüm departmanlar birbiri ile karı kız konusunda yarışır. Rambo Abiler ve Latif Abi restoran departmanının yüz akları, gurur kaynaklarıydı. Bir taraftan servis atıyoruz, masaları yerleştiriyoruz. Bir taraftan Latif Abi maceralarını anlatıyor. Ben de dinliyorum.

İşte Norveçli karının nasıl inim inim inlediğini... Ağlayarak memleketine döndüğünde nasıl iki hafta sonra gelirken buna viski, sigara, parfüm gibi hediyeler getirdiğini... Kışın nasıl harçlık gönderdiğini ballandıra ballandıra anlatıyordu. Ağzım bir karış açık bunu dinliyorum. Ciddi anlamda pek karı kız düşkünlüğüm yok. Kendi halimde ekmeğimin derdindeyim.

Akşam oldu. Hoş geldin yemeği ücretsizdi. Otelin müşterilere bir jesti. Bizim masalar dolmaya başladı. Çoğu yaşlı. Mart ayının ortasında genelde yaşlı çiftler gelir. Huzurevi gibiydi restoran. Canlı müzik vardı. Türk gecesi hesabı.

Otelde Kartal Kaan söylüyordu. Kartal Abi o senelerde bizim otelde sahneye çıkıyordu. Güzel adamdı cidden. Beyefendi bir insan. Bir sezon haftada üç gün bizim otelde çaldı. Masalar doldu. Kartal Abi yemek müziği çalıyor biz de koşturuyoruz işte. Bir tek mönü var. Sipariş alınmıyor. Bizim masada çoğu yaşlı çiftler olmak üzere üç tane de İsveçli olduğunu öğrendiğimiz yirmi yirmi beş yaşlarında kızlar vardı. Yemekler dağıtıldı, yendi. Tatlı isteyene tatlı servisi, meyve isteyene meyve servisi verildi. Kızlar meyve istemiş. Latif Abi kızların masasının etrafından ayrılmıyor zaten. Espriler, komiklikler yapıyor. Ben koşturma derdindeyim. Meyve bir tek portakaldı. Kızların önüne Latif Abi koydu birer portakal.

Biz kenara çekildik. Müşteriler hem müzik dinliyor hem tatlılarını, meyvelerini yiyor. Ben sularını dolduruyorum. Dikiliyoruz ayakta. Kızın bir tanesi hiç dokunmadı portakala. Latif Abi yoktu piyasada. Gittim yanına. Bir art niyetim yok. Ankara kurallarına göre yetişmişiz bu meslekte. Müşteri memnuniyeti her şeyden önce gelir. Kıza işaret ettim. Neden portakal yemediğini sordum. Soramadım da işte işaretlerle anlattı yemeyeceğini. "Epıl." dedi. Biliyorum apple'ın elma olduğunu. Mutfağa gittim. Biliyorum Mengenli ustalar çok kıl olur. Müşteri portakal yerine elma istiyor demedim. "Müdür bey elma istiyor usta." "Beş dakikada hazır olur dediler." bekledim. Yalaka puşt bir elma tabağı yapmış. Aklım durdu. Süslemiş püslemiş tabağı. Kenarlarına Türk kahvesi koymuş. Şekilli bir şeyler yapmış. Aldım ben de tabağı götürdüm kızın önüne. Bunlar anırıyor. Sevinç çığlıkları, fotoğraflar çekiyorlar. Yan masalar tabağın falan resmini çekiyor. Tırstım anasını satayım.

Latif Abi geldi. "Abi kız portakal yemiyormuş. Ben de elma tabağı yaptırdım." dedim. Kız Latif Abi'yi çağırdı. Bir şeyler söyledi. Latif Abi, "Kız seninle fotoğraf çektirmek istiyormuş." dedi. Şaşırdım. Elin gavuru benimle ne diye fotoğraf çektirsin, aldık elimize elma tabağını, fotoğraf çektirdik. Ben işime döndüm. Kız beni seyrediyor. Göz göze falan geliyoruz. Arkadaşları dürtüklüyor kızı. Latif Abi gaz vermeye başladı bana. Ben pek ilgilenmedim. Çay kahve servisine başladık.

Latif Abi, "Bu kız senin ile tanışmak istiyormuş." dedi. "Abi ben bir şey yapmadım. Portakal istemiyordu, elma verdim." Tırsmıştım. Tek korkum amcamın kulağına gider. "Lan bi sus! Başlatma elmasına, portakalına. Gel senin adını soruyor kız." Kız mal mal bana bakıyor. Latif Abi uyuz oldu. "Sen karışma." dedi. Kız mel mel yüzüme bakıyor. Ben kafayı eğdim. Latif Abi kızla konuştu bir süre.

"Kız seni üç saat sonra plaj da bekliyor."

"Abi niye bekliyor?"

"Lan oğlum sen mal mısın? Salak mısın?"

Bir bok anlamadım. İşimin başına döndüm. Kız beni seyrediyor. Kafamı kaldırıp kızın yüzüne bakamıyorum. Program bitti, masalar yavaş yavaş dağılmaya başladı. Latif Abi:

"Hadi yine iyisin. Sezonu erken açarsın, kız sana hasta oldu."

"Abi bana niye hasta oldu?" saf saf sordum.

"Ne yapacağım ben bu kızla plajda buluşup?"

"Lan olum! Sen milli olmadın mı?"

"Abi milli ne?"

Bu koşa koşa kızın yanına gitti. Konuşuyorlar işte. Ben iyice kıl oldum. Kızlar nasıl gülüyor. Bu amcam bakire bu çocuk demiş. Kızın gözleri parladı. Latif Abi geldi. "Saat bir gibi seni plajda bekliyor kız."

"Abi ne yapacağım?"

"Dur şu işlerimizi bitirelim konuşuruz."

Temizledik ortalığı. Kaldığımız lojmana gittik. Millet etrafımı sardı. Taktikler veriyorlar. Mal mal dinliyorum ben de. Ben Sümerbank takılıyorum. Onlar, "Olmaz." dediler. Çıkardım üzerimi. Kot pantolon, tişört falan verdiler. Bolca da taktik. Gittim kızın yanına. Konuşacak bir şeyimiz de yok.

"Hello, what is your name? How are you?"

Kızın adı Carina'ymış. Ben de adımı söyledim. Latif Abi'nin gazıyla kızın elinden tuttum. Personelin geceleri okey falan oynadığı sikindirik bir yer vardı plajda. Otelin beş yüz metre ilerisinde. Oraya gittik. Millet nasıl bakıyor. İyice havalara girdim. Kızla oturduk bir masaya. O bana bakıyor, ben ona. Çevre masalardaki abazalar da bize bakıyor. İki bira söyledim. Alkolle hiç alakam yok ama ne bileyim, kıza hava olsun işte. Biraz oturduk çevre masalardaki abazaların bana hayran bakışları altında. Bir birayla kafayı cidden buldum. Alkolün de cesaretiyle kızın elini okşuyorum. Aslında etraftaki elamanlara hava atmak amacım. Kız da benim kolumu okşuyor. Birbirimizin gözlerinin içine bakıyoruz. Kız birden elini çekti. Bu yavru kolumu okşarken, kir değil de, hani güneşte çok kalırsanız deniriz soyulur ya siyah siyah... Kız bana bakıyor. "Dont worry. Be happy." dedim. "I love you." Başka bir kelime bilmiyorum ki.

"Du yu lav mi?"

Kız şaşırdı. Ben bakıyorum. Söylemişlerdi bana, kızı dışarı çıkarınca bir bira ısmarla ve sor "Du yu lav mi?" diye. "Yes." derse götür plaja. "No." derse "Vayyy?" diye sor. "Meybi." derse, "No." sayılır yine sor.

Sordum tekrar.

"Du yu lav mi?.. Yes or no? Noooo meybi."

Kız şaşırdı, hafifçe gülümsedi, "Yes." dedi. Bu iyiydi. Yes dediyse verecek. Kolumdan çıkan kirleri temizlemeye çalıştıkça daha çok kir çıkıyor. Kız beni seyrediyor. Ben kolumla cebelleşiyorum. Vazgeçtim kolumdan sonra. Kalktık. El ele tutuşarak plajda yürümeye başladık.

15 Mart 1988 gecesi. Öyle ahım şahım bir kız değildi. Ama sarışın, güzel sayılabilecek bir hatun. O zamanlar Televole'ler çok ünlüydü, fena sayılmayacak dediğim kız o Televole'deki manken geçinen bıyıklı kadınlara beş çekerdi. Carina benden

dört beş yaş büyük. Başını yasladı boynuma, denizi seyrediyoruz. Saçlarının kokusu geliyor ve o çıldırtan güneş kreminin kokusu. Eğildim öptüm dudaklarından. Öpüşmeye başladık, bizim mahalledeki kız gibi öpmüyordu. Daha yumuşak daha ıslak. Yuvarlandık kumların üzerine, zaten bir mini eteği vardı. Elim eteğin altına gitti. Epey bir yiyiştik. Bolca boynuna imzamı attım, yani morarttım. Yoksa yarın inanmazlar kıza çaktığıma.

Sonra bu toplandı. Çantasından bir şey çıkardı. Sakıza benziyordu, üzerinde çilek resmi vardı. O lojmanda garsonlar anlatıyordu, bu yabancı kızlar hediye bile veriyormuş. Kız hediye vermişti. Sakız. Lan garsonlar viski, sigara, çakmak, parfüm, altın kolye falan alır. Bizim fakir bana sakız veriyor. Bozmak istemedim kızı sakızı cebime attım. Sonra tekrar öpüşmeye başladık. Bunu tekrar yatırdım kumların üzerine, tekrar toplandı, sakız verdi yine. Bir şeyler söyledi. Sakızı cebime soktum. Bu hararetli hararetli bir şeyler anlatıyor. Durmadan sakız veriyor. Bir sürü sakız verdi. En sonunda... Sikerim sakızını... "Du yu lav mi? Yes or no... No meybi." Carina "Yes." dedi. Birkaç saniye sürdü. Bir bok anlamadım. Carina yatıyor, ben üzerindeyim. Sevişmek daha güzeldi, otuz bir çekmek daha da güzeldi. Bir bok anlamamıştım. Biraz oturduk. Carina ya "I lav yu." dedim. Ayrıldık. Lojmana girdim.

Latif Abi ve Rambo Abi geldi. "Ne yaptın len? Çaktın mı?"

"Abi affeder miyim?"

Kafa zaten güzel. Boynum morarmış. Bir aferin çektiler. Helal koçuma falan.

"Abi bir şey soracam. Bu kız bana bir sürü sakız verdi."

"Ne sakızı lan?"

"Sakız işte abi."

Çıkardım cebimden kızın verdiği sakızları.

Latif Abi ile Rambo Abi birbirlerine baktılar. Bana baktılar.

"Lan oğlum ne sakızı? Bu prezervatif."

"O ne abi."

Açtılar bir balon çıktı. Millet yerlere yatıyor gülmekten. Elimde sakız paketinden çıkan bir balonla boynum mosmor bunları seyrediyorum.

"Oğlum bu ne işe yarıyor bilmiyor musun?"

Amına koyduğumun kadını beni iyice çocuk etti, önce sakız şimdi de balon. Bir şey demedim. Zaten sevişmek bok gibi bir şey, anlamamıştım. Otuz bir çekmek daha zevkli.

"Prezervatif ne ya?"

Millet gülmekten yerlere yatıyor. Sakızları koydum cebime. Zaten kafam güzel vurdum kafayı yattım. Sabah aldım duşumu başladım işime. Bir bok anlamamıştım ama en azından erkek olmuştuk işte. O prezervatifleri de çilekli sakız sanmasaydım çok daha iyi olacaktı. Epey bir muhabbeti döndü. Sonra amcam beni odasına çağırdı. Ağzına geleni söyledi. Tehditler, küfürler ardı ardına... Bir şey söylemedim. Geri döndüm restoranda garsonun biri beni çağırdı. Süs havuzu vardı. Suyunu boşaltıp zeminini temizlememi söyledi. Saatlerce suyu boşalttım. Porçöz ile zemindeki yosunları kazıdım. Alt tarafı yirmi saniye kız sikmiştik. Tam gün iyice sıkıldım. Pek de umurumda değildi. Ama amcamın pislik yapmasından korkuyordum. İyi kötü alışmıştım buraya. Alanya göt kadar bir yer. İş bulmak neredeyse imkânsız. Çok az otel var. Ankara aklımdan geçen son yer geri dönmek için. Carina havuzun kenarında güneşleniyor, bir yandan beni seyrediyordu. Karının gazı ile iyice coştum. İyice temizledim havuzu. Saatler sürmüştü. Kız oradan el falan sallıyor. Göt korkusuna kafamı kaldıramıyorum. Amcamın ofisi tam restoranını görüyor.

Pencereden falan görür. İyice ağzıma sıçar korkusu var. Üzerimi değiştirdim. Akşam servisinin hazırlıklarına başladık. Latif Abi, Carina ile konuştu. Akşam yine buluşacaktık. İki haftalığına gelmişti zaten.

"Fazla görünme ortalarda. Amcan zaten uyuz oldu. Bir şişe şarap al. Kızı götür ilerideki kayalıkların oraya. Zaten uçsuz bucaksız bir plaj."

Gece iş bitince, gittim üzerimi değiştirdim. Bir şişe şarap aldım. Carina ile buluştuk. Kayalıklar vardı. Latif Abi'nin söylediği gibi kimseye görünmeden oraya gittik. Kıza dünkü rezilliği nasıl anlatayım diye düşünüyordum. Biraz şarap içtik, öpüştük. O bir şeyler anlatıyor, anlamıyorum. Bir şeyler anlatmaya çalışıyorum. Sonra bunun verdiği prezervatiflerden birisini çıkardım. Bu yüzüme bakıyor. Ağzıma atar gibi yaptım. Sakız çiğner gibi ağzımı şapırdattım. Amacım bunun verdiklerini sakız sandığımı anlatmak. Ben ağzımı şapırdatırken bu fermuarımı açtı. Başladı ağzına almaya. Hatun beni epey yanlış anlamıştı. Yirmi saniye içinde kızın ağzına yüzüne boşaldım. Anlayışlı bir kızdı Carina, gitti ağzını temizledi.

On dört gün boyunca her akşam bununla buluştuk. Her gece sabahlara kadar plajda seviştik, restoranın tuvaletinde, depoda, iki defa odasına çıktım. Bir yakalansam işten direkt atılırdım. Kadın vücudunu çok sevmiştim. Hastalık derecesinde. Gördüğüm yerde çağırıyordum bir kuytu köşeye.

Gideceği gece boynunda altın bir kolyesi vardı, onu hediye etti. Ertesi gün otobüse ağlayarak bindi gitti. Birkaç defa kartpostal gönderdi. Sonra bağlantıyı kaybettik. Evin adresini vermiştim. Yazıyordu bir şeyler. Ama zoruma gitmişti. On dört gün uzun bir zaman değil ama ağlayarak otobüse binerken bir bakışı vardı. Sonra alışacaktım bu bakışlara ama ilk defasında koyuyor. Bir sezon boyunca hep aynı sahne olurdu. Kızlar, kadınlar ağlayarak binerlerdi otobüslerine. Sözler verilir, yeminler edilir, unutmamak için. Gidenlerin yerine yenileri gelirdi. Kimisi imkânı varsa tekrar gelirdi aynı sene. Genelde garsonların hatunları gelirdi. Bizimkiler aileleriyle gelmiş yaşıtımız kızlardı. Parası olmayan öğrenci kızlar. Yaşıtımız kızlar daha duygusal oluyordu. Hıçkıra hıçkıra ağlarlardı otobüslerini beklerken. İçimiz yanardı. Arkalarından bakardık. Onları götüren otobüsten gözlerimizi alamazdık. Sonra yeni turları getirecek otobüsleri arardı gözlerimiz. Gidenin yerine mutlaka yenisi geliyordu.

Sezon fişek gibi başlamıştı. Çok iyi kazanıyordum. İş disiplinim oldukça iyiydi. İnsanlarla iletişimim çok uyumlu. Tek tutunacak dalım burasıydı zaten. İnsanın bir işi keyif alarak yapması kadar güzel bir duygu yok. Hem ekmek paranı çıkarıyorsun hem hayatını yaşıyorsun kendi çapında. Aldığım bahşişler bana kalıyordu. Maaşıma hiç dokunmuyordum. Amcam Ankara'ya gönderiyordu. Haftada bir defa annemi arıyordum. Hep ağlıyordu. Ağlayacak ne var? İşte benim kafa burada duruyordu. Keyfim yerinde, işim aşım var. Anlatmaya çalışıyorum, anlamak istemiyor. Karı kız konusunda artık tuttuğumuza çöküyorduk. Biri kabul etmezse öbürü buluşmayı kabul ediyordu. O kadar saf salak adamlardık ki. Başımıza gelmeyen de kalmıyordu.

Ama en kral eğitimi almış, bir değil birkaç tane yabancı dili konuşabilen, altında arabası, bizden belki on kat daha yakışıklı çocukların yanına bile yaklaşamayacağı ırkının en güzel kadınlarıyla günümüzü gün ediyorduk. Aslında bir araştırma konusu olur bu. Hep merak edilmiştir bu garson, komi, barmen, tayfasıyla bu kadar kültürlü, güzel, aklı başında kızın ne işi var? Bu kızlar aslında gözü kara Türk erkeği meraklısı falan değildi. Çıkardı aralarında Türk erkeğinin meraklısı ama yüz tanesinde belki beş tanesi. Bu kızlar bu kadar bizim erkeklere meraklı olsalardı, birçok sap Kazım, Avrupa ve Amerika sokaklarında "Ay frööömm İtalyyy." diye gezmezdi.

Kızların bam teli vardı, yumuşak karınları vardı. Memleketine göre değişiyordu bu. Bu yumuşak karınlarını bildiğinizde, işin içinde bir de deniz, güneş, mehtap, romantizm olduğunda normal bir vatandaşın kolunu bile kesmeye hazır olduğu bir kızı maymuna çevirebilirdiniz. Biraz ipucu olsun. Turist kızlar sanılanın aksine "you me fak, du yu sex" gibi kalıplarla pençeye düşen sazanlar değil. Tan gazetesinin anlattığı gibi olmadı hiçbir zaman. Görüyoruz, parlak ve kariyer sahibi karizma gençlerimiz geliyor. Maalesef birçoğu türkü barların önünde kahırlanırken, önlerinden geçen apaçilerin kollarına taktıkları taş bebek kıvamındaki kızlara kahroluyorlar. Şunu kafaya kazımanız gerekir. Hiçbir turist kız, "you me fak, do yu sex" gibi saçma salak efsane olmuş kalıplarla kafaya alınmaz. Yavşama kılavuzu derken adı üzerinde yavşayacaksın. Düpedüz yavşayacaksın yani. Kısıtlı bir zaman diliminde, tatilini güzel bir hatırayla süslemek isteyen turist kızımız, yavşak erkeklere bayılıyor. Kasmadan, fazla ciddiye almadan muhabbet edersiniz. Tatilinizi geçireceğiniz otelin konumu çok önemli. Mümkün olduğu kadar çarşı dışında olmalı. Kaldığınız otel, disko, bar, gece kulübü gibi yerlere ne kadar uzak olursa şansınız o kadar artar. Otelde takılmak zorunda olan kızlar, pek dışarı çıkamaz. Dışarı fazla zıplayan kızlar, otel personeli ve oteldeki müşterilerle yetinmek zorunda. Çarşı içerisindeki kızları sadece gündüz vakti, otelin havuzunda pineklerken görebilirsiniz. Gece olduğunda hepsi dışarı akar. Artık ortamın piçi olmuş, çarşı esnafı ve personelinin yanında pek şansınız olmaz. Yapabileceğiniz en akıllı seçim, otel rezervasyonu yaptırırken, mümkün olduğu kadar çarşı merkezinden uzak olan, her şey dahil otelleri tercih etmenizdir. Yapabileceğiniz en büyük aptallık diskolardan ve barlardan karı bulabileceğiniz umudu taşımanızdır. Yedirmezler. Gündüzleri turlara gidebilirsiniz. Tekne turları var, saatlerce süren. Tekne turlarını otelinizden ya da bir tur ofisi üzerinden yaptırın. İskele taraflarında, teknecilerin sattığı anlık turlara katılmayın. Alayında sizin gibi saplar olur.

Otel üzerinden ya da tur ofisi üzerinden yapılan turlar oldukça iyidir. Tanışmak ve koklaşmak açısından tekne turları, biraz kabiliyetiniz varsa çok işinize yarar. Otel personeliyle muhabbet kurun, gaz verin.

"Yaaa! Hacı size helal olsun. Ne hatunlar yapıyorsunuz."

Çok ama çok işe yarar. Burnunuzu kıvırdığınız, bir garson, komi ya da barmen size en kral hatunu yapar. Bol bol gaz verin bu puştlara. İmkânınız varsa arabanızla gidin. Arabanız otelin önünde dursun. Kız milleti her yerde aynı, arabayla gezme fikrine her zaman sıcak bakarlar. En kral hatun ortamı, sabah kahvaltılarında olur. Ortalık sakin olur. Gülümseyin, sabah kahvaltı sırasında beklerken mutlaka gülümseyin ve hal hatır sorun. Çok işinize yarar. Kasılmayın, cool adam triplerí yapmanıza hiç gerek yok. Gülümsediğiniz ya da günaydın çektiğiniz bir hatunla mutlaka bir dahaki karşılaşmanızda muhabbet etmek için bir bahaneniz olur. Tek kızlar her zaman iyidir. Yanında arkadaşı olmayan, ailesiyle takılan kızlar pek hayal kırıklığı yaşatmazlar. Tek bir kızla dışarı çıktığınızda mutlaka istediğinizi alırsınız. İki kızla takılmak fazla akıl kârı iş değildir. Piç olma ihtimali yüksektir ama mecbur kalırsanız şansınızı zorlayın. Üç ve üzeri kızlara kesinlikle takılmayın. Hiç şansınız yok. İyi derece dil bilmemek aslında çok iyi bir avantajdır. Akademik derecede yabancı dil bilirsen, en fazla sabahlara kadar; "Türkiye'de kadının yeri", "Türkiye'nin Avrupa Birliği'ne girmesi" gibi saçma salak konulara takılır kalırsın. Sabahlara kadar boş beleş geyikler çevirmek pek akıllıca değil. Çok ama çok iyi derece yabancı dil biliyorsanız bile politika, toplum, ekonomi, insan gibi entel konuları kendinize saklayın. Gavur kızlar nargile kafelerde Das Kapital pragrafları ve Can Yücel mısralarıyla aklını aldığınız yerli kızlara benzemezler. En kötüsü Rus kızlarıdır. Onlar bile doymuştur böyle kısır tartışmalara. İskandinav ve diğer Avrupa ülkelerinin kadınlarını saymıyorum bile. Kendinizi ispatlamak için hatunun kafasını sikmeyin. Mümkünse Türkiye'nin gönüllü elçisi olmak için kasmayın. Kaybeden siz olursunuz.

Lütfen rock, metal, soul müzikler üzerine akıl vermeye çalışmayın. O kadın Iron Maiden'ı sizden daha iyi biliyordur. Kendiniz ispatlamak için gönüllü maymun olmayın. Bu hatunlar düşünce adamı aramıyor. Tek dertleri biraz vakit geçirmek. Sevişmek. Gavur kızları bizim kızlardan biraz farklı. Çok iyi dans etmenizi, çok bilgili olmanızı, kariyerinizi, ilginç yaşam hikâyenizi, eski aşkınızı pek umursamıyorlar. İçinizde kopan fırtınalar pek ilgilerini çekmiyor açıkçası. Mümkün olduğu kadar gözünüzde büyütmezseniz ve rahat davranırsanız, o kadar kolay hedefe ulaşırsınız. Nerelerde bulacağız? Nasıl tanışacağız? En kolay ve sağlam yol, kaldığınız otel. Tanışmaktan korkmayın, selam vermekten çekinmeyin, gülümsemekten kaçınmayın. Bir köşede cool tavırlarla kös kös oturup, hiçbir kızın dikkatini çekemezsiniz. Gidin yanına, selam verin. Halini hatırını sorun. Bir içki ısmarlayın. Evet, bir içki ısmarlayın, çok işe yarar. Fazla kibar olmaya kasmayın, karının karşısına geçip yonca görmüş eşek gibi sırıtmayın. Efendi bir biçimde oturun. Ne istediğinizi açıkça belli edin arkadaşım. Direkt olaya girin. Fazla götünü kaldırmadan iltifat edin. Memleketiniz ve memleketi hakkında konu açmayın. Onlar soracaklardır. Türkiye'de kadının durumu, ezilmesi, İslamiyet en sevdikleri konu. Uzak durun. Ağzınızı ayıra ayıra politika yapmaya çalışmayın. İlk gün becereceksiniz diye bir kural yok. Ama olmayacak diye bir kural da yok. Biraz şans ve kader. İlk gün çöktüğünüzde mutlaka ve mutlaka soracaklardır. "Her gördüğün turist hatunla birlikte oluyor musun?" hiç kasma. Direkt lafı koy. "Sen nasıl her gördüğün erkeğin altına yatmıyorsan, elbet ben de her gördüğüm kadınla olmuyorum." gibilerinden. İşe yarar.

Hatun kişi tekse zaten her türlü götürürsün. Biraz zamana bırak. Fazla uzatmadan, gündüz takılabileceğin bir yere davet et. Disko bar tekliflerini kadın reddedebilir ama müze, tekne turu, gündüz çarşı gezmesini hiçbir gavur hatun reddetmez. Plaja falan çağırma, gerek yok. Onun yerine bir öğlen yemeğine davet edebilirsin. Reddetmezler. Tek takılan kadın her zaman iyidir. Ailesiyle gelen kızlar harikadır. İki sap takılmayın, toplamda dört kişi olacaksınız. Dört değişik kafa, birisinden birisi mutlaka piç eder.

Oldu da iki elaman, iki hatuna takıldınız. İşiniz biraz zor ama imkânsız değil. İlk defa dışarı çıkarken, hemen paylaşmayın kızları. İşaret bekleyin, bırakın onlar seçimini yapsın. Kızlar bir anda kendi aralarında, kendi dillerini konuşmaya başladıkları zaman olayınız bitti demektir. Sepetlenmeye hazır olun. İki hatun olayında, en iyi olanlar, Rus Ukrayna tarafının kızları. Onlar fazla kasmazlar. Avrupa ülkelerinin kızları biraz daha kıl bu konuda. En berbat olanı İngilizler ve Hollandalılar. Almanların da piçlik damarları tutar. İskandinavlar pek umursamaz. Verecekleri varsa verirler. Ne olursa olsun... Birlikte olmadığınız hatunu, disko bar ortamına götürmeyin. Elinizden alırlar. Alamasalar bile piç ederler. İlk buluşmanız gündüz gözüyle olsun. Müze ortamı harikadır. İlginç geliyor. İki hatunu birbirinden ayırmaya çalışın. Paylaşımdan sonra, avınıza odaklanın. İkisini ayırabilirseniz işiniz çok kolay. Biriniz hatunu kapar öbürünüz yarı yolda kalırsa trip yapmayın birbirinize. İkinizin de hedefe ulaşması zor zaten. Surat yapar, trip atarsanız, arkadaşınızın işini de bok edersiniz. Sizin elinizde kaldı madem arkadaşınızı da piç etmeyin. İlk gece çok önemli. Ayrı otellerde kalıyorsanız mutlaka işin adını koyun. Ertesi gün karşılaşma olayınız olmasın. İlk gece fazla zorlamayın ama boş göndermemeye bakın.

Kızların memleketlerine göre farklı yapıları var.

Norveç kızları:

Bir tanesini yakalarsanız hayatınız değişir. Maddi açıdan oldukça güçlüler. Biraz kibirli olurlar ama cana yakınlardır. Para harcamayı severler, kolay kolay boynuzlamazlar ama fazla hayallere kapılmamak gerek. Her an değişebilirler. Sevişmediyseniz diskoya falan götürmeyin. Elinizden alırlar.

Danimarka kızları:

Bunlar biraz saf salak oluyor. Çeneleri çok düşük ama verecekse verir, kimse tutamaz. Bunlar İsveç ve Norveçli kızlara göre biraz daha insaflı. Kolay kolay satışa getirmezler ama yine de fazla bir garantileri yok. Çok kitap okuyor bunlar bir de. Entel yani.

Finlandiya kızları:

Candır bunlar. Hayatta satmazlar. Tanışması ve kaynaşması kolay kızlardır. Canayakın olurlar, memleketlerine gidince pek arayıp sormazlar. Sağlam içerler. Güzel ve kafa dengi, İskandinav ortamında, en kolay götürülebilecek hatun türü. Efendi bir biçimde konuşmaya çalışın. Terslemezler. Aynı gece verirler genelde.

İsveç kızları:

Her ne kadar utangaç ve çekimser olsalar da canları gider. Yaşadıkları memleketin robotlar dünyası, ruh gibi adamların diyarı olduğu için sıcakkanlı yurdum erkeklerine bayılırlar. Biraz sabırlı olmanız, ürkütmemeniz gerekir. Fazla üstüne düşmeyin. Kaçırırsınız. Konuşmaya, tartışmaya bayılırlar. Ceplerinde paraları olur ve size yük olmazlar. Politika, insan hakları, Türk kadınının ülkemizdeki yeri gibi konulara girmeyin. Sabaha kadar geyik çevirirsiniz. Size iyice bağlanmadan bar, disko gibi apaçilerin yoğunlukta olduğu yerlere gitmeyin. Anında satarlar. İşinizi sağlama alın. Ondan sonra kolunuza takıp gezdirin. Piçin önde gidenleridir. Dikkatli olun.

İngiliz kızları:

Gözünüzde fazla büyütmeyin, birçoğu aynı kıyafetle sabah akşam gezmeyi, alkol ve gece hayatını seven kızlardır. Her an satabilirler. Fazla güvenmeyin. Herkese mavi boncuk dağıtmaya bayılır, egolarını tatmin ederler. Zaten birçoğu Türkiye'ye beş kereden fazla gelmiş, artık ortamın çakalı olmuşlar. İçki ısmarlamak istediğinizde hiçbir zaman yok demezler. Bamtelleri İngiltere'yle ilgili her türlü kozalak muhabbeti ve alkoldür. Yanlarında çanta gibi taşıdıkları, sıçmaya bile beraber gittikleri bir arkadaşları olur. Çoğu zaman yanında gezen bu tip işinizi bok eder.

Alman kızları:

Pek bulaşmayın, artık iyice kaşar olmuş, bizi bizden iyi tanıyan cin kızlar. Kaldıkları otelin garsonlarına bayılırlar.

Hollanda kızları:

Sulak yerde büyümüş, dalyan gibi amazonlar. Utangaç ama bir o kadar acık fikirli olurlar. Kesinlikle aksanlarıyla dalga geçmeyin ve kurcalamayın, çok çabuk bozulurlar. Çok temkinli ve dikkatli olur, bir açığınızı yakalamaya çalışırlar.

Fransız ve İzlanda kızları:

Zaman kaybı. Uğraştığınıza değmez. Götleri tavan yapmış, burunları havada. Kültür mantarı gibi dolaşırlar. Ellerinde bir harita; müze, dağ, taş gezerler sırt çantalarıyla. Siktir edin.

Polonya, Macaristan ve Çek kızları:

Çok mütevazı, efendi ve sadık olurlar. Her ortama takılabilirler. Güvenebilirsiniz. Tanışması ve götürmesi kolay olur.

Gidin efendi efendi derdinizi anlatın. Sizi beğenmezlerse zaten kibarca reddederler. Kasmazlar. Türk erkeklerini severler.

Rus kızları:

Güzel Türkiye'min emniyet sübapları. Ne zaman indiler sıcak denizlere. Tecavüz, taciz gibi pisliklerin önünü kestiler. Birçoğu dil bilmez. Fazla abanmadan, bokunu çıkarmadan çok kolay bir biçimde yanına sokulabilirsiniz. Kompleksiz ve dürüst olurlar. Tatilleri bitinceye kadar siz siktir etseniz bile peşinizden ayrılmazlar. Sanılanın aksine birçoğu fazla alkol almaz. Sizinle birlikte olmak istemiyorsa sizi beğenmediğinden değil. Ya hazır değildir ya da kadınlara özgü sorunları vardır. Size mahcup olmak istemezler. Küsmeyin ve üzmeyin.

Türkçe bir iki kelime bilen kızlar:

Hiç bulaşmayın. Bir kız merhaba, nasılsın, selam gibi temel kelimeleri öğrenmişse çoktan piç etmişlerdir. Pek şansınız olmaz. Kaçın, uzak durun.

En tehlikeli hatun türü:

Üç beş kelime olsun Türkçe konuşan kızlardır. Bunlar piç olmuştur. Sizi avucunun içi gibi bilerler. Sizi dansöz gibi oynatır bunlar. Vakit kaybı, zaman kaybı ve para kaybıdır.

İkinci tehlikeli hatun türü:

İlk buluşmanızda, sizi belirli bir adrese götürmeye çalışan karılardır. Falanca bar, filanca disko diye tuttururlar. Gitmeyin, anında boynuzu yersiniz. O ismini verdiği mekâna gitmek için bir nedeni vardır. Daha önce, selamlaştığı bir eleman ya da kafasına taktığı bir piçin peşinden gidiyordur. Sizi kullanıyordur, kaçın.

Bu iki modelden size ekmek çıkmaz. Çıkmaz diyorsam inanın çıkmaz. Göt gibi kalırsınız. Biraz şans işidir. Biraz kabiliyet, biraz arsız olmanıza kalmıştır iş. Arsız olmaktan kasıt, mümkün olduğunca gülümseyin ve konuşmaya çalışın. Yavşayın yani.

Mart-nisan-mayıs ayları yaramaz. Yaşlıların zamanıdır. Pek ekmek çıkmaz. Haziran-temmuz-ağustos ayları, piç ve apaçilerin çiftleşme mevsimidir. En güzel zaman eylül ortası ve sonrasıdır. Yüksek sezonda, hem ortalık çok karışık olur hem de bir sürü apaçi vardır etrafta. Eylül ayı en kral zamandır. Kaliteli aşk kadınları damlar. Biraz bunalımlı olur bunlar, şarap falan takılır. Orta yaş bunalımlı, ofis kadınları. Yerli-yabancı hiç fark etmez. Eylül hatunlarından her zaman ekmek çıkar. Bunlara fazla kasmamak gerekir. Zaten bir ofis odasında, Ekşi Sözlük'te falan kasıla kasıla bir hal olmuşlardır. Bunlara duymak istediklerini söylersen, rahatlatırsan ve bol bol dinlersen istediğini alırsın. Kocasını işe, bebesini okula gönderen hatunların zamanıdır. Bu aylarda çarşıya yakın otelleri tercih edin. Her şey dahil otellerden uzak durun. Eylül ve ekim aylarında, her şey dahil oteller huzurevi gibi olur. Apart hoteller ya da yıldızlı yarım pansiyon otelleri tercih edin. Pek şeker hatunlar olur. Fazla kasmazlar. Eylül ya da ekim ayında tatile çıkan hatun yerli ya da yabancı olsun, bol bol dinleyeceksin bunları, gariplerim pek bunalım olur.

İki arkadaş olmak iyidir de. Bazen kötü patlıyor. Yüksek sezonda, en fazla üç kişi olun. O bile fazla, en iyisi iki kişi olmak. Eylül ve ekim aylarında mümkünse tek takılın. Tek başınıza daha güzel avlanırsınız. Cool adam tripleri yapmadan, çökün bir tanesine. Sağdan soldan salça olmaya çalışan ibişlere ve kezbanlara fak yu diyerek devam edelim. Memleketimize her yıl milyonlarca ecnebi geliyor. Bir sürü hatun. Elbet hepimiz bu büyük et pazarından, bir parça koparmaya çalışacağız. Tatile çıkıyoruz, para harcıyoruz, hayaller kuruyoruz.

Yanlış anlama olmasın. Her gün karı götürmüyorduk. Her bakış attığımız kız kollarımızda bayılmıyordu. Senelerin bir tatil apaçisi olarak, epey bozguna uğramışlığımız da vardır. Yediğim boynuzu, uç uca eklesem otoban olur. Fazla kasmayın. Konuşun ve gülümseyin sadece. Selam verin, tanışmaya çalışın. Unutmayın tatildesiniz. Biraz gevşemeye geldiniz, karşınızdaki insan da öyle. Gevşeyin ve rahat olun. Yerli kızları boş geçmeyin.

Burada anlatmak istediğim aslında nasıl karı götürürsünüz mevzusu değil. Bu işlerin, böyle yol yordam ve reçeteyle olmayacağı zaten ortada. Bir başka pencereden bakmayı deneyin. Bir ortama girmek istiyorsanız, o ortamın bir parçası olmalısınız. Kendinizde eksik gördüğünüz ve yaşamak istediğiniz ortamı bir ya da iki haftaya sığdırarak yaşayamazsınız. Madem derdiniz karı kız; karı kız ortamının bir parçası olmak zorundasınız. Her gün dışarı çıkıp bok gibi para harcayacak durumunuz yoksa senenin üç ayını babanızın ödediği limitsiz kredi kartınız yoksa paçaları sıvayıp, biraz sabrederek bu işlerin bir ucundan tutacaksınız. Zordur, isyan ettirir, kafayı sıyırırsınız ilk zamanlarda. Ama bir defa keyfini aldığınız zaman bir meslek öğrenerek, para harcamak yerine para kazanarak; yaşıtlarınız sanal sözlüklerde sanal fırtınalar estirirken, siz ortamın amına korsunuz.

Bakmayın. Ben deneyimlerimi anlatıyorum. Şöyle yapın, böyle yapınlarla, yol tarif eder gibi ortamlara akmak boş beleş işler. Çıraklığını yapmadığın, götünden kan ve ter gelmeden, girdiğin her iş patlar. İsyan ederek, kusarak ve küfür ederek baktığınız o sahil kıroları ve apaçileri (yani bizler) bu işlerin çıraklığını çeken, eziyetini yaşayan adamlarız. Bu adamlarla yarışmak için, bu adamların yaşadıklarını yaşamanız lazım. Bir hafta tatile gelerek olmuyor bu işler. Durmadan yazılıyor, çiziliyor. İnsanlar iyi ekmek yiyor bu işlerden. Akıl vererek, nasihat vererek iyi prim yapıyorlar. Medya, diziler, köşe yazarları, benim gibi sikik internet kahramanları durmadan anlatıyor, bir bok sanıyorsunuz. Kişilerin kendi doğruları kendilerine. Ben de dahil kimsenin gazına gelmeyin. Suni gaz alarak, kılıçları kuşanıp meydan muharebesine çıkarsanız, yıkımlar acı olur. Kendinizde bitiyor. Abazanlığın, hayata küsmenin, yalnızlığın, ayrılık acılarının çaresi kişilerin kendine göre yazdığı ve size dayattığı kendi gerçekleri değil. Yarınları olmayan bir okulun kantininde muhabbet yaparak, bilardo masasında memleketi sorgulayarak, gecenin bir yarısı hayata isyan ederek olgunlaşmıyor insan. Kalıbınızı, götünüzü, yüreğinizi ortaya koyup kararınızı vereceksiniz. Kafanızda planlar yaparak, kendinizi kandırarak, sanal karakterlerin, dizi yıldızlarının, televizyon mallarının gazına gelerek, kendi yaşayamadıklarınızdan pişman olarak ve kendinizden nefret ederek olmaz bu işler. Hayatı, hayatın bir parçası olarak yaşamak gerek.

Bu hayatın bir parçası olmuştum olmasına da başımıza gelmeyen de kalmıyordu. İsveçli bir kızla randevu ayarlanmış, çalıştığım otelin yürüyerek on beş dakika ilerisinde bulunan diskoya gitmek için anlaşılmış. İyi derece İngilizce bilen bir garson abi kızın ailesini bağlamış ve buluşma saati beklenmekte. Buluşma saatinden birkaç saat önce berbere gidilmiş, akşam giyilecek giysiler, parfümler hazırlanmış, yürek pır pır atmakta. Yaklaşık bir saat duş alınmış, deri iyice keselenmiş ve süslenmeye başlanmış. Giyim tarzı belli. Siyah bir tişört ve kot pantolon. Aksesuar da kola takılan bir bileklik. Oda arkadaşımın dolabını patlatmışım. Parfümleri sırayla üzerime boca ediyorum. Yaş biraz genç, neyin ne olduğunu fazla bilmiyoruz işte. Ne bulursak üzerime boca ediyorum. Yüzüme gözüme, her bir tarafıma sıktım. Maksat iyi kokalım.

Buluşma vakti geldi. Aldığım taktikler doğrultusunda bir bara gittik önce. Dil yok konuşamıyoruz. Kız cana yakın, anlatıyor ve anlamam için elinden geleni yapıyor. İşaretlerle falan anlaşıyoruz işte.

Biraz takıldık. Diskoya doğru yürümeye başladık. Disko bölgenin en güzel mekânlarından biri. Rengârenk ışıklar. "Bum tıslı" müzik. Millet eğleniyor. Göğsümü gere gere daldım içeri. Kapıdaki ibneler, birkaç defa siktir etmişlerdi kapıdan "dam" muhabbetine. Girdik içeri, el ele tutuşmuşuz kızla. Etrafa havamı basıyorum. Beni gören acayip bir biçimde yüzüme bakıyor ve basıyor kahkahayı. Lan ne oluyor? Maymun mu oynatıyoruz diye düşünürken tanıdık bir arkadaş geldi yanıma. Yanımdaki kız şok olmuş durumda, cins cins bana bakıyor. Yanıma gelen arkadaş, "La ne yaptın? Yüzüne, gözüne, şu üstünün başının haline bak." dedi. Parfüm diye her tarafıma, koltuk altlarına sıkılan, toz deodorant sıkmışım. Neon ışıklar altında zebra gibi dolaşıyorum. En çok da belden aşağıya basmışım ve kafaya da boca etmişim. Rezillik diz boyu. İçeride bulunan yüzlerce kişi bana kıçıyla gülmekte.

Böyle olaylar çok geliyordu başımıza. Görmemişiz ki. Hepimiz aynı dünyaların insanlarıyız. Ben ve çalışanların çoğu zaten eğitimini yarım bırakmış, evlerinden kaçıp gelmiş, varoş mahalle ya da köyünden kopup gelmiş çocuklar. Öyle bir yoksulluk, sefillikten gelip İskandinav hatunlarla günümüzü gün edeceğiz. Kimin aklına gelir. Doğal apaçilerdik en azından. Kaderimiz bir şekilde değişmiş. Baba ve analarımızın bize sundukları kaderi ve istikbali bu işlerle değiştirebileceğimizi fark etmiştik.

Sadece apaçilik yapmıyorduk. Otelin ortağı olan şirket başımıza birçok müdür, eğitmen getirmişti. Mesleki eğitimler almaya başladık, ücretsiz İngilizce dersleri veriyorlardı. Elimden geldiğince kendimi geliştirmeye çalışıyordum. Dersleri, konferansları hiç kaçırmamaya çalışarak üzerine koyabildiğim kadar koymaya çalışıyordum. Artık Ankara falan hayal olmuştu. Kendime güvenim gelmiş, alışmıştım buralara. O bok kokan gecekondu mahallesine dönmek aklımın ucundan bile geçmiyordu. Amcam da alışmıştı bana. Pek bulaşmıyordu. Bulaşacak pek bir bahanesi de yoktu. İşimi en düzgün bir biçimde yapıyordum. Kimseye zararım yoktu. Karı kız olayı bu işin tuzu, biberi, tadı. O da kabullenmişti artık. Barlar şefiyle konuşmuştum birkaç defa. Daha önce bar tecrübemin olduğunu söyledim. Beni bara almayı o da istiyordu. Konuşuldu, anlaşıldı. Personel şefliğinden departmanım değiştirildi. Barboy olarak işe devam ettim. Ağustos zamanlarıydı. Bar, restorandan tamamen bağımsız çalışıyordu. Artık Amcamla da pek bir işim kalmamıştı. Bar ortamı çok şekilliydi. Giydiğimiz üniformalar farklı. Karı kız ortamı daha iyi.

Sabah erkenden kalkıp akşamdan barmenlerin hazırladığı ihtiyaç listesine göre malları çekiyordum. Dolapları hazırlıyorum. Geceden kalan çöpleri temizliyorum, kokteyl garnitürlerini hazırlıyordum.

İlk sabahçı barmen gelene kadar barı hazır ediyordum. Tom Cruise'un Kokteyl filminin de gazıyla şişe falan sallıyorduk işte. İskandinav çıtırlar bakar dururdu bize. Saatlerce işimizin bitmesini beklerdi, Elf gibi güzel kızlar. Her hafta bir başka kız. Hatıra olarak bize donlarını, sütyenlerini bırakırlardı. Departmanlar arasında çekişme vardı. Bar-restoran-resepsiyondaki elamanlar karı kız konusunda hep bir yarış içinde. Yüzlerce kız var ama yine de millet piçliğine birbirinin hatununa salça olur. O kuytu köşede elimde bir kurşun kalemle bir köşede boynu bükük kapıcı çocuğu, üç-dört ay içinde her gece İskandinav hatunlarla tekila boom boom partileri yapıyordu.

Bir barlar şefimiz vardı. Sonradan evlendi, Şilili bir kızla Şili'ye yerleşti. Sanırım halen orada. Üç tane barmen vardı. Bir tanesi askeri liseden kovulmuş edilmiş bir üst düzey bürokrat çocuğu. Keyfinden yapıyordu bu işi. Öbür iki tanesi kendi haline adamlardı. Bizse üç kişi barboy yani bar komisiydik.

Karı kıza salça olmak neredeyse serbestti. Zaten biz salça olmasak bile her akşam bara hücum eden kızlar laf atardı. Sert çalışıyorduk, hem de çok sert. Otel müşterisi bir yere ayrılmazdı, otelden dışarı çıkıp gezecek bir çarşı yok. Tek eğlenceleri oteldeki bar. Sabahlara kadar bangır bangır müzik eşliğinde karıların, kızların yavşamaları altında güle eğlene köpekler gibi çalışıyorduk.

Ankara falan hayal olmuştu. Sadece Ankara değil, Küçük Emrah da hayal olmuştu. O kafama işleyen kapıcılık günleri de, nefret ettiğim gecekondu mahallesi de. O kadar çabuk değişiyordu ki her şey.

Bir rüya gibi geçiyordu günlerimiz. Sabahlara kadar çalışıyorduk. İşimiz bittikten sonra kafamıza göre en güzel kızlarla günümüzü gün etme derdindeydik. Artık saymıyordum bile kaç tane kadınla birlikte olduğumu.

Erken başlıyordum işe. Çoğu zaman hiç uyumadan başlardım. Öğlenleri üç saat kadar bir ara veriyorduk, o zaman dinlenirdim. Genelde gece 02:00 gibi biterdi benim işim. Doğru lojmana. Bir duş alıp buluşurduk kızlarla. Allah ne verdiyse, canımız neresini isterse sabahlara kadar gezerdik. Umrumda bile değildi. Geçmişteki pişmanlıkları, sefaleti, bana dayatılan kurallarla yaşanmışlıkları ve gözümün önüne ara sıra gelen o sefil günleri tamamen kazımak istiyordum aklımdan. O sefaletin kokusunu duymak istemiyordum artık. Kafamı yastığa koyduğumda arkamdan ağlayan annemin yüzünü, babamın o sağ yanağını pek görmüyordum.

Günler çok çabuk geçti. Bok gibi para kazanmış, harika bir sene geçirmiş, hayatımın en güzel yıllarından birisini yaşamıştım. Ankara'ya dönme vakti gelmişti artık. Kış gelmiş, sezon bitmiş. Oteli topladık. İçimiz yanıyordu. O kadar çok hatıra vardı ki depoya kaldırdığımız her malzemede. Kasımın ilk haftası oteli kapattık. Saç modelim değişmiş, giyim tarzım değişmiş, dinlediğim müzik değişmiş, hayata bakış açım çok değişmiş. Son gece personel eğlencesi yapıldı. Kasım sonlarıydı buz gibi bir hava. Sahile gittik bir ateş yaktık. Sabaha kadar yazdan kızların bize bıraktığı donları, sütyenleri tek tek hatıralarını ateşe anlatarak yaktık. Küllerini denize savurduk.

Atladım otobüse döndüm eve. Her dönüşümde daha fazla nefret etmeye başlamıştım. Bir zamanlar çocuk aklıyla kendimi bir parçası olarak gördüğüm bu gecekondu mahallesinin artık bir parçası değildim. Annem yine salya sümük ağlayarak karşıladı beni. Neden ağlar ki? Sevinince ağlar, üzülünce ağlar, kızınca ağlar, küsünce ağlar. Hep ağlar. Benimle okula gidenlerin birçoğu sapır sapır dökülmüş. Pek başka mahallelerdeki liselere uyum sağlayamamışlar. Annem anlatıyordu. Falancanın oğlu okulu bıraktı, falancanın kızı nişanlandı. Falanca şöyle oldu. Sikimde bile değildi artık falanca filanca.

"Sana bir sürü mektup geldi." dedi. Açtım mektupları tek tek. Yazın takıldığımız kızlar resimler, kartpostallar göndermiş. Hepsi ayrı hatıralar. Kimi zarfların içerisinden para bile çıktı. İsveç Kronu, Fin Makkası, Danimarka Kronu. Hepsi de aynı şeyi yazıyordu, "Seni asla unutmayacağım." Unutmayın tabii. Ben de sizi unutmayacağım.

İşe falan girmeye pek niyetim yoktu aslında. Ama babamla köşe kapmaca oynamak pek işime gelmiyordu. Zaten hepsi topu topu üç ay kadar kalacaktım. Annem sordu, "Tekrar gitmeyeceksin değil mi?"

Cevap vermedim. Usanmıştım ve yorulmuştum artık laf anlatmaktan. Anlamaya niyeti yoktu. Anlamak istemiyordu. Ben de zorlamadım. Yine dönmüştüm işte Ankara'ya. Her gelişimde biraz daha nefret ederek... Ne sikim bir hayat. Ne çocuk olabildim ne ergenliğimi yaşayabildim. Son bir senede yaşadığım hayatın, bırak yaşıtlarımı, Ankara'da belki benden on yaş büyük insanlar onda birini yaşamamıştır. Karışık olan kafam bu hız karşısında iyice karışıyordu. Artık düşünmek istemiyordum geçmişi. Yorumlamak istemiyordum geleceğimi. Baktım sağa sola. Kafama göre bir iş aradım. Alanya'dan tanıdığım arkadaşlar vardı. Onlarla takılıyorduk. Artık Küçük Emrah dinlemek istemiyordum. Mahalleden iyice uzaklaştım. Kimse hesap sormuyordu. Babamla hâlâ aramız yok. "Hoş geldin." dedi. "Hoş bulduk." dedim. Ne o sordu ne ben anlattım. Yüzü epey düzelmişti. Yine devam ediyordu geceleri çalışmaya. Annem yine devam ediyordu ev işlerine. "Gitme yeter artık." dedim anneme. "Sen kafana göre yaşıyorsun. Kimse sana karışmıyorsa sen de kimseye karışma." gibilerden bir laf söyledi. İhtiyacımız yoktu artık. Evimiz vardı en azından. Kim bilir bana vicdan azabı çektirmek için gidiyordu bok temizlemeye.

Tunalı taraflarında Güney Mutfağı adında ağırlık Antep mutfağı olan bir yerde işe başladım. Muhteşem bir yerdi. Antep'in hiç duyulmamış; ekşili taraklık tavası, yuvarlama, fındık lahmacun gibi adını zor hatırladığım yöresel yemeklerini yapıyorlardı. Deli iş yapıyordu. Asıl işi göz doktorluğu olan Antepli bir adam sadece keyif için açmıştı ama dolup taşıyordu.

Üç ay kadar burada çalıştım. Kasada çalışan üniversite öğrencisi bir kız vardı. Part time çalışıyordu. Bununla fingirdeşmeye başladık. Alanya'daki İskandinav hatunlardan sonra tuzsuz çorba gibiydi ama kadın vücudu beni rahatlatıyordu, uyuşturucu gibiydi. Bir kadının kolları arasında sabahlamak... Kadınları çok seviyordum. İki kız kardeşiyle kalıyordu. Anneleri babaları memlekette... Bunlar hem okuyor hem de çalışıyorlardı. Aslında ihtiyaçları da yoktu çalışmaya, iş olsun işte. Artık mantık falan aramıyordum. Mantığım da kabul etmiyordu. Pek farklı bir şey olmadı bir kış boyunca Ankara'da. Yine çalıştım. Yine ne kazandıysam eve verdim. Sadece gün sayıyordum bir an önce sezon açılsın döneyim Alanya'ya diye. Evdekilerle iyice kopmuştuk. Farklı kulvarlarda geziyorduk. Rahat bırakmışlardı. Pek sormuyorlardı. Mektuplar geliyordu farklı ülkelerden, farklı yaşlardan kızlardan. Hep aynı şeyler yazılıyordu. Cevaplarım da aynı oluyordu. Tatil aşkları kolay unutulmuyor galiba.

Mahalleden birkaç arkadaş vardı. Bunlarla buluştum bir gün. Ortamlara gideceğiz demişlerdi. Hepsi okulu bırakmış zaten dağılmışlar sağa sola. Ortam deyince güzelce giyindim. Buluştuk bunlarla. Bindik bir arabaya. Ben bir mekâna gideceğiz sanıyorum. İnrahor taraflarına gittik. Kara kış götüm donuyor. Bunlar aldılar on küsur tane kutu bira, koydular bir koyu arabesk kaset, başladılar şov yapmaya. Kimisi sarhoş taklidi yapıyor, kimisi olmayan sevgilisine ağlıyor. Rezillik amına koyum. Komedi. Birkaç saat mal mal bunları seyrettim. Son görüşmem oldu. Bir daha yıllarca görmedim hiçbirini. Tiksinmiştim iyice bu dayatılan arabesk kültürden ve insanların ağlayarak eğlenme anlayışından.

Ankara iyice kasıyordu. Her şey kasıyordu. İlk bir hafta şöyle böyle geçiyordu. Sonrası tam bir ıstırap. Üç ay kadar çalıştım o güney mutfağında. Güzel kazanıyordum. Bizim işin en güzel tarafı buydu. İyi kazanıyorsun. Maaş alıyorsun, günlük bahşiş alıyorsun. Para ihtiyacın her türlü karşılanıyor. Babama söz verdiğim gibi ondan yıllarca para istemedim. İhtiyacım da olmadı. Sanırım bu deli ediyordu babamı.

Bekliyordu ayaklarına kapanayım. Yıllar sonra oturup dertleştiğimizde söylemişti böyle bir beklentisi olduğunu. Hep beklediler bir gün dönüp gelmemi. Olmadı. Ne ben geri döndüm ne yollarımız kesişti. Ben yolumu çoktan çizmiştim. Üç ay kadar kaldım. O kasiyer kızla takıldık. Bazen onda kalıyordum. Annem sormuyordu bile nerede olduğumu. Pek üstüme gelmeye cesaretleri yoktu sanırım. Mart yaklaştıkça içim kıpırdamaya başladı. O kasiyer kızla bile vedalaşmadan, hesabımı kestirdim eve gittim. Annem yine ağlamaya, çırpınmaya başladı ama artık eskisi kadar yırtınmıyordu. Aldım biletimi, hazırladım çantamı. Babam evde yoktu. Annemle vedalaştım. Döndüm tekrar otele.

Girişim yapıldı. Başladık yine güle oynaya sezon hazırlıklarına. Barın ses tesisatını kurdular. Gözlerimizde hatıralar canlanarak oteli mart 15'e hazırlamak için harıl harıl çalışmaya başladık. Birçok elaman yoktu. Birçoğu yine askere gitmiş, memlekette evlenmiş kalmış, birçoğu yine ayarladıkları hatunlarla İsveç, Norveç, Finlandiya, Danimarka'ya evlenip gitmişlerdi. Bizim barmenlerden bir tanesi İsveç'e gitmişti bir hatunla evlenip. Aklınca götü kurtarmanın en kolay yoluydu bir karı bulup memleketi terk etmek.

Sezon açıldı. Yine apaçi dansları eşliğinde o yaptığımız ayini yaptık. Birbirimize güzel bir sezon dileyip işimize başladık. Çok çabuk geçti koca sezon. Gözümüzü açtık kapattık, kasım ayları gelmiş. İyi para biriktirmiştim. Karı kız artık otomatiğe bağlamıştı. Meslek olarak da epey ilerlemiştim. Önceden otelde çalışan, karılarla evlenip Avrupa'ya giden birçok eski arkadaşlar tatile gelmişti. Dün paspas yapan adamlar bugün havuzun kenarında güneşleniyordu. Mutlular mıydı Allah bilir. Özlediklerini söylerlerdi. Anlatırlardı işte gittikleri ülkeleri. Birçoğu farklı işlerle uğraşıyordu. ilk defa aşık oldum o yaz. Geç bile kalmıştım aslında.

Lena isimli bir İsveçli kız. On altı yaşındaydı. Sapsarı saçları, masmavi gözleri, dalyan gibi de boyu vardı. Tipik bir İsveçli. İki haftalığına gelmişlerdi tatile. Sabah barı temizlerken konuşmuştuk biraz. Akşam dışarı çıkarmıştım. Dolu dolu iki hafta yaşadık.

Yan tarafta Amcamın kaldığı o Başkent Tatil Köyü vardı. Alanya'ya ilk geldiğimde o şen şakrak balkon sefası yapanların çocukları falan, sahilde oturur gitar falan çalarlardı. Lena gibi kızları takar koluma bunların önünden geçerdim. Nasıl bakarlardı gariban gariban... Lena o tatil köyünün en kral kızına bin basar. Geçmişin intikamını alıyordum sanırım. Siz beni oyunlarınıza, doğum günlerinize ortak etmiyordunuz. Ama bakın... O, lütufla götüne külah attığınız, eski elbiselerinizi verip alay ettiğiniz kapıcı çocuğu sizin yüz metre yanına yanaşamayacağınız kızların parasını yiyor... Siz halen gitarla kızları avutun, concon bebeleri.

Lena otobüse binip giderken hüngür hüngür ağlamıştı. Son defa bir el sallaması vardı, otel başıma yıkılmıştı. Ben bu kızı unutamam demiştim. Çok seviyorum demiştim, sabaha kadar bununla oturduğumuz yerlerde dolaştım. Ertesi gün gelen yeni turda bir başka İsveçli kızla tanışana kadarmış bizim aşk. O gitti başkası geldi. O gitti bir başkası.

Lena'yla epey bir süre mektuplaştık. İki defa telefonda konuştuk. Bir gün mutlaka tekrar görmeye geleceğim diye yazardı. Ben de inanırdım işte. Çocukluk. Lena'nın üzerinden bir düzine kız geçti. Ama o aklımda takıldı kaldı. Sonra bir sene kadar mektuplaştık. Birkaç defa yazdım cevap vermedi. Başlamadan bitti. Çocukluk aşkı işte...

Sezon sonunda barlar şefi beni çağırdı. Seneye barmen olacağımı söyledi. Personel açığı vardı. Otele ortak olan şirket yeni bir otel açıyordu. Alanya'nın en büyük oteli olacaktı.

Şirket alt yapıyı hazırlıyordu. Bizim otelden personel çekeceklerdi. Yetişmiş personele her zaman ihtiyaçları vardı.

Tekrar Ankara'ya döndüm. Her dönüşümde biraz daha değişmiş, biraz daha palazlanmış, biraz daha dik oluyordum. Fazla kalmayacaktım bu defa. İyi kazanıyordum. Artık Ankara'da üç ay çalışmak pek bir şey ifade etmiyordu. Kasım sonları iki hafta kaldım öylesine. Annem iyice çıldırdı.

Barmenler ve barlar şefi ev tutmuşlardı. Kışın dönmüyorlardı memleketlerine. İki barmen işi bırakmıştı zaten. Otelden ayrılmadan konuştum. Lojmandan ayrılmak istiyordum zaten. Tamam demişti barlar şefi. Kiraya ortak olacaktım. Tertemiz bir daire. Amcamların kaldığı dairenin kirasını otel ödüyordu. Bizim dairenin kirasını biz ödeyecektik. Dört kişi kalıyorduk. Zaten çanta falan getirmemiştim. Sezon bitiminde barmenlerden iki tanesi işi bırakınca toplamışlardı eşyalarını. İki oda boştu. Birisine ben yerleştim. Ankara'ya sadece haber vermek için gitmiştim. Ev tuttuğumu falan söylemedim. Barmen olduğumu ve şirketin bize kışın da iş verdiğini söyledim. Sanırım babam dişlerini sıkmakla meşguldü. Askere gidip adam olmamı bekliyordu. İki hafta kadar kaldım. Sonra vedalaştık. Döndüm Alanya'ya. İlk kışım olacaktı. Ne olursa olsun Ankara'nın boktan karanlık kışlarından daha keyifli olacağı kesindi. Mutluydum burada işte. Daire o amcamların kaldığı sitedeydi. Balkonu vardı. Televizyon, buzdolabı, oturma odası, yatak, dolap gibi temel ihtiyaçlarımızın hepsi vardı. İlk defa öyle ya da böyle kapıcı dairesi ya da gecekondu haricinde kendi odam olan bir evim vardı. Kurallar çok basitti. Kesinlikle misafir getirilmiyor. Kendi kız arkadaşlarımız haricinde eş, dost, akraba, arkadaş kesinlikle sokulmayacak evet. Sadece birlikte olduğumuz kızlar. Hele hatun yapıp, ev bulamayan tipler kesinlikle sokulmayacaktı eve. Temizlik pek sorun değildi. Eve gelen kızlar pek meraklı oluyordu. Yazın takıldığımız kızlardan, kışın gelenler oluyordu. Onlar bazen birkaç ay kalıyorlardı. O leş gibi, onlarca kişinin beraber yattığı lojmandan sonra burası cennetti. Şaka maka barmen olmuştum. Kazandığım para neredeyse üç misli artmıştı. Bu meslekte iyi bir kariyer yapmak için her türlü fırsat ayaklarıma kadar gelmişti. Yoksa ben mi yaratmıştım? Öyle ya da böyle hayatın bir tarafından tutunmuştum. Epeydir kafamdaydı. Karşılayacak imkânım vardı. Annem, babam ve kardeşim yazın buraya bir haftalığına gelseler... Babama soramazdım. Aramız yoktu. Anneme nasıl anlatayım. Bir gün yine telefonda konuşurken ağlamaya başladı. "Sen ne yersin? Ne içersin?" "Gel kendin gör." dedim. "Konuş babamla ben size bir yer ayarlarım, kalırsınız bir hafta." kadın nasıl sevindi.

Kış boyunca hem İngilizce çalıştım hem mesleki bilgileri tazeledik. Barlar şefi ve öbür barmenler epey yardımcı oldu. Boş vaktimiz de çoktu. Sabahlara kadar bar ve İngilizce üzerine muhabbet…

Alanya'da ilk kış oldukça keyifli geçti. Ama askerlik yaklaşıyordu. Ciddi ciddi askerlik vardı şimdi. Babam sanırım benden fazla gün sayıyordu asker olmam için. Sezon geldi çattı. Yine güle eğlene sezonumuzu açtık. Artık barmen olmuştum. Köpekler gibi kasa taşıyarak, bulaşık yıkayarak, işime sahip çıkarak sonuna kadar hak etmiştim. Artık üniforma da giymeyecektim. Çok şekilli bir gömlek… Sadece anlamaya çalışıyordum. Hayat denilen yosmanın kendisine göre koyduğu kurallarla bizi nasıl dansöz gibi oynattığını... Sevineyim mi? Üzüleyim mi?

Daha düne kadar bir parçam olarak gördüğüm ve gurur duyduğum sefillikten iyice tiksinmiştim. Bırakın bir parçası olarak görmeyi, yanından bile geçmek istemiyordum. Hayat ne garip. Yaşanması gereken, sömürülmesi gereken, anası sikilmesi gereken bir hayat… Dayatılan kurallara inat… Kafam almıyordu artık. Birkaç sene öncesi uğruna savaşlar verdiğim, ezerek, çiğneyerek, arkama bakmadan sıçıp batırdığım değerler şimdilerde götün götün kaçtığım bir bataklıktı. Fakirlik, sefillik gurur duyulacak bir şey değil. Sadece kişinin sınırlarını zorlamak yerine kendi iç dünyasında yaşadığı çelişkileri örtmek için yine kendisine karşı kullandığı boktan bir silah. Zorlayabildiğim kadar zorlayacaktım sınırlarımı. Tek derdim annemi ve babamı peşime takmaktı. Gelsinler görsünler. Biraz tartsınlar ve sorgulasınlar. Kendilerine dayatılan ve bizlere dayattıkları kader denen anasını siktiğimin değerlerini yorumlasınlar.

Hep nefret ettim kaderden. Kimsenin alnına çizilmiyor bu boktan hayat. "Kaderim, çekerim."

Annem ve babamın hep sığındıkları limandı. İstedim ki gelsinler görsünler. Arkamdan sinirinden dişlerini sıkan babam, beni bırakmamak için yerlere yatan anam gelsinler görsünler. Kader nasıl değiştirilir. Hiçbir zaman derdim para pul olmadı. Çok uğraştım bize dayatılan kuralları zorlamak için. Çocuk sayılabilecek bir yaşta çocuk olmak gibi bir lüksüm olmadı. Ergen sayılabilecek bir yaşta ergen gibi bir ayrıcalık hiçbir zaman tanınmadı. Yetişkin gibi davranmama izin verilmedi.

O zaman ben kendi kurallarımı kendim koyarım. Kendi keskin sınırlarımı kendim çizerim. Ben karşımdaki insanların kurallarına uyamıyorsam, karşımdaki insanlar benim kurallarıma uyacak.

Böyle bir ruh haliyle aldım o şekilli gömleği. Neleri çiğnemiştim, kimlere kafa tutmuştum bu şekilli gömlek için. Neleri göze almıştım. Hiçbir şey sikimde bile değildi aslında. Yırtınıyordum. Sınırlarımı zorluyordum. Altıma aldığım, takmadığım karılar. Döşediğim ev. On dokuz yaşlarımın başında götüne parmak attığım hayat. Hepsi bir yerde tıkanıyordu.

Karışık olan kafamı yine de karıştırıyordu. Sığınacak, kendimi iyi hissedecek birçok sebebim vardı aslında. En azından bir yola çıkmışım ve elime yüzüme bulaştırmadan devam ettiriyorum. Bir insanın kendisine yalan söylemesinden daha korkunç olanı galiba kendisine söylediği yalanlara inanması. Uğruna tüm değerlerimi çiğnediğim gerçekler bir zaman sonra yine yüzüme vuruyordu. Kendime yalan söylüyordum ve inanmıyordum. Sonra kendimle çelişiyordum galiba. O aldığım gömleğin, kazandığım paranın, kendime göre yorumladığım değer yargılarımın hiçbir anlamı yoktu. Babam gelecek görecek. Benimle gurur duyacak. Aslında tek derdim buydu. Annemi bahane edip bir şekilde babama taktığım kravatı, etrafımda dolanan insanları göstermek istiyordum. Telefonun bir ucunda ağlarken annem, annemin gözyaşlarını kullanarak babamın kendisine duyduğu ve aşıladığı "yalan dünya her şey boş" tavrını kırmaktı belki de tek amacım. Anneme baskı yapmaya başladım. Gelin görün ne haldeyim, ne yoldayım.

Gönül isterdi ki babamı arayayım, davet edeyim. En son askerde gördüğü o denizin içerisine ayaklarını sokarken göreyim. Yüzüm yoktu.

Sezon başladı. Barmendim işte. Alanya'nın sayılı otellerinden biri... Geleceği çok iyi. Güzel bir kariyer yapmak için mükemmel. Ağzı bir karış açık onlarca karı kız karşımda. Yediğim önümde yemediğim arkamda. Ama neye yarar babam, annem görmedikten sonra. Yavaş yavaş büyüyordum galiba. Sonunda annemi ikna ettim. Babam da razı olmuş. Kardeşimin zaten götü tavanlara vurmuştur eminim. Geleceklerdi.

İşime daha bir sıkı sarıldım. İlerlemek istiyordum bu meslekte. Tutunacak tek dalımdı. Star Tour iyice ağırlığını koymuştu zaten otele ve personele. Bizim alıştığımızdan çok daha farklı bir işveren konumundaydılar. Kuralları dayatma gibi bir dertleri yoktu. Yalnızca bizim kabullendiğimiz kuralları ağır

ağır yıkarak kendi kurallarını empoze ediyorlardı. Müşteri memnuniyeti ön plana çıkmıştı. Müşteri her zaman haklıdır derdik ama teorik olarak. Şimdi pratiğe döküyorduk. Pek farkında değildik ama otelde birçok kural değişiyor ve yerine daha katı kurallar geliyordu. Turist karı sikmek için yollara düşmüş olan onlarca apaçi kendilerine dayatılan kurallar ve imkânlarla işini kaybetme korkusu yaşamaya başlamıştı. Çalışma saatlerimiz düzeldikçe, insan gibi muamele gördükçe ve emeğimizin karşılığını aldıkça işimizi kaybetme korkusu o kadar arttı. Bu kadar apaçiyi bir düzene ve disipline sokmak zor değilmiş demek. Bunu kavradık. Turizmin en güzel zamanlarıydı. Yapılan işe saygı vardı. İşi yapana saygı vardı. Kazancı çok iyiydi çünkü. Koyulan kurallara uyulması için kişilerin kaybedeceklerinin olması gerekiyordu. Başımızdaki İsveçli yönetim bize kaybetmeye korktuğumuz imkânları sunmuştu. Yeni oteller açılıyordu. Alanya sanki bir şantiye olmuştu. Güzel günlerdi.

Haziran ortasında geldiler. Annem, babam ve kardeşim. İnşaatı yeni bitmiş bir apart otel vardı. Henüz tur anlaşmaları yapılmamış. Otelin müdürünü tanıyordum, onunla konuştum. Bizimkilere güzel bir oda verdiler. Babamları karşıladım. Annem ve kardeşim ilk defa deniz görüyorlardı. Biraz utangaç halleri vardı. O her zaman tiksindiğim bakışlar. Kendilerine yakıştıramıyor gibi bir halleri vardı. Otele yerleştiler. Oldukça lüks sayılabilecek, deniz manzaralı harika bir oda. Bir haftalığına gelmişlerdi. Ben uzattım, iki hafta kaldılar. Gezdiler, denize girdiler, iki defa bizim otele geldiler. Türk gecesi vardı. Personel müdürü davet etmişti. Elin İsveçlisi, sorsan gavur der kestirip atarlar. Adamlar o kadar ince düşünceliydi ki... Babamlar geldiğinde otelin genel müdürü masalarına gitmiş ve hoş geldiniz demişti. Annemin gözleri parlıyordu. Babamın da... Gurur duysunlar istiyordum işte. Sevinsinler.

Kimseye bir şey ispatlamak gibi bir derdim olmadı da bir babanın evladıyla gurur duyması kadar güzel bir duygu yoktur. Kim bilir? Belki de kendimi affettirmek ve taşıdığım o vicdan azabını hafifletmekti tek derdim. Çok güzel anılar yaşadık o iki hafta. Babam, annem ve kardeşim çocuklar gibiydi. Annem çok rahatlamıştı. Geldi, gördü nasıl bir cennet köşesinde yaşadığımı. Belki onlar da sorguladılar kendi hayatlarını. Zaten amacım da buydu. Rahatlamıştım. Babamla fazla konuşmadık, köprüler yıkılmış bir defa. Kırılanlar yerine yapıştırılsa da iz kalıyordu işte.

Döndüler Ankara'ya. En çok annem sevinmişti. İşimin başına döndüm. Yapabileceğimin en iyisini yapıp, sonuna kadar gitmek tek amacımdı. Birçok arkadaşım gidiyordu. Bir kadının peşine takılıp Avrupa'nın farklı ülkelerine yerleşiyorlardı. Gitmeyenler karı parası yiyordu. Kadınlar âşık oluyordu. Âşık olmak için her ortam vardı. O karanlık, monoton ve sıkıcı hayatlarında bir iki haftalık tatillerde tanıştıkları yanık tenli garsonlara, komilere, barmenlere âşık olmak için bahane arıyorlardı sanırım. Onlar da bu sıkıcı hayatlarına bir renk arıyorlardı, tutunacak dalları oluyordu. Bir ömür saklayacakları tatil aşkları... Kimisi tadında bırakıyordu, hayatına dönüyordu. Kimisi bokunu çıkarıp zorluyordu. Bizim Lena tadında bırakmıştı. İlk sevdiğimdi. Çocukça hayaller kurduğum, artık pek mektup falan gelmiyordu. Kalbimin bir köşesine sıkıştırdım Lena'yı.

Sezon çabuk bitti. Zaten göz açıp kapayana kadar geçip gidiyordu. Yine birçok elaman işi bıraktı. Kimi hayallerinin, umutlarının peşinden bir hatuna takılıp gitti, kimisi memlekette kaldı, kimisi başka işlere döndü. Ben yine Alanya'da kaldım. Bir haftalığına Ankara'ya gittim. Artık alışmışlardı. Annem pek ağlayıp sızlanmadı. Babam yine pek konuşmadı. Epey birikimim vardı. Kendime ayıracağımı ayırdım. Geri kalanı anneme verdim. Alanya'ya geri döndüm. Artık son senemdi bugün yarın askerlik gelip çatacaktı.

Bir an önce olsun bitsin derdindeydim. Gider yaparız. Kış boyunca yine mesleki muhabbetler devam etti. İngilizcem çat pat idare edecek seviyeye gelmişti. Birçok kalıp vardı, yaptığımız muhabbet belliydi zaten. Kendime göre yetiyordu da. Bana lazım olan zaten sipariş almak, karı kıza takılırken kullandığımız kalıplaşmış "lay lay lom" kelimelerdi. Kızlara pek takılmıyordum artık.

Daha çok yirmi beş otuz yaş arası, cebinde para olan, bana yük olmayacak hatunlar. Onlar zaten geri geliyordu da. Gelirken hediyeler getiriyorlardı. Dışarı çıktığımızda hesap ödüyorlardı. On sekiz yaş altı kızlar çok duygusaldı, paraları da yoktu ceplerinde. En tehlikeli olanlar kuyumcu ve dericide çalışan tezgâhtarlardı. Biz yine insaflıydık. Bu elamanlar tam kelle koparan profesyonel adamlardı. Zaten cebinde parası olan kadınlar giderdi kuyumcuya, dericiye ve halıcıya. Çok kadının elinden parasını almış cıscıvlak bırakmışlardır. Kadınlar saf mı oluyordu yoksa deniz, güneş, romantizmin atmosferine mi kapılıyorlardı bilinmez. Onlarca defa şahit olmuşumdur. Tatil bitip ülkesine dönen, kocasını boşayıp, evini satıp, cebine parasını koyup bir garsonun peşine düşen ve elindeki avucundakini yedirdikten sonra götüne tekme yiyen onlarca kadın.

Artık kadınları giyimleri, memleketleri, içtikleri içki, harcadıkları parayla seçiyordum. Bara oturduğunda, memleketini sorduktan sonra gerisi çok kolaydı. Zaten topu topu hepsi dört memleketten kız vardı otelde. İsveç, Norveç, Danimarka, Finlandiya ve bazen orada yaşayan gurbetçilerin kızları. Ciğerlerini öğrenmiştim artık. "Du yu lav mi? Yes or no... No meybi." değildi artık. Bu işlerin inceliklerini öğrenmiştim. Karı kızla tanışmak sorun değildi. Piç bir garson ya da barmen İsveçli bir kıza nasıl yaklaşacağını, sabırlı olması gerektiğini, en az birkaç gün selamlaşıp ilk gece abanmaması gerektiğini çok iyi bilir. Ayni piç eleman, İsviçreli ve İzlandalı kızların boşa kürek sallamaktan başka bir şey olmadığını da çok iyi bilir. Resimdeki aynı piç garson, İngiliz kızların bamteline basacağı yerin koordinatlarını ezbere bilir. Artik eliyle balık avlayan bir usta avcıya dönüşmüştür çoktan.

Zaten otelde çalışıyoruz. Kafaya taktığımız hatundan bugün olmazsa yarın, yarın olmazsa öbür gün bir randevu koparacaktır. Çok iyi derece yabancı dil bilmemek aslında bir garson ya da barmen için en büyük silahtır; saf turist kız, elemanın ilk ve son yabancı kız arkadaşı olduğunu düşünecektir. Hem daha sempatik ve gerçekçi gelecek hem de sabahlara kadar o geyikten bu geyiğe atlayıp, alkolün etkisiyle polemikler yaşamayacak. Av ve avcı... Biraz dans edip, birer içki içecekler, sahile gidecekler, konuşacak pek bir şey kalmayacak. Mecburen doğrudan halvet olmaya gidecekler.

Yani senin, benim amele İngilizcesi diye götümüzle güldüğümüz olay çok avantajlı bir ayrıcalık. En önemli faktör kızların ve ailelerin, otelde çalışan personele daha fazla güvenmesi. Bilmedikleri bir ülkede bilmedikleri ve tanımadıkları er kişilerden ister istemez çekiniyorlar. Ailesiyle gelen bir kız, otelde çalışan bir elemanla dışarı çıkmak istediğinde, çoğu zaman babası ve annesinden olumlu yanıt alıyor. Bir de kendi ülkelerindeki birçok servis personeli, programlanmış robot gibi servis yapıyor. Onların tatil yörelerinde bulunan garsonlar gibi sen salak olmadığı gerçeği var. Adamlara o amele İngilizceleriyle öyle saf espriler yapıyorduk ki... Duysanız kusarsınız ama samimiydi en azından.

Bir bekçi vardı. Kocakarı kovalardı. Elinde bir gül beklerdi kulübenin önünde. Kocakarılara gülü uzatıp, bir şişe şarap gösterip götürürdü karıları. İki çocuğunu bu karılardan aldığı paralarla okuttu. Zaten zengin orta yaşlı bir karı bulanın hayatı kurtuluyordu. Zengin orta yaşlı karıdan bol bir şey de yoktu. Bizim otel zamanın en kaliteli ve pahalı oteliydi. Ona göre müşteri geliyordu.

O Emrah hayranı cılız çocuk gitmişti çoktan. Kendime bakıyordum. Çocukluktan çıkmıştık işte. Saçlarım, giyim tarzım, eğlence anlayışım tamamen değişmişti. Vücut çalışıyordum, devamlı yüzüyor, spor yapıyordum. Alkol ve sigarayla pek alakam yoktu. Karı parası yemiyorduk da harcattırıyorduk. Kendimize hediyeler falan aldırıyorduk. Altın kolye, künye. Yine insaflıydık. İlk evden ayrıldığımda oldukça cılız, çelimsiz bir çocuktum. İncecik kollar, kibrit çöpü gibi bacaklar, şimdiyse fizik olarak oldukça dikkat çeken bir genç.

Çalışma ortamım devamlı hareket gerektiriyordu. Boyum oldukça uzamıştı. Galiba mutluydum. Keyif alıyordum yaptığım işten. İşinizden keyif alınca ister istemez hayatı seviyorsunuz. Hayata daha sıkı sarılıyorsunuz. Ben de öyleydim sanırım. Gelecek korkum yoktu artık. Sadece bu işe sarılmaktan başka da bir çarem yoktu. Günün neredeyse yirmi dört saati dalyan boylu elf kıvamında İskandinavlarla geçiriyorduk. Bu adamların yaşam tarzı çok farklıydı. Onları örnek almaya çalışıyorduk sanırım. Başımızdaki şeflerimiz, müdürlerimiz durmadan mesleki eğitimler veriyordu. Bu meslekte sadece bilgi, tecrübe yetmiyordu. Fizik çok önemliydi. Fiziğiniz ne kadar düzgün olursa o kadar iyi bahşiş alıyorsunuz. Müşteri o kadar yakın davranıyor. Elinde diploması olmayan, arkasında götünü kollayacak bir dayısı, babası olmayan bir adam olarak olabildiğince kendimi geliştirmeye çalıştım.

Yaşıtlarım, kendilerini ispatlamak için fosur fosur sigara içerken ya da iki tane birayla sarhoş olup dikkat çekmeye çalışırken spora verdim kendimi.

Sezon çok çabuk bitti. Annem, babam ve kardeşimi çağırdım tekrar. İki haftalığına geldiler. Güzel bir pansiyon tutmuştum bu defa. Ankara'dan telefon geldi. Askerlik yoklamam için memlekete gittim. Yoklamam yapıldı. Alanya'ya geri döndüm. Otelle ilişkim kesildi. Askere gidecektim. Annem yalvarmıştı. Askere gidene kadar birkaç ay olsun yanımızda kal diye rica etmişti. Kıramamıştım. Yılbaşı ertesinde evden ayrılıp Ankara'ya döndüm. Kış vakti yapacak pek bir şey yok, bol bol hatunlardan gelen mektuplara cevap verdim. Uzaktan akrabamız bir kızla tanıştım. Bir iki ay onunla buluştuk. Annemler öğrendi. Sülüs mü ne, o çıktı tekrar memlekete gittim. Askerliğim Isparta Dağ Komando Okulu'na çıkmış. Eyvallah dedik. O kızla vedalaştık. Pek bir şey de yapmadık aslında. Birkaç defa dışarı falan çıktık. Parka gittik. Pek sarmamıştı ama yapacak iş yok. Öylesine takıldım bu kıza. Güzel bir kızdı. "Seni bekleyeceğim." gibilerden bir şeyler geveledi.

Askere gittim. Fazla anlatacak bir şey yok. Isparta Dağ Komando Tugayı'nda yine benim gibi memleketin köylerinden, varoş semtlerden gelen, ağırlığı İç Anadolu ve Karadeniz bölgesi olmak üzere fakir, fukara çocuklarıyla askerliğimize başladık. Birçoğu benim gibi hayata erken atılmış, bir şekilde okuyamamış, eğitimini tamamlayamamış fakir köylü çocuklardı. Kürt vardı, Alevi vardı, Sünni vardı, Laz vardı. Vardı oğlu vardı. Birkaç tane Hristiyan bile vardı. Terörün en tırmandığı zamanlar. O zamanlar bile bugünkü gibi ayrımcılıklar yoktu.

Aslında anlatılacak çok şey var. Epeydir sporla uğraştığımdan, sigara kullanmadığımdan olsa gerek dağıtımım yapılmadı. Bölükte kadrolu (eğitmen onbaşı) olarak kaldım. Üst rütbeli subaylar denetime geldiğinde çakı gibi asker görmek ister. O yüzden bölüklerde kalacak askerlerin kondisyon ve fizik olarak düzgün örnekler olması gerekir. Benimle birlikte altı kişi daha kaldı. Yaklaşık yirmi kişilik bir grup Kıbrıs'a gitti. Arta kalanlar acemi birliğinde bol bol sağa dön, sola dön ve Atatürk İlkeleri dersleri alarak, toplamda 9 mermilik 200 metre atışlarda 3 mermi sıkarak ve tatbikat adı altında yürüyüşlere çıkarak çatışmaya gidiyordu. Eyvallah, vatan borcu namus borcu...

Ama çok adaletsiz... Her üç ayda bir yeni acemi askerler gelirdi. Kimisi anasını bırakmış, kimisi babasını bırakmış. Kız arkadaşını, nişanlısını bırakmış. Evli olanlar bile vardı. Çoluk çocuk sahibi olanlar da. Birçoğunun şehit haberleri geldi. Pusu dersleri verirdik. Pusu atma, pusu çeşitleri, karşı pusu atma ve pusuya karşı koyma gibi... Üç ay gibi kısa bir sürede ne öğretebileceksin ki? Oyun gibi gelirdi anlattıklarımız. Oyun oynar gibi birbirimize pusu atardık. On beş ay askerlik yaptım. Onlarca doğuya gidecek şehit adayı komando gelirdi. Bir tane bile güzel kolejlerde okumuş, babası doktor, anası profesör, amcası subay bir şehit adayı görmedim ben. Hep gariban köylü, kapıcı, işçi, gariban memur ya da küçük esnafın evlatları gelirdi. Hani apaçi damgası yapıştırdığınız, sizin gittiğiniz nezih yerlerde gördüğünüzde rahatsız olduğunuz, sizinle konuşmaya çalıştığında abazan dediğiniz, hani bu memlekete yakışmayan apaçiler, abazanlar, zontalar, görgüsüzler var ya, işte şehit adaylarının tamamına yakını onlardı. Onlarca şehit verdik. Onları bu ülkenin sokaklarına, otobüslerine, nezih mekânlarına, kızlarına yakıştıramayanlar için ölüme gittiler. Helallik istiyorsanız gidin onlardan isteyin. Anlatılacak çok şey var da... Askerde günlük tutmuştum, yirmi ciltlik bir seri çıkar da. Herkesin bildiği ama sakladığı bu kan, nefret, haksızlık, adaletsizlik dolu yılları başkalarının acılarından nemalanmayı kanıma yediremiyorum.

Teskeremi aldım. İki defa Alanya'ya gitmiştim. İzin sorunum yoktu. Birçok eğitim zayiatı oluyordu. Yaralananların, kafayı sıyıranların yanında refakatçi olarak Gata'ya gidiyordum. Ailemi görüyordum o zamanlar. İzinlerimi Alanya'da kullandım. Askerlik bitti. Birçok arkadaşım şehit oldu. Şehit haberleri geldi. Pek iç açıcı olaylar yaşamadım.

Tezkeremi aldıktan sonra eve döndüm. Babamla birbirimize girdik. Seneler sonra beni karşısına oturtup bir işe başlamamı ve evlenmemi istedi.

"Kiminle evleneyim?" diye sordum.

"Sen kimi istersen... Bir sürü güzel kız var."

"Baba bırak Televole'lerdeki götünü başını açıp milletin salyasını akıttığı selülitli mankenleri. Memlekette hayatı durduran, insanları sabaha kadar başında dikip işinden gücünden, uykusundan eden Tutti Frutti'deki kızlar bile bana boş, beleş gelir o Alanya'daki günlerden sonra. Sen bana ne anlatıyorsun?"

Adam çıldırdı. Gözlerinden alevler çıkıyor. Yalvardı annem. Umursamadım. Askere gitmeden önce takıldığım kızın ailesinin bizi beklediğini falan anlattı. Karşı çıkacak, laf yetiştirecek gücüm yoktu. Askerlik ciddi anlamda çok yıpratmıştı sinirlerimi. Biraz dinlenmek istiyordum sadece. Bir sabah uyandırdı beni. Beraber bir ağır ceza hâkimin yanına gittik. Babam garsonluk yaptığı yerden tanıyormuş. Ağır ceza hâkimi, ağır bir amcaydı cidden. Adamın heybetini görünce korkmuştum. Babam yanına gitti, elini öptü.

"Hoş geldin evladım." dedi bana. Babama döndü, "Bahsettiğin arlan bu mu?"

Babam "Evet." dedi. Biraz muhabbet ettik. Hâkim amca yeniden babama dönerek, "Yazık günah, bu arkadaşın pek bu işlerde bezi yok. Bunu götür bana gerçekten bir ihtiyacı olan adam getir." dedi.

Babam kıpkırmızı oldu. Dışarı çıktık. Ne olup bittiğini anlamaya çalışıyorum. Babam ağzına geleni söyledi. Sıçtı ağzıma. Hâkim amca açık bir kadrodan beni Ulucanlar Hapishanesi'ne gardiyan olarak işe sokacakmış. Gözü tutmamış beni. Babam isyan etmişti. Kararım belliydi. Gidecektim tekrar Alanya'ya. Belli etmedim. Kış vakti. Zaten pek gücüm de yoktu ağız dalaşı yapmaya. Annem benden haber bekliyordu, kız istemeye gidecektik. Gecekondunun altını bir şekilde kömürlük yapmışlardı. Orayı iki gözlü bir eve çevirecekler. Kendileri orada oturacak. Ben de evlenip üst katta yaşayacağım. Bir devlet dairesine sokmaya çalışıyorlardı beni.

Sürmeli Otel'de işe başladım. Lobby bara. Rahmetli Yalçın Sürmeli'yle iki defa muhabbet etmişliğim vardır. İyi adamdı. O vefat etti. Epey oldu. Sezon açılana kadar en azından evdekilerin kafa sikmesinden uzak durmak için işe başladım. Lüks bir oteldi. Her gün görkemli düğünler olurdu. Kodamanlar metresleriyle hafta sonları takılırdı. Özel kolejlerin, paralı üniversitelerin baloları olurdu. Sağlıklı ve mutlu gençler hak ediyordu eğlenceyi. Kolay mıydı bir sene boyunca okumuşlardı. Birbirlerini tebrik ederlerdi, öğretmenleri gülümseyerek kendileriyle ne kadar gurur duyduklarını anlatırdı. Sırtlarında taş taşıdı sanki pezevenkler. Lan alt tarafı altında son model araba, baba parasıyla okuyorsun. Birbirinden duyarlı, bu ülke insanı için yırtınan teyzelerin yardım kuruluşlarının toplantıları olurdu. Gerçi toplanan para otele ödedikleri paranın yarısı bile değildi. Ama olsundu yardım topluyordu duyarlı teyzeler. Garaj kapısından saklanarak giren şarkıcılar, film artistlerinin sabaha kadar yaptıkları rezillikler, şımarıklıklar ve onlarla birlikte olan koca göbekli iş adamları. Kamp için gelen futbolcuların sabahlara kadar sigara dumanı altında, kumar partileri.

Midem bulanırdı bu saltanatı gördükçe. Midem kalkardı. Askerde yaşadıklarım aklıma gelirdi. Bir ülke nasıl bu kadar ikiyüzlü olabiliyordu. İnsanlar ölüyor, bombalar patlıyor, köyler yakılıyor, şehit cenazesi eksik olmuyor, köyler bombalanıyor. Memleketin yarısı geçim derdinde, yarısı can derdinde. Kardeş kardeşi kırıyor... Bir avuç üst tabaka kendi saltanatında... Kendi saltanatında olsun da... Allah daha çok versin de... Bir de kafa sikmeseler. Bizim için bu kadar duyarlı olmasalar. Çıkarlardı bu baloların, düğünlerin, toplantıların sonunda kürsüye. Yemekten semirmiş, o iğrenç gıdısını sallayarak, domuz gibi terleyerek ve hırlayarak ülke ve ülke insanının iyiliği için konuşmaya. Çalışmaları tiksindirirdi... Yağlı ellerini yumruk yapıp masaya vururlardı bir de. Tiksinirdim. Gücüm yoktu bu kadar ikiyüzlülüğü görmeye. Gün sayıyordum. Kendimi kandırıyordum. İkiyüzlülüktü de, ben de kaçmak için bahaneler yaratıyordum. Bu hayatı yaşamak istemiyordum ve elimde bir ortaokul diploması vardı. Tek çarem karı kız işlerine ara verip işime odaklanıp mesleğimde ilerlemek olmalıydı. Askerlik benim aklımı aldı.

Tam bir hayal kırıklığı oldu. Bu defa ben kırgındım. Bu defa ben küskündüm. Yoktan imkânlarımla bana dayatılan sikindirik bir hayat yaşamamak için kendimce yaptığım o kadar mücadele, göze aldığım o kadar risk ve çocuk aklımla düştüğüm yollar. O kadar emek. Akan alın teri hepsi boş geldi. Nasıl heyecanlanmıştım oysa. Annem, babam o şekilli mekânda, o şekilli üniformayla beni gördüklerinde bana hak vereceklerdi. Hayatla mücadele ederken, bir taraftan da aileme karşı yaptığım haksızlıkların vicdan azabıyla mücadele etmiştim. Sonuç, 0 + 0 = 0. Dönüp dolaşıp yine başladığımız noktadaydık. Zoruma gitmişti, kanıma dokunmuştu. Tek beklediğim biraz destek olmalarıydı. Olmadı. Kendilerine dayatılan kaderi şimdi askerlik bitti modunda bana sokma derdindeydiler. Verilmiş bir sözüm vardı kendime. Kimsenin mutlu olması ya da kendi egolarını tatmin etmesi için kendi geleceğimi önüne meze vermeyeceğimi söylemiştim kendime. Bir ömrü bu siktiğimin gecekondu mahallesinde geçirecek değildim. Annem ve babam kendilerini inandırdıkları mutluluk türküsünü söyleyebilmeleri için kendimi ateşlere atmaya hiç niyetim yoktu. İlk defa vicdanım bu kadar rahat, kafamda en ufak bir soru işareti olmadan, sesim titremeden "Ben gidiyorum." dedim. Yine aynı hesap. Annem ağladı, yalvardı. Boynuma sarıldı. Beni bekleyen o kızdan bahsetti. Kızın yüzü bile aklımda değildi. Bir defa dahi arayıp sormamıştım. Beni bekliyormuş. İstemeye gidecekmişiz. İyice midem kalktı. Evden çıkarken babam "Bir gün köpek olacaksın bu çıktığın kapıya. Çok pişman olacaksın. Baba ben ettim sen etme diyeceksin." dedi. Kelimesi kelimesine bunu söyledi. Vedalaşmadım bile. Allaha ısmarladık bile demeden çektim gittim. Yine o Karaburun mevkisindeki o muhteşem manzaranın hayalini kurarak döndüm Alanya'ya.

Yine pırıl pırıl bir gökyüzü. Masmavi bir deniz. Otele gittim. Girişim yapıldı. Lojmana yerleştim. Yaklaşık iki sezon ayrı kalmıştım. Birçok yeni umutları sırtına yüklemiş yeni elamanlar. Eskilerden pek kimse kalmamıştı. Biraz buruk bir biçimde başladım işe. Şirket iyice ağırlığını koymuş, yeni otelin açılmasına çok az bir zaman kalmıştı. Yeni otelin inşaatı yaklaşık dört yıldır devam ediyordu. Bitmek üzereydi. Artık "reyting" olayı vardı. "Comment"ler çok önemliydi. Şikâyetler değerlendiriliyordu. Korkunç bir disiplin vardı. Şirket bir şeylerin alt yapısını hazırlıyordu. Müşteri memnuniyeti her şeyden önce geliyordu ve Alanya'da çalışabilinecek en sağlam yerdi. Gelecek vardı. İyi bir kariyer yapmak isteyenlere her türlü imkân sunuluyordu. İşe asıldım. Pek karı kız kovalamıyordum. Eskisi gibi rahat değildik. Kafamıza göre plaja indirip karılara çökemiyorduk. Çok temiz bir sicilim vardı. Bunu bok etmeye hiç niyetim yoktu.

Kendime göre İngilizcem yetecek derecede iyiydi. Zor bir askerlik dönemi ve evdekilerin o sikim baskıları biraz laçka etmişti sinirlerimi. Kendimi toplamam zor olmadı. Kafamı işe verdim. Bazen konferanslar, kurslar oluyordu otelde. Kaçırmamaya çalışıyordum. Kendimi geliştirmek için hiçbir fırsatı kaçırmıyordum. Kışı düşünüyordum bir taraftan. Evdekilerle pek alakam kalmamıştı. Haftada bir gün olan telefon konuşmalarımızdan başka bir bağlantımız yoktu.

Babam eskisinden de kinliydi sanırım. Eve gidemezdim kışın. Belliydi hayatı zindan ederlerdi. Otelde çalışan bir ekip vardı. Kışın Uludağ ya da Bolu Kartalkaya'daki otellere gidiyorlardı. Onlara takılıp gitmeyi düşünüyordum. Yine kazandığımı düzenli olarak eve gönderiyordum. Otelde çalışan İsveçli bir kızla birlikteydim. Müşterilerin çocuklarını bıraktıkları yuva gibi bir departmanda çalışıyordu. Ara sıra yine karı kız muhabbetimiz oluyordu ama eskisi gibi ulu orta değil. Tek derdim kışın ne yapacağımdı.

Amerika'nın Irak işgalinin ertesi yıllardı. Turizmin ilk defa dibe vurduğu zamanlar. Şirket çok yatırım yapmıştı Alanya'ya ve karşılığını almak istiyordu. Hiç alışık olmadığımız bir disiplinle iyi kazanarak ama kurallarına göre çalışıyorduk. Eylül gelmişti. Bir iki ay sonra sezon bitecek. Eve gönderdiklerim haricinde kendime bir kış yetecek kadar para ayırmıştım. Kışın eve gitmeyi gerçekten istemiyordum, boğuyordu beni. Ankara ciddi anlamda boğuyordu. Personel müdürü çağırdı beni ofisine. İlk defa ofise çağrılıyordum. Ofise çağrılmak pek hayra alamet değildi. Sezon zaten kötü gidiyordu. Personel çıkaracaklarını duymuştuk. Herkes diken üzerindeydi. Birçok yeni otel açılmıştı ama hiçbirisinin imkânları ve kazancı bizim otel kadar değildi. Sikerim işini demek göt istiyordu açıkçası. Ürperdim. Götüm yusuf yusuf ederek gittim personel müdürünün yanına.

Epeydir yanlarında çalıştığımı söylediler. Yeni açılan otel için yetişmiş personele ihtiyaçları olduğunu, buradan sicili temiz ve kendisini ispatlamış olanların, İsveç'te üç aylık bir eğitimden sonra yönetim kadrosunda yeni otel de yollarına devam edeceklerini anlattılar. Beni de İsveç'teki eğitime dahil etmeyi düşünüyorlardı. Star Tour, dünyanın birçok ülkesinde ama özellikle Türkiye, Tunus, Bulgaristan ve bazı Latin ülkeleri gibi turizmin daha emekleme devresinde olduğu yerlerde yatırımı olan bir şirketti. Adamlar çalıştıkları ülkelerle birlikte insanlarına da yatırım yapıyorlardı. Bizim otelden seçtikleri yaklaşık on beş kişi ve diğer ülkelerdeki otellerden de birçok genç insanı yetiştirmek ve kendi bünyelerinde değerlendirmek istiyorlardı. Ne diyeceğimi şaşırmıştım. Benim kışın gidecek bir evim bile yoktu, adamlar bana ister misin diye soruyorlar. Kabul ettim. Neredeyse kucaklayacaktım adamı. Aralık başı hazır olmamı söylediler. Vizelerimizi ve uçak biletlerimizi onlar ayarlayacaktı. Sevinçten ağlayacaktım.

Boktan bir sefillikle başladığım hayatım, evden ayrıldığımdan beri yükselerek daha iyi konumlara geliyordu. İşime daha sıkı sarılarak sezonu kapattım. Aralık başında İsveç'e gidiyordum. Ne bir karının peşinden ne de başka bir şey. Verdiğim o kadar emeğin karşılığını alacaktım. Gecenin bir yarısı küçük bir çantayla çıktığım evimden, hayat denilen kahpeyle bir kumara oturmuştum. Sanırım kazanacaktım bu kumarı. Bir sonraki sezon yeni açılan, ilk etapta bin yüz kişilik ama devam eden inşaat bitince, iki bin beş yüz kişilik tatil köyü sayılabilecek otelin barlar şefi yardımcısı olacaktım. Yeni bir hayat başlıyordu. Hissediyordum. Ben seçilmiştim. İşin en keyifli tarafı kendi alın terimle, emeğimle, bilek kuvvetimle uğraşmıştım bunla. Bundan daha büyük bir keyif yoktu. Bu çok farklı bir duyguydu. Kendine inanmak, inandığın yolda ilerlemek ve sonunda karşılığını almak. Kasım ayının ilk haftası oteli kapattık. İsveç'e gidecek olan bizler bir hafta önceden bırakmıştık zaten işi. Bize iki hafta kadar izin verdiler. Pasaportlarımızı hazırlamamızı ve diğer hazırlıklarımızı yapmamızı söylediler. Elimize Türkçe ve diğer dillerde hazırlanmış İsveç'le ilgili temel bilgiler, orada kalacağımız otel, katılacağımız seminerler yani yolculuğumuzla ilgili bilgilerin olduğu kitapçıklar falan verdiler. İki hafta sonra görüşmek üzere ayrıldık. Elimde bir çantayla çocuk bir yaşta çıktığım evime iyi bir kariyer yapacağım, hayatımın tamamen değişeceği bir yolculuk öncesi dönüyordum. İlk defa Alanya'dan içimde bir umut taşıyarak dönüyordum Ankara'ya.

"Pişman olacaksın. Köpekler gibi ayaklarıma kapanacaksın." demişti en son babam. Elbet güç yarışına girecek değildim. Ama ben kazanmıştım. Haber vermeden gittim eve. Annem ne kadar sevindi. Babam bir şey demedi. Onlarınki bir umut, temelli döndüğümü sandılar galiba. Ertesi gün hemen pasaport için müracaat ettim. Alışverişimi yaptım. Bol bol kışlık kıyafet, bot, kazak, atkı falan aldım. İlk defa kış için alışveriş yapıyordum. Annem umutlanmıştı, yazık. Sanırım kışın Ankara'da kalacağımı sanıyordu. Pasaportumu aldım. Babam biliyordu pasaportun ne işe yaradığını. Elimde görünce gözleri doldu. Annemin bir şeyden haberi yoktu. Nereden bilsin garibim, pasaportu vizeyi. Babam yüzüme baktı. "Ben gidiyorum." dedim. Babam bir şey söylemedi. Anlamıştı Alanya'ya gitmediğimi.

Annem sordu saf saf,

"Ben temelli döndüm sanıyordum. Alanya'da ne yapacaksın?"

Babam fısıldar gibi,

"Yok. Bu defa Alanya'ya gitmiyor." dedi.

"İsveç'e gidiyorum." dedim.

Annem,

"İsveç neresi? Alanya'dan daha yakındır inşallah. Bak oğlum nereye gidersen git ama yuvanı kur. Bak kız seni bekliyor. Evlen, yapalım düğününü beraber gidersiniz."

O kadar saf bir biçimde söylemişti ki boğazım düğümlendi. Bir şey diyemedim. Nasıl anlatacaksın ki İsveç'in nerede olduğunu. Babam da şaşırmıştı. Omuzları düştü adamın. Çaresizlik işte. O da biliyordu beni durduramayacağını da bir gayret yutkunarak, gözleri buğulanarak yalvarırcasına,

"Gitme," dedi, "yeter. Yapacağını yaptın."

Anlattım durumu.

"Bir fırsat bu. Gitmesem ne yapacağım? Bana şimdikinden daha iyi bir fırsat sunacak imkânınız varsa kalayım."

Bir şey demediler. Fazla da uzatmadılar. Bu defa beni uğurlamaya geldiler terminale kadar. Babamın elini öptüm. Epeydir ayrılırken vedalaşmıyorduk. Annemin yine gözleri dolu. Kardeşimi öptüm. Pasaportum cebimde döndüm otele. Topladılar pasaportlarımızı vize almak için. Vizelerimiz ve uçak biletlerimiz hazırlanana kadar İsveç hakkında, orada katılacağımız seminerler ve göreceğimiz eğitimler hakkında toplantılar falan yapıldı. Vizelerimiz hazırlandı. Bize bir miktar para verdiler. Yola çıkmaya hazırdık. Otobüsle İstanbul, oradan İsveç. İstanbul'a da ilk defa gidiyordum.

İlk defa bir Avrupa vizesi görüyordum. Ankara'da işe giderken ya da dolaşırken görürdüm vize kuyruklarında bir ümit bekleyenleri ya da deniz, güneş, sıcak kum ekseninde siktiği her karının kendisini bu bataklıktan kurtarmasını bekleyen amatör jigoloların vize umutlarını... Öyle olmamıştı işte. Ne bir karı bana vize göndermişti ne de her sene gelip hava atan Alamancı bir akrabam. Kendi alın terimle kazanmıştım bu ayrıcalığı. Açtım pasaportumu baktım. Kimseye eyvallah etmeden, bir beklentim olmadan. Tırnaklarımla kazıyarak. Benimle yola çıkan diğer arkadaşlarımın durumu da aynıydı. Onlar da gariban köylerin çocukları. Hayatın bir tarafından sarılmışlar işte. Kim bilir neleri, kimleri çiğneyerek elde etmişlerdi bu başarıyı. Tadını çıkaramıyorduk ama. Korkuyorduk bu rüyanın bozulmasından. Bizi İstanbul'a indirdi. Yanımızda şirketin bir elamanı vardı. Havaalanına götürdü. İstanbul'dan o zaman korktum. Çok büyük bir dünya. O günden sonra her İstanbul'a yolum düştükçe bir tedirginlik oldu. Sevemedim ben o koca şehri.

İlk defa uçağa binecektim. İçimde bir heyecan, bir korku. Nereden nereye... Hayat ne garip anne. Bir yerden alıyor bir yere savuruyor işte. Sıkı sıkı giyindik. Gideceğimiz yer çok soğuktu. Kimsenin yorum yapmaya, fikir beyan etmeye mecali yoktu. Hepimiz ilk defa uçağa binecektik. Hani bu Yeşilçam filmlerinde gördüğümüz uçaklar var ya... Onlara...

Uçağa bindik. Birbirimize bakıyorduk tüm arkadaşlar. Hani ilkokula yeni yazılmış sıpalar olur ya... Birbirlerini taklit eder. Bizim taklit edecek kimsemiz yoktu. Birbirimize bakıyorduk, bir umut. Umutlarını sırtına vurmuş yol yordam bilmeyen adamlar. Hep öyle olur biliyor musunuz? Şaşırırsınız. Bir hedefiniz vardır. O hedef için neleri göze alırsınız. O hedefe vardığınızda tökezlemekten korkarsınız. İnsanız sonuçta. İnsanoğlu elbet tökezler. O kadar hazırsınızdır ki tökezlemeye ve kaybedip avunmaya, kendinize yakıştıramazsınız. Hep nefret ettim demiştim ya. O kendisine yakıştırmayan gözlerden. Şimdi ben de kendime yakıştıramıyordum. İlk defa uçağa binmek. Bir yanlış yapacağım korkusu. Oysa yanlış yapsan ne olacak? Sanki uçak düşecek. Öyle değil işte. Camdan bir kule gibidir garibanın dünyası. Kurması çok zordur da bir dokunursun tuz-buz olur. Ben dahil on iki tane daha garibanın geldiği en son nokta ilk defa uçağa binmektir. Bindik amına koyduğumun uçağına. Düştük yollara. Artık birbirimize bakmıyorduk bile. Uçak havalandı. Karınca gibi görünüyordu geride bıraktıklarımız. Kendi payıma benim geride bıraktıklarım karınca gibi değildi. Kazanmam gereken bir kumar vardı. Bu masaya kendim oturmuştum. Alın terimi, hayatımı, tüm inandıklarımı koymuştum. Ben hayatla kumar oynarken annem gözünden akan yaşları, babam sikip attığım gururunu sürmüştü ortaya. Ben hayat denilen kahpeyle oynaşıyordum felek denilen masada. Onlar bir köşede rest dememi bekliyordu. Rest demiştim çoktan ama kaybedecek çok şeyim vardı.

İsveç'e indik. Buz gibi bir hava. Hava karanlık sayılabilecek kadar gri. Güneş sinir bozucu bir bir çimde silik bir nokta gibi tepemizdeydi. Bu karıları hep mayoyla görmeye alışmıştık da böyle giyinik olmaları garibime gitmişti. Bizi bir kadınla adam karşıladı. Düştük bunların peşine. Bizi bir dolmuş benzeri, sanırım servis arabasına bindirdiler, kalacağımız otele doğru yola çıktık.

Dünyanın birçok yerinden gelmiş bizim gibi bir sürü elamanla birlikte birçok seminere katıldık. Toplantılar yapıldı. Şirketin bizden beklentilerini, hayata geçirdikleri projeleri anlattılar. İskandinavların aile yapısından, başka bir ülkeye tatile gittiklerindeki beklentilerinden, nelere kıl olduklarından, nelerle mutlu olduklarına kadar... Şirket yatırımlarının karşılığını almak istiyordu. Bize de yatırım yapmışlardı. Bizden de beklentileri oldukça fazlaydı. Birkaç defa toplu halde gezilere çıktık. Yemeğe gittik. Birkaç defa da gece kulübüne falan götürdüler. Kaldığımız otelde bir info masası vardı. Bir sorunumuz olduğu zaman oraya gidiyorduk. Kendimizi rahat hissetmemiz için adamlar ellerinden geleni yapıyordu. Bir defa bizi toplu halde Stockholm'e götürdüler. Bizimle gelen şirketin elamanları hep gülümsüyordu. Nereye gidersek gidelim bize hizmet eden herkes sadece gülümsüyordu.

İskandinavlar genelde asık suratlı sayılabilir ama hizmet sektöründe çalışan herkesin yüzüne gülümseme yapışmış. Durmadan gülümsüyorlardı ve bizim de gülümsememizi istiyorlardı. Şirketin üst düzey bir yöneticisi bize konuşma yaptıktan sonra verilen arada halimizi hatırımızı soruyor, bizimle şakalaşıyordu. Biz değil başımızdaki yönetimle şakalaşmak yanlarına bile yaklaşamazdık. Adamların tek derdi bizim klasik çalışma anlayışımızı değiştirmekti. Benim gidebileceğim en son nokta barlar şefliğiydi. Burada diplomanın önemi ortaya çıkmıştı. Olsaydı bir yüksekokul diplomam genel müdürlüğe kadar yolu vardı. Kısmet. İyi eğlendik. Başka ülkelerin insanlarıyla kaynaştık. Dönüş yaklaşıyordu. Toplu hatıra fotoğrafları çekildi. Şirketin katalogları için falan fotoğraflar çekildi. İsveç'le ilgili küçük hediyeler dağıttılar. Döndük Alanya'ya. Yeni otel sezona hazırdı. Personel alımları başlamıştı. Evlerimize gitmemizi ve ailelerimizle görüşmemizi, tekrar döndüğümüzde İsveç'te gördüklerimizi, yaşadıklarımızı, tecrübelerimizi buradaki arkadaşlarla paylaşmamızı söylediler.

Döndüm Ankara'ya. Küçük hediyeler falan almıştım. İmkânlarım dahilinde. Çektirdiğimiz fotoğraflar, yaşadıklarımızı anlatıyorum. Annem yine söyleniyordu. Çıldırmamak elde değil. Kalbini de kırmak istemiyorum. Bir şey söylemedim. On gün kadar kaldım Ankara'da, döndüm otele. Personel müdürü çağırdı. Bar captain olmuştum. Yani dört bardan sorumlu ikinci kişi. Barlar şefinin yardımcısı. Artık desk (barın içi) arkasında çalışmayacaktım. Yükseldikçe fiziksel olarak çalışmanız azalıyor ama sorumluluklar artıyor. Artık üniforma giymiyordum. Kravat, gömlek benzeri bir kıyafet vermişlerdi. Yeni gelen personele brifing, konferans, şu bu toplantıları yapıyordum. Yönetim kadrosuyla personelden ayrı bir dairede kalıyorduk. Sezon açıldı. Yeni otel şirketin göz bebeği. İsveç ve Norveç'ten sanatçılar geldi. Bizimle çalışan bir sürü İskandinav elaman vardı. Sezon şansımıza çok berbat başladı. Turizm daha emekleme devresindeyken, sürünmeye başladı. Kumarhanelerin kapanmasından sonra mantar gibi biten büyük oteller birer birer fiyat kırma politikasına gitti. Amerika'nın Irak işgali, turizm bölgelerinde artan terör saldırıları, Marmaris, Kuşadası'nda patlayan bombalar mahvetti her şeyi. Çok büyük umutlarla yapılan onlarca yatırım, emek ve ekmek derdindeki onlarca insan. Şirket mecburen son çare olarak oteli doldurmak adına Alman bir şirketle sezonluk ortaklığa gitti. Artık Alman ve Avusturyalı müşterilerimiz de vardı. Otel yine de dolmuyordu. Dolsa bile beklentilerin çok altında. Güçlü bir şirketti, dayanacak gücü vardı. Adamların Allah'ı var personel çıkarmadılar. Her iki oteli de doldurmak için tüm imkânlarını seferber ettiler. Toplantılar yapıldı. Hiçbir şeyin eskisi gibi olmayacağını, otele gelen her müşterinin reytingleri, yorumları ve şikâyetlerinin dikkate alınacağı söylendi. Keyifsiz bir sezondu. Yine de sarıldık işimize. Karı kız kovalamak, alemlere akmak hepsi hayal oldu. Tek derdimiz ekmek parasıydı artık.

Almanları diğer Avrupalılar pek sevmez. Almanları Almanlar da sevmez. Ama o dönemde bir Mark gerçeği var, adamların harcama gücü muhteşem. Otel küçük bir kasaba gibiydi. Pek çok Alman vardı ve paralarına güvenip işi iyice arsızlığa vurmuşlardı. Otelin tüm dengelerini sikip attılar. Geceden plaj ve havuzdaki şezlongları rezerve ediyorlardı. Üzerlerine koyuyorlar havluları. İskandinav adam gariban, bilmezler böyle şeyleri. Ama onlar da isyan etmeye başladılar. Bir gün bir kadın geldi. Çok bozuk bir Türkçeyle, "Şezlong ve şemsiye kalmamış." dedi. Zaten kafa dumanlı, sabah sabah barutum patlamamış. İki tane komi çağırdım. "Toplayın tüm havluları bir kenara koyun." Kadına da "Al havuz senin." dedim. Baktı yüzüme teşekkür edip gitti. Müdürle konuştum.

Duyurular asıldı her yere. Havlu koyup yer ayarlamak yasak diye. O kadını birkaç defa daha gördüm. Bazen bara otururdu. Yanında benim yaşıtım bir genç kız ve yaşlı bir kadın vardı. Bir de küçük bir erkek çocuğu. Kendi hallerinde. Hiç konuşmadım, birkaç defa gülümsedim sadece. O da bana gülümsedi. Sonra hiç görmedim bu kadını.

Aradan birkaç hafta geçtikten sonra üzerinde sadece benim adım olan bir mektup geldi otelin adresine. Soyadım yoktu. Bazen müşteriler alırdı adresimizi, bize kartpostal, fotoğraf ya da çocukların yaptıkları resimleri gönderirlerdi. Biz de otelin panosuna asardık. Kadın yazmış bir şeyler. Pek anlamadım. Bizim bir kasiyer çocuk vardı. Onun İngilizcesi daha iyi. Başladı mektubu okumaya.

"Şefim kadın sana âşık olmuş. Ama utanmış seninle konuşamamış."

"Niye utanmış lan? Rica etseydi ilgileniverirdim sevabıma..."

Kim bu kadın hiçbir fikrim yoktu. İsmi Türkçe, soyadı Savonaka gibi bir şey. Kadın doktormuş. "Sen bir cevap yaz. Biraz dalgamızı geçelim" dedim. Çocuk ne yazdı hiçbir fikrim yok.

Mektubu aldım o hafta dönecek olan bir İsveçli aileye verdim. Postaya verin diye rica ettim. Kadının mektubu Malmö'den geliyordu. Sürpriz olur. İsveçli aile aldı mektubu gitti. Birkaç hafta sonra cevap geldi. Kadın sevinçten çıldırmış. Zarfın içine de yedi yüz Kron mu ne koymuş. Yine kariyer çocuğa verdim mektubu. "Sen benim adıma yaz bu kadına, ben hiç uğraşamam." Gönderdiği parayla bir çift ayakkabı aldım kendime. Sonra unuttum gitti kadını.

Bir abi geldi otele. Seneler önce Almanya'ya gitmiş, çoluğu çocuğu olmuş yerleşmiş oraya. İsmi Kaya. Düzgün bir adam, sanırım Afyonluydu. Almanya'daki evlerinin alt katında televizyon patlamış. Bunların da evi yanmış. "Canımızı zor kurtardık." dedi. Senelerdir çalış, çabala, nereye kadar? Üç haftalığına tatile gelmişler, yengeyle. Kaya Abi kafa adamdı. Bununla epey muhabbet ettik. İşte ben de anlattım, nerelerden geldik nerelere gidiyoruz. "Bir akşam dışarı çıkalım." dedi.

O sırada Alanya'da epey değişim içersindeydi. Küçük bir köy olan Alanya, yeni açılan otellerle ve yeni mekânlar, eğlence ortamları, diskolar, barlar dolmuştu. Bistro Bellman diye oldukça trend bir mekân açılmıştı. Herkesi almıyorlardı içeri. Ama biz otelin yönetim kadrosunda olduğumuz için yaka kartlarımız her kapıyı açıyordu. Kaya Abi ve yengeyle bir akşam o mekâna gittik. Oturduk bir masaya. Çevre masalarda Alanya'nın ağaları sayılabilecek adamlar. Ortamın popüler mekânı. Yanımıza bir rehber kız geldi. Tanıyorum otelden. O da oturdu masaya. Biz muhabbetteyiz. Bir abiyle tanıştık. Sürücü kursu sahibi. Kaya Abi'nin hemşehrisi çıktı. Muhabbet iyi. Adam bize şişe açtırdı. Ensesi kalın bir tip. Kaya Abi ayrılırken bunu otele davet etti. Ayrıldık. Ben rehber kızla başka bir mekâna gittim. Kaya Abi'yle yengeyi o adam otele bıraktı. Sabah işe başladım.

Kaya Abi'nin davet ettiği o sürücü kursu sahibi gelmişti. Bunlar bara oturdu. Ben hoş geldiniz falan deyip işime döndüm. Barları falan kontrol ediyorum bir eksik var mı diye. Dönüp geldiğimde o abi ehliyetim olup olmadığı sordu. Yoktu. Gel sana bir ehliyet ayarlayalım dedi. Ertesi gün gittim. Adam para falan almadı. Biraz muhabbet ettik. Bir hafta bana ders verdiler. Uzatmayalım ehliyeti aldım. Doğru dürüst araba kullanmayı öğrenmeden ehliyet sahibi olduk.

Bu arada bana mektuplar gelmeye devam ediyor. Kadın Makedon ama doğum yeri İsveç. Yalnız yaşıyor. Kocası ölmüş üç sene önce. Çocuğu yok. Kadın yazıyor da yazıyor.

Düpedüz aşk arıyor. Kadına cevapları kasiyer çocuk yazmayı sürdürüyor.

Kaya Abi'yle takılıyorduk. Geziyoruz tozuyoruz boş vaktimde. Dönmelerinde bir gün önce Kaya Abi araba kiralamış. Karıyla gezmişler Side, Aspendos falan. Akşamında "İstersen arabayı bu akşamlık sana vereyim." dedi. Pratik yapmış olursun. Aldım anahtarı. Biraz cesaret versin diye bacardi içtim. Önce otelin önündeki boş arazide takıldık biraz arkadaşlarla. Sonra kendime güvenim geldi. Zaten gece yollar da bomboş. Antalya'da dolaştık epey. Barlara gidip çıktık. Hepsinde arkadaşlar tanıdıklar var. İkram edilen içkileri içtik. Kafa bir milyon çıktık, alkolün etkisiyle gazladık otomobili, otele dönüyoruz. Otele git, zıbar yat di mi? Eğlenmişsin bokunu çıkarma. Hadi bizim eksi otele gidelim dedik. Oradaki bekçi bir abimiz vardı. Onunla bir çay içelim. Eski otelin önünden hızla geçtik. Son anda fark ettim geçtiğimizi, o panikle direksiyonu kırdım. Araba savruldu, durduk. Ne olup bittiğinin farkında değilim ama araba kafadan girmiş ağaca. Ön taraf komple çökmüş. Bekçi abimiz koştu geldi. Beni ve arkadaşı çıkardı arabadan. Otelin doktoru geldi. Neyse ki bir şeyimiz yoktu, ikimiz de yaralanmamıştık. Jandarma geldi. Beni önce alkol muayenesine sonra karakola götürdüler. Neyse ki Kaya Abi kendi rızasıyla verdiğini söyledi de bir olay çıkmadı jandarmada. Ama arabayı kiraladığı yerin sahibi, at hırsızı kılıklı herif ortalığı velveleye verdi. Adamın ofisine gittik. Oldukça yüksek masraf vardı. Alkollü olduğum için kasko, sigorta zaten karşılamıyor. Adam Kaya Abi'ye ya paramı öde ya pasaportunu alırım diyor. Kaya Abi isyanlarda. Adam neredeyse bir aydır tatil yapıyor. Para mı kalmış. Sonunda cebinden beş yüz Mark çıkarıp verdi. Bende de para yok. Maaşı eve gönderiyorum. "Tamam," dedim, "Yerim yurdum belli kalanını ben öderim." Adam nihayet bizi bıraktı.

Otele döndük. İzin istedim. Kafayı vurdum yattım. Ama otel karışmış. Beni çağırdı personel müdürü. Çıkışımı verdiler. Siktir etti adamlar on dakikada. Kalan maaşımı verip yaka kartımı aldılar. Yanıma güvenlikten bir elaman. Bir saat içerisinde oteli terk etmemi istediler. Bu rent a car'cı denen göt oğlanı karıştırmış ortalığı. Resepsiyonda olay çıkarmış. Kaya Abi'nin pasaportuna el koymaya falan kalkmış. Bu sikik sezonda bir ay tatil yapan, bok gibi para harcayan müşteri için değil beni, oteli yakarlar.

Kırk beş dakika sonra kapının önündeydim. O kadar emek, alın teri, umutlarım, geleceğim... Her şeyim uçtu gitti. Başa dönmüştüm. Bir çantayla geldiğim yerin önünde siktir edilmiş bir biçimde bir çantayla bekliyordum. İlk defa bir işten siktir edilmiştim. Ne kötü bir duygu… Tüm emeklerimi, beklentilerimi kırk beş dakikada elime vermişler, götüme de tekmeyi vurmuşlar. Sarhoş gibiydim. Ne oluyor, ne bitiyor farkında bile değildim. Şaka gibi amına koyum. Kâbus lan bu! Beraber komilik yaptığımız bir arkadaş vardı. Bir mekân açmışlardı. Orta halli bir yer. Onların yanına gittim. Cebimde bir miktar para vardı. İşin pis tarafı o arabanın sahibi herif peşime düşerdi. Zaten sezon sonu sayılır. Bir de ortalık bok gibi. Turist yok. Ne bok yiyeceğim? Çocuklar sağ olsunlar bir yatak verdiler. O akşam ilk defa bir şeyleri unutmak için içtim. Sadece sarhoş olup sızmak istiyordum. Sızıp unutayım şu son yirmi dört saatte başıma gelenleri. Şaka lan bu! Daha dün, işim, aşım, umutla baktığım bir geleceğim vardı. Senelerimin emeğini paket yapıp verdiler elime. İnanasım gelmiyor. Birkaç gün kaldım orada. Köpek gibi sigara içiyorum, kafayı bulup sızıyorum. Saç sakal bir tarafa karıştı.

Birkaç arkadaş geldi otelden. Bol bol nasihat veriyorlar. Bu arabanın sahibi olacak pezevenk geldi. Tehdit eder gibi parasını istedi. Gücüm de yok adamla uğraşacak. Sanırım o zamanın parasıyla dört milyon lira falan. Birkaç arkadaşa sordum. Adamların durumları zaten belli. Hepsi kazandığını ailesine gönderiyor.

Halen görüştüğüm Afyonlu bir arkadaşım vardı. O eski otelde devam ediyor. O geldi. "Şu sana mektup yazan karı var ya." dedi. "Ona bi dokundursana. Belki bir yardımı olur." En son bi mektubu gelmişti. Karı telefon numarasını falan yazmış. Beni ne kadar sevdiğiniz yazmış. Pek kafama yatmadı. Ama normaldi aslında. Daha düne kadar garsonluk yapan bir herif iki gün sonra karının birisini tırtıklar. Bir mekân bile açar. Turizm böyle bir şey. Denemeye değerdi. Ama karının yüzünü bile görmemişim.

Bu arada arabanın sahibi gidip geliyor. Artık adam iyice tehdit ediyor. "Ankara'ya gidip geleyim, bana bu parayı ancak peder verir." dedim. Adam kabul etmiyor, "Gidersen biz seni nereden bulacağız." diyor. İyice bunaldım. En sonunda bahçıvan ve bekçi kefil oldu. Zaten adam bana senet imzalatmış.

Eylül ayının ortaları işte. Bizim Afyonlu'nun gazıyla bu mektup gönderen karıyı aradım. Karı İngilizce bilmiyor. Kırık dökük Türkçe konuşuyor. Ben götümün derdindeyim, bu sevinçten ağlıyor. Anlatmaya çalıştım. "Ben Ankara'ya dönüyorum. Otelden çıktım. Mektup gönderme." Çok da sikimdeydi onun göndereceği mektuplar da, bahanemiz oldu. Başka adres telefon istedi. Evin adresini, numarasını verdim. Akşam Ankara'ya doğru yola çıktım. Diplomasız, bir geleceği olmayan, elindeki kol gibi fırsatı sikmiş atmış, bitik bir vaziyette bindim otobüse. Babamın söylediği laf kulaklarında çınlıyordu. "Köpek gibi döneceksin. Ben ettim siz etmeyin diyeceksin."

Otobüs otelin önünden geçerken midem, ciğerlerim ağzıma geldi. Ağlayacaktım. Kendimi zor tutuyorum. Otobüs ilerledikçe, Alanya'nın pırıltılı ışıklarını arkamızda bıraktıkça, Ankara'ya yaklaştıkça sanki daha bir çöküyordum. Siktir edilmiştim. Götüme tekmeyi vurmuşlar, kapının önüne koymuşlar. O dik duran kuyruğumu götüme sokmuşum. Walkmen'imde sardırıp sardırıp "like a player"i dinliyorum. Anılar kasetleri vardı. Bu hotel california, lady, scorpons işte "cıne coe bı come cıneeaaaa"... Gözüme uyku girmiyordu. Sinirim geçti. Götüm yusuflamaya başladı.

Ankara'ya geldik. O koca binalar yıkılsa altında kalsam diye düşünüyorum. Eceli gelen köpek cami duvarına işermiş. Ben gidip düpedüz sıçmıştım. Sıçmakla kalmamış o boku yüzüme gözüme bulaştırmışım. Götün götün bindim bir dolmuşa eve gittim. Annem açtı kapıyı. Şaşırdı kadın. Sevinemedi bile. Pek hayra alamet değildi. Bu mevsimde çanta, valizle gelmişim, saç baş bir tarafta. "Hoş geldin" dedi. Kafa salladım. Konuşmaya mecalim bile yoktu. Öylece bakınıyordum etrafa. İsveç'te çektirdiğim birkaç fotoğrafı falan çerçeveletmişler. Bok var gibi. Birkaç saat sonra babam geldi. Homurdanarak "Hoş geldin." dedi. "Pek hoş gelmişe de benzemiyorsun ya, hayırlısı." Hava da kararmış. İyice bir ağırlık çökmüş üstüme. Ölsem, gebersem diye düşünüyorum. Babamın hiç acelesi yok. Herif tadını çıkarıyor, anladı bi boklar dönüyor. Hiç acelesi yok, senelerdi bu anı bekliyor adam. Beni kucağa alıp hoplatacağı anı. Elbet tadını çıkaracak. İşte muhabbet ediyor aklı sıra. "Alanya nasıl? Bizim denize gittiğimiz o yer duruyor mu?" gibi saçma sapan sorular. Kedinin fareyle oynadığı gibi oynuyor. Ben kafa sallıyorum, sesim çıkmıyor. Sofra hazırlandı, oturduk yemeğimizi yiyoruz. Annem susuyor, ben susuyorum.

Babam dalga geçmeye devam ediyor. Kalktık sofradan. Annem çay koymaya gitti. Hiç unutmam o sahneyi daha dün gibi aklımda.

Babam,

"Şu ışığı aç," dedi, "hava karardı iyice."

Bokböceği gibi büzülmüşüm bir köşeye. Kalktım, elektrik düğmesinin yerini bulamadım. Bakındım sağa sola, peder iyice kıl oldu.

"Ev ev değil, otel zaten senin için."

Deprem öncesi ilk artçı şoklar başlamıştı sanırım. Felaket öncesi sessizlik…

"Gel bakalım Fatih efendi, geç otur karşıma. Anlat bakalım ne oldu? Sen bu zamanlarda pek buralara düşmezdin."

Annem de tünemiş bir köşeye tavuk gibi bizi dinliyor. Dizlerini dövecek, ağıtlar yakacak, ağlayacak zamanını bekliyor. Korkunun ecele faydası yok anasını satayım. Ya Allah ya bismillah dedim içimden. Yaratana sığınıp sakin sakin konuşmaya başladım. Her şeyi olduğu gibi anlatmadım tabii. Ehliyet almıştım, müşterinin arabasını park ederken çarptım. Yani kem küm… Yalanın bini bir para. Ben sütten çıkmış ak kaşıktım. Her şey çok masumdu. Peder yemedi tabii. Sakin sakin dinliyor, benim anlatacak bir şeyim kalmasın diye bekliyor. Finali bana kefil olan adamlarla yaptım ve sustum. Lan ortama bak be. Şimdi şu saatlerde nerede olmam lazım, ben ne işlerle uğraşıyorum. Peder coştu tabii. Adam yılların kinini kusuyor üzerime. Annem dizlerini dövüyor, ciyak ciyak ağlıyor. Kafam durdu, artık duymuyordum hiçbir şey. Peder bey ilk defa hesap soruyordu, "Ben sana demiştim." dedi. (Hayatta en nefret ettiğim laf.)

Hiç ağzımı açmadım. Babam da işi iyice şovu döktü zaten. Coştu. Epey bir süre sonra ağzındaki köpükleri silerek sakin sakin konuşmaya başladı.

"Tamam, bu iş bitecek. Ben parayı götürürüm. (Sanki kendi veriyor, bizim gönderdiğimiz paraların hiç adı sanı yok.) Gider bulurum o adamı, öder dönerim. Senetleri geri alırız.

Alanya, Antalya işi bitti. Yeter gezdiğin tozduğun. Gerekirse biz alt kata yerleşiriz, sen öğretmenler evinde işe başlarsın. Devlet kapısı iyidir. Ben seni oraya garson olarak başlatırım. Evlen, yuvanı kur."

Adam yemin ederim en az iki saat kafa sikti. Evlen diyor, nişanını hemen takalım. İşe başlayınca düğününü yaparız diyor ciddi ciddi. "Bu herif kafayı sıyırmış." diye düşünüyordum.

O sırada telefon çaldı. Annem açtı telefonu, "Seni bir adam arıyor." dedi. Aldım telefonu. İsveç'ten geliyor. O kadının komşusu telefondaki, "O ne olduğunu anlamamış, benden yardımcı olmamı istiyor." diyor. Adam Türk. Anlattım kısaca derdimi. "Kaza yaptım," dedim, "Ankara'ya döndüm." "Ben seni yirmi dakika sonra arayacağım." deyip kapattı telefonu. Babam on beş dakika daha kafamı sikti, sonra çaldı telefon. Açtım yine o adam, "Size yardımcı olacak." deyip telefonu kadına verdi. Epey bir konuştuk. "Seni çok seviyorum." dedi. Ne kadar paraya ihtiyacım olduğunu sordu. Lazım olan paranın iki mislini söyledim. Gönderecek olan onu da gönderirdi. Kapattık telefonu. Geçtim pederin karşısına. Anneme döndüm, yavşak bir ses tonuyla konuşmaya başladım,

"Bir çay doldur da içelim yaa..."

Sikimde bile değildi bundan sonrası. Cebimde beş kuruş para yoktu, ama yeminim vardı, babamdan isteyemezdim. Sigara alacak param bile yok. Annemin uzun bafrasından otlanıyorum. İki gün böyle geçti, sıkıntıdan öleceğim. Nihayet telefon çaldı. O zamanlar İş Bankası'nın merkez şubesi Ulus'taydı. Oradan aradılar, kimlik bilgilerimi aldılar. Bana yurtdışından havale geldiğini, nüfus cüzdanımla gelip parayı çekebileceğimi söylediler. Sevinçten götüm tavana vurdu ama Ulus'a gidecek yol param yok. Annemden istedim, siktir çekti. Kadın sinirinden ağzına geleni kusuyor, karıya beddualar okuyor. Ben uçacağım neredeyse. O evlen yuvanı kur derdinde. Evden yürüyerek, koşarak nereyse kırk beş dakikada vardım bankaya. Verdim kimliğimi. Parayı döviz olarak mı yoksa lira olarak mı istediğimi sordular. Epey yüklü bir miktar gelmişti. Birazını dolar, ihtiyacım olan kadarını da lira olarak çektim bankadan. Lazım olan paranın neredeyse üç mislini gelmişti. Bir güzel karnımı doyurdum, bir paket sigara aldım. Ağzım kulaklarımda köpekler gibi alışveriş yaptım. Kuyumcuya gittim, kendime apaçi kolyesi, kobra başlı yüzük, iki tane taşlı yüzük aldım. Spor ayakkabı, o zamanlar Rodi meşhur, yeni marka. Kot pantolon aldım. Ömrümde görmemişim bu kadar parayı. Sikebildiğim kadar sikme derdindeyim, kendimden geçmişim.

Atladım taksiye eve gittim. Cepler para dolu, ellerimde paketler. Annem çıldırdı, nasıl beddua ediyor kadına. Kadının yedi ceddine giydirdi. Kardeşime spor ayakkabı falan almıştım, çocuk nasıl seviniyor. Akşam kadını aradım ve teşekkür ettim. Alanya'ya gideceğimi, yarın parayı verip Ankara'ya dönmem gerektiğini söyledim, çalışıp borcumu öderim dedim. Palavraydı tabii. İki sene günde yirmi dört saat uyumadan, yemeden, içmeden çalışsam yine ödeyemezdim o parayı. Kadın bir şey demedi, zaten zor anlaşıyoruz telefonda.

"Anne sana çok selamı var, ellerinden öpüyor." dedim sırıtarak. Kadın yine çıldırdı. Babam geldi, adamın bir bakışı var yerin dibine geçtim. "Şu haline bak, yazık sana. Bent deresindeki pezevenklere dönmüşsün." Göt oldum.

Ertesi gün kardeşimi çıkardım dışarı, ona hediyeler aldım. Anneme aldım. Baha kefil olan bahçıvanla bekçiye, çocuklarına bir şeyler aldım. Kardeşimi eve bırakıp pedere görünmeden çıktım. Sonra bindim otobüse doğru Alanya. O pezevengin parasını verdim, senetleri aldım ve yırttım. Bekçiyle bahçıvana eyvallah dedim. Aldığım hediyeleri verdim. On beş gün kadar takıldım Alanya'da. Zaten sezon bitmiş, yapacak bir iş yok. Bastım gittim Afyon'a o arkadaşın yanına. Bir hafta onunla takıldık. Bir termal otel var. Orada vücut bakımı, sıcak su kürü, çamur banyosu falan yaptırdım kendime. Arap yağı bol bulunca sikine sürermiş. O hesap. Sonra döndüm Ankara'ya.

Hatunu aradım, işe başlayacağımı söyledim. Borcumu ödeyeceğim falan dedim. Kadın sen mutlu ol diyor başka bir şey demiyor. İş aramaya başladım. Pek niyetim yoktu garsonluk yapmaya ya da barmenliğe. Öylesine takılacağım bir iş arıyordum, vakit geçsin işte. Tunalı'da Aynalı Çarşı var. Orada bir deri mağazası vardı. Cama yazmışlar, yabancı dil bilen elaman aranıyor diye. Daldım içeri, komik bir adam oturuyor masanın başında. Bir de genç bir çocuk var yanında. "Buyur yeğenim." dedi. Sempatik bir adam. "İş ilanı için geldim." dedim. Şöyle bir baktı yüzüme, "Hadi bize üç çay söyle." Çay söylemek için söyledim geri döndüm. Adamın yüzüne bakıyorum.

"Lan yeğenim ne dikilion, başlasana işe. Al eline bir bez, derilerin falan tozunu al." Ben de söylenileni yaptım ve başladım işe. Ne para konuştuk ne de başka bir şey. Ama keyifli adamdı. İnşaat şirketi vardı. Abisiyle ortak bir aile şirketi. Aslen Erzurumlu. Abisi çok tanınmış bir adam. Bolu Kartalkaya'da otelleri falan var. İsmi önemli değil. İşim rahat, sabah gidiyorum akşam çıkıyorum. Mağazaya yabancı diplomatlar falan geliyor. Deri satıyoruz. Bu arada bizim İsveçli hatun her ay düzenli para göndermeye başladı. Buradan kazandığım paranın yani aldığım maaşın yaklaşık beş-altı katı para gönderiyordu. Ben de hayır demedim. Para istemedim ama yok da demedim. Üç ay kadar kafama göre çalıştım orada. Ankara'da önceden çalıştığım yerlere müşteri olarak gidiyordum. Ciks bir hatun yaptım kendime, Tunalı tayfasından. Tunus Caddesi'ndeki entel barlara falan akıyordum. Para sorunum yoktu.

Stallone abimizin, ağzını bükerek efsane olduğu yıllarda, Tango ve Cash filmi oldukça popülerdi. Bir kız vardı, karşı dükkânda çalışıyordu. İçim erirdi ona baktıkça. Biblo gibiydi, sanki Concon kızı. Bildiğimiz sosyete kızı. Dükkân kendilerinindi, o da annesine yardıma gelirdi. Ted Koleji'nde okuyordu. Öküz gibi bakardım o kıza. Saçlar Küçük Emrah tarzı, şalvar pantolon, kolumda künye. Ama gidip konuşmaya cesaret nerede? Kız, rahmetli Cem Karaca'nın tamircideki arabasını getiren çırak karakterine benziyor. Uzun uzun, hayran hayran bakar sonra giderdim. Onu kestiğimi anlamış olacak ki o da bana bakmaya başladı. Zaten göt kadar bir pasaj. Beraber çalıştığımız bir çocuk vardı, bir kızla takılıyordu bizim pasajın içinde. Arada sırada buraya gelir giderlerdi. Bu benim kesik olduğum sosyete kızının da arkadaşı aynı zamanda. Şöyle söyledi bir gün, "Sen durmadan kesiyormuşsun bu kızı."

Utandım, bir şey söyleyemedim.

O sosyete kızı kim, safkan Ankara apaçisi ben kim? "Senin için keşe benziyor." dedi.

Ulan içim bir hoş oldu. Vay be! Kız bizi keşe benzetiyor. Şu Tango ve Cash'deki keşe. O kadar yakışıklıyım demek. Sonradan öğrendim, "keş" derken ne demek istediğini, neye benzettiğini.

Mart ayı yaklaşmıştı. Annem yine söylenmeye başladı, "Mart ayı dert ayı. Yollara düşersin." Haklıydı kadın. "Ben gidiyorum." Dedim. İlk defa babamla baba oğul gibi konuştuk.

"Benim gücüm sana yetmez oldu artık oğlum. İdare et. Bizim cahil kafamız galiba bu kadar çalışıyor. Belki biz yanlışız sen doğrusun. Yolun açık olsun. Artık seni sana emanet ediyoruz. Sen artık dönmezsin. Ben ne istedim, ne bekledim, ne oldu? Doğru mu yaptık, yanlış mı? Ama benim gücüm buraya kadar. Hırsızlık yapma, ibnelik yapma. Ne bok yersen ye! Artık arkandayım. Seni durdurmaya bizim gücümüz yetmedi. Bu zamana kadar yetmedi, bundan sonra da yetmez. Allah ıslah etsin seni."

Adam öyle bir konuştu ki boğazım düğümlendi sanki. Ayrılırken ilk defa sarıldık babamla birbirimize. Epey para vardı cebimde. Büyük bir kısmını anneme bıraktım. "Dursun sizde, lazım olursa kullanın. Olmazsa kalsın." dedim. Annem, "Ben almam elin karısının haram parasını." dedi. Ben de "Alma," dedim, "sakla dursun sende." Bastım gittim Alanya'ya.

O yanlarında kaldığım arkadaşların yanına gittim. İş bakıyorum. Annemlerin ilk defa Alanya'ya geldiklerinde kaldıkları bir otel vardı, oraya gittim. Müdür zaten arkadaşım. Orada barmen olarak işe başladım. Küçük, kendince bir otel. Müşterisi İngiliz. Ama içim buruk. Parası batsın. Gül gibi kariyer yapacağım işim ellerimden kayıp gitmiş. Bırak artık o şirketle çalışmayı otelin kapısından bile giremezdim. Karının gönderdiği paralar, kış boyunca Ankara'daki ortamlar iyiydi de, Alanya'ya dönünce kafaya dank etti. Neler kaybetmiştim? Çok zoruma gitmişti ama bunu fazla kafaya takmaya da gerek yoktu. Olmuş bitmişti. İşime sarıldım. Her şeyin başı kısmet. Pederin bir lafı vardır, "Dayak bile kısmetse yenir."

İsveçli hatunla devamlı telefonda konuşuyorduk. Sürekli mektup gönderiyordu. Kocası ölünce bu paraya boğulmuş. Otuz üç yaşında, üç yıldır yalnız yaşayan bir kadın. Ahım şahım bir tip değil ama çok da paçoz değil. Bizim lügate göre her türlü gideri var yani. O kadar da yatırım yapmış bana. Ağustos gibi geleceğini söyledi. "Gel," dedim, "gel ödeyelim aldıklarımızı."

Birasına maç falan yapıyoruz. İngilizler çok acayip tipler. Her muhabbete geliyor adamlar. Otel silme onlarla dolu. Ortam on numara. Geceleri karılar, kızlar, diskolar, barlar... Kafamıza göre takılıyoruz. Her gece alemlerdeyim. Bok yoluna işten kovulduktan sonra disiplin falan kalmadı bende. Zaten para sorunum yok, patron da seviyor. Adama para kazandırıyoruz. Pek de anlamıyor işten zaten gariban. Otel yengenin. Zamanında Akdeniz, Ege kıyılarında turizm olmadığı için, tarıma elverişli arazileri erkeklere verirlermiş. Şimdinin milyon dolarlık sahilleri ve plajları tarım yapılamadığı için kızlara miras kalmış. Bu bir efsane değildir, gerçektir. Bizim patron da eşi sayesinde bu otele sahip olmuş. Ama Allah'ı var iyi adam. Göz yumardı her rezilliğimize. İngiliz kızların muhabbetleri iyi. Otel zaten çarşıdan uzak. Kızların pek takılacak yeri yok. Bardan çıkmıyorlar. Tuttuğuma çöküyorum. İş bitince koskoca plaj bize kalıyor. Hayat bana güzel anasını satayım. Kurmuşum tezgâhımı. Her Allah'ın günü en kral karılar, kızlar... İyi de kazanıyorum. İsveçli hatun istersem para göndereceğini söylüyor. Deniz, kum, güneş daha ötesi var mı?

İki tane sarışın kız var. Bunlar pek etliye sütlüye karışmıyorlar. Bazen geliyorlar bara içecek, dondurma falan alıyorlar. Salça olmamıştım bu kızlara, selamlaşıyoruz yalnızca. Bir akşam Türk gecesi vardı. Masalar falan hazırlandı. Bizim şişko garson geldi. İki sarışını çıkaralım mı diyor. O iki sarı bunun postasındaki masada oturuyor. Bizimki yine soytarılık peşinde. Dayanamadım gittim kızların yanına, selamlaştık. "Yemekten sonra bara gelin," dedim, "size bir kokteyl ısmarlayayım." Kabul ettiler ve yarım saat sonra bara geldiler. Bizim garson yalvarıyor. "Tamam," dedim, "sen uza, ben kızları ayarlarım." Bu sevinerek gitti. Kızlar geldi oturdu bara. Verdim içkilerini. İsimlerini sordum. Bir tanesi oldukça çenebaz. Öbürü sessiz, utangaç ama Allahları var şeker hatunlar. Çenebaz olanın adı Lisa. Öbür kızarıp bozaranın adı Sara Jane. İlk defa gelmişler Türkiye'ye. Sara Jane on sekiz, Lisa yirmi bir yaşında. Muhabbet kızlar, belli ki kaşar değiller. Türk gecesi bitti. Göbekli İngiliz amcalar dansözlerle falan göbek attılar. Kızlar kalktı gidiyor, nereye gideceklerini sordum, bilmiyorlardı. "İsterseniz dışarı çıkalım," dedim, "bu saatte yatıp ne yapacaksınız?" Kızlar dünden razı. Zaten sıkılmışlar ama götleri yemiyor tek başlarına çıkmaya. Bir saat sonra buluşmak için sözleştik. Lavuk garsona da haber verdim, kızları beklemeye başladık. Bir saat sonra bunlar giyinmişler, kuşanmışlar geldiler.

Bizim arkadaşların mekânına gittik. Kafa dengi kızlar, belli satmaz bunlar. Lisa iyi muhabbet ediyor da Sara Jane pek uyuz. Pek sesi soluğu çıkmıyor. Epey bir oturduk orada. Hadi çarşıya gidelim dedik. Kızlar her yola geliyor. Bindik taksiye doğru James Dean'e. Hepimiz kafası yerindeydi. Sara Jane pek konuşmuyor ama sağlam içiyor. Muhabbet harika, ortam yerinde. Millet içiyor, sıçıyor, kusuyor, dans ediyor. Epey eğlendik o akşam. Ben Sara Jane'e yazıyordum ama kız buzhane balığı gibi. Kızarıyor, bozarıyor bir türlü dansa kalkmıyor. Sabaha karşı çıktık oradan. Çorbacıya gittik. Ayakta duracak halimiz yok. Bunlara birer damar ısmarladım.

Nasıl yiyorlar, sirkeli, sarımsaklı. Tavuk çorbası dedim, Türk usulü tavuk çorbası. Bilseler işkembe yiyorlar.

Otele dönünce, "Lisa ben yatacağım." dedi. Sara Jane'e, "Gel plaja gidelim." dedim, kabul etti. Oturduk muhabbete başladık. Plaj'da zaten bir bar vardı. Anahtarı yanımda, bir şişe şarap aldım. Otelin önünde içiyoruz. Kız sormadıkça konuşmuyor. Acayip bir tip ama çok güzel. Masmavi gözler, düzgün bir fizik, sarı kısacık saçlar. Kısa saçlı karılar sikti zaten benim hayatımı. Aslında İrlandalılarmış, İngiltere'de yaşıyorlarmış. İçtikçe şarabı çenesi açıldı. O gece barın içerisindeki depoda seviştik. Her şey bir anda gelişti, bu da kasmadı. Güneş doğana kadar sarıldık. Bu odasına çıktı, ben biraz dinlenmek için vurdum kafayı yattım. Güzel bir geceydi, çok güzel bir geceydi hem de. Bir şeyler vardı bu kızda. Ertesi gün yine rutin işlerimi yapıyordum bunları gördüm. Lisa yanıma geldi, biraz muhabbet ettik. Havuza gittiler. Lisa bizim garsona vermedi, verseydi sürpriz olurdu zaten. Sara Jane kendi halinde havuzun kenarında güneşleniyor. Yanına gittim. Kız yine kıpkırmızı, gülümsemeye falan çalıştı. "Akşam dışarı çıkalım." dedim kabul etti. Ben, Lisa, Sara bizim arkadaşların barına gittik. Anlatıyorlar işte, ikisi de öğrenciymiş. Lisa Brighton'da, Sara Jane ailesiyle kalıyor. Sara'nın bir de ikiz erkek kardeşi var. Ben de anlattım dilimin döndüğünce başıma gelenleri. Güle eğlene takıldık. Lisa otele döndü ben ve Sara Jane kaldık. Plaja gittik, yine bir şişe şarap açtık. Bu içtikçe konuşuyordu, alkolden güç alır bir hali vardı sanırım. "Dün geceden sonra beni görmek istemen sürpriz oldu." gibi bir şeyler mırıldandı. Beni sanırım gözünde fazla büyütüyordu, bozmadım ben de.

Üç gün sonra bunların tatili bitti. Bilmiyorum, o kadar iş gelmişti ki başıma, evden kaçtığımdan beri koşturmaktan, uğraşmaktan sevdalanmaya, aşka pek vakit kalmamıştı. Yaşımızın gerektiği gibi de yaşamamıştım. Giden her hatunun yerine yenisi geliyordu sonuçta. Bir tek Lena olmuştu. O da çocukluk aşkım, aşk bile değil. İlişkiler en fazla bir-iki hafta sürüyor ama bu Sara Jane gidince içim yandı sanki. Dokunmuştu. Daha önce tatmadığım bir duygu. Sevmiştim herhalde. Giderken ağlamadı bile. Baktı yüzüme, kızardı, bozardı, yutkundu ve çekti gitti. Önce pek ciddiye almadım ama birkaç gün sonra onu ciddi ciddi özlediğimi anladım. Telefon ettim, ağladı, hüngür hüngür ağladı. Sevinmişti. Artık varsa yoksa Sara Jane. Haftada iki defa arıyordum. "Seni görmek istiyorum. Okulun başlamadan gel," dedim, "Tamam," dedi, "ama para biriktirmem lazım." Bir eczanede çalışıyordu. "Ben göndereyim uçak paranı." dedim. İsveçli hatun sağ olsun, istemedi. Birkaç ay böyle devam etti. Mektuplar yazıyorum, hayaller kuruyorum. Seviyordum bu kızı. İlk defa birisine âşık oldum işte.

Yakında bizim meşhur İsveçli hatun da geliyordu. Çarşı içinde beş yıldızlı bir otelde kalacaktı. İki haftalığına ablası, küçük kız kardeşi ve ablasının iki çocuğuyla geliyordu. Umurumda değildi. Bir angarya işte, mecburen. Hayatıma devam ediyordum. Sara Jane bir tarafta, İsveçli bir tarafta. Ben de hâlâ yakaladığıma çökmekle meşguldüm.

İsveçli geldi buluştuk. Kadın yaprak gibi titriyor. Sarılmadık, tanımıyorduk ki birbirimizi. Bir sürü hediye getirmiş içki, parfüm, kartonla sigara, birkaç tişört filan. Oturduk bir yere. Kafayı öne düşürdü bu, yüzüme bakmıyor. Belki de bakamıyor. Çok bozuk bir Türkçesi var. Fena hatun değil aslında, kendi halinde bir kadın işte. Annemi, babamı, kardeşimi falan sordu. "Çok selamları var." dedim. Kadına karşı çok soğuk hissettim kendimi. Bu zamana kadar hep seçmiştim, şimdi bu kadın seçmişti beni. Parasını vermişti. Sonra Sara Jane gerçeği var, kız aklımdan çıkmıyor. Bununla birkaç saat oturduk. "Akşam işim bitince gelirim." dedim. Ayrıldık, otele gittim. Sara Jane'i aradım, konuştuk biraz. Bir kız vardı, Kıbrıslı. İngiltere'de yaşıyor. Gitmesine iki gün kalmıştı. Onu ektim, akşam işim bitince İsveçlinin yanına gittim.

Kulüp 13 vardı, şimdi yok. Oraya gittik, bir şeyler içtik. Kadın çok mesafeliydi. Kocasını çok sevmiş, adam mevta olunca da kapanmış içine. Beni çok beğenmiş. Kolay değil yaklaşık üç dört senedir yalnız. Yalnızlık canına tak etmiş sanırım, bahanesi de ben olmuşum. Kadının bir şey dediği de yoktu aslında, bir hak iddia ettiği de. Zaten etse de aldığım parayı ödemem neredeyse imkânsızdı.

Kulüp 13'ten çıktık. Sahil kenarında bir bar var, oraya oturduk. Epey bir muhabbet ettik. Yarın erken kalkıp çalışacağımı, gitmem gerektiğini söyledim. Çıkardı taksi parası verdi, ben de aldım. Ayrılırken "Gelirim." dedim. Dolmuşa binip otele döndüm. Aslında çökerdim üzerine ama bir soğukluk vardı bende ona karşı. Doğal değildi yani. Gittiğimiz her yerde hesapları çekti. Taksi parası adı altında çoğu zaman para verdi. Ama Sara Jane aklımdan çıkmıyordu. Hoş kadın Sara gideli bilmem kaç tane İngiliz gelip geçmişti, o da ayrı mesele. Ertesi akşam yine gittim bunun yanına. Sarıldım sımsıkı. Yazık kalbi nasıl da atıyordu. Yanağından öptüm, hiçbir şey demedi, kafasını öne eğdi. Sonradan öğrenecektim gerçi, çok katı büyütülmüş. Annesi, babası namazında niyazında insanlar. Bizim Alamancılar gibi onu da Avrupa kültüründen olabildiğince uzak yetiştirmek için uğraşmışlar. Kadın çekiniyordu, ben de fazla zorlamadım. Çıktık dolaştık yine. Anlatıyor ya da anlatmaya çalışıyor bir şeyler. Malmö'de bir evde hayvan gibi yaşıyormuş falan. İki tane arabası varmış. Lan çok da sikimde sanki. Bana ne senin malından mülkünden. O akşam da dokunmadım kadınına oteline bıraktım. Yine taksi parası verdi, yine dolmuşa binip döndüm otele. Ertesi gün öğlen buluştuk, üzerimde yırtık bir jean bozması bermuda vardı. Yazın sıcağında ne giyeceksin? Bir de rengi solmuş tişört. Güneş paso tepemizde. Takım elbiseyle gezecek değiliz ya. Ayağımda da terlik vardı. Bu beni alışverişe götürdü. Bir sürü elbise, gömlek, ayakkabı... O mağazadan çıktık öbür mağazaya. Karı durmadan para harcıyor. Oturduk yemek yedik. Gittik bir kuyumcuya, köpek tasması gibi bir altın zincir aldık. Sonradan görmelik zor. Severdim o zamanlar altın yüzük, kolye, künye... Karı ciddi ciddi para harcıyor benim için. Ben de bir şey söylemedim. Köpekler gibi alışveriş yaptık. Bir yere oturduk yine yemek yedik. "Benim gitmem gerek, işe başlamalıyım." dedim, çıkardı yine taksi parası verdi. Ayrılırken eğildim dudağından öptüm, kıpkırmızı oldu. "Gece yine gelirim." dedim. "Bu gece dönmem otele, beraber kalırız."

Elim kolum paket, çanta, boynumda köpek tasması gibi bir zincir döndüm otele. Akşam çalıştım, epey de alkol aldım. Kafam güzel bindim dolmuşa. Gittim bunun kaldığı otele. Dışarı çıktık, bunu aldım küçük bir otele götürdüm. Aldık anahtarları çıktık odaya. O gece yanında kaldım. Neredeyse dört senedir erkek eli değmemiş eline. Ağladı, ben kocamı çok seviyordum falan. Kafam zaten güzel, sabaha kadar duvarlara çarpa çarpa aldıklarımızı ödemeye uğraştık. Sabaha karşı ne kocası kaldı ne bir şey. Mutlu, huzurlu uyudu. Sabah bu uyurken kalktım, duşumu aldım. Uyandırmadan ayrıldım otelden. O akşam bilerek gitmedim yanına, değerimiz artsın. Sara Jane'i aradım, biraz muhabbet ettik.

Ertesi akşam gittim yanına, bu kafayı yemiş sinirden. "Çalışıyordum. Ne yapabilirim?" dedim. Bir taksiye bindik kaleye çıktık. Fasıl yapılan bir yere oturduk. Ben bir rakı açtırdım, o şarap istedi. İki kadehte zaten kafayı buluyor. Manzara da güzel, bu başladı anlatmaya. Babası şimdi hastanedeymiş, yatalakmış. Annesi bakıyormuş. Ablası boşanmış falan. O anlattı ben dinledim işte. Yine otele gittik, o gece de onunla kaldım. Sabah uyandık beraber. Gözlerinin içi gülüyor, sarıldı bana sıkı sıkı.

"Gitmesen." dedi.

"Gitmek zorundayım. Sana söylemedim ama daha borçlarım var. Onları ödüyorum. Hem sana da borcum var."

"Boşver, ben para falan istemiyorum. Senin daha ne kadar borcun var?"

"Siktir et, takma kafana," dedim, "ben çalışır öderim."

Otele döndüm. O akşam tekrar buluştuk. Coloni Disko diye bir yer vardı oraya gittik. Pek sevmedi bu. Gürültülü yerleri pek sevmiyordu. Sahil kenarında bir bara oturduk. Biraz takıldık işte. Bu ağzındaki baklayı çıkardı.

"Hep yanımda kal."

"Çalışmam lazım. Sen gidince ne bok yiyeceğim ben?"

"Ben bakarım sana. Ne kadar borcun var? Ben öderim, on gün benimle kal."

"Kalamam. İşi bırakırsam sezon sonu ne yaparım ben?"

"İsveç'e gelirsin."

Belliydi zaten muhabbetin buraya geleceği. Fazla kasmadım. O gece tüm hünerlerimizi gösterdik. Kadının zaten senelerdir tüm dünyası mahvolmuş yalnızlıktan. Sarılıp yatmak istiyor. Ertesi gün gittim otele, anlattım durumu. Zaten olağan işler bunlar, on gün kadar izin aldım. Elbiselerimi falan göstermelik topladım. Hatunun yanına gittim, yerleştim otele. Sara Jane'i aramıştım zaten, Ankara'ya gidiyorum oteli arama diye. Ben para konusu falan açmıyorum ama bu kafasına göre tutuyor kolumdan alışverişe falan çıkarıyor. Araba kiraladı beraber Antalya, Side, Perge, Aspendos gezdik epey. Senelerdir Alanya'daydım, doğru dürüst bir yer görmemişim. Tekne turlarına çıktık. Bu harcadıkça ben de çöküyordum buna yakaladığım yerde. Harcadığı paranın hakkını ödüyordum işte. Kız kardeşi ve ablasıyla pek muhabbetim yoktu, zaten ayrı takılıyorduk. Birkaç defa öylesine muhabbet etmiştik işte. Gitmesi yaklaştıkça İsveç'ten, oradaki ortamlarından bahsetmeye başladı. Davet edecekti beni. Ben naza çektikçe bu harcıyordu, harçlık veriyordu, gözümü boyamaya çalışıyordu. Ben de şikâyetçi değildim hayatımdan. Ne kadar daha borcun kaldı diye sordu gitmesine iki gün kala. Yaklaşık 3.500 dolar kadar bir rakam söyledim. Bu gitti 5.000 dolara yakın bir parayla geri geldi. Sanırım dolar hesabı olan seyahat çekileri vardı, onlardan bozdurdu. Kadının gözü dönmüş. Son gün çok ağladı. Cebinde kalan son parayı da bana verdi. Bense bir an önce gitsin diye bekliyorum. O sürekli ağlıyor.

"Sana evrakları göndereceğim. Uçak bileti için para da göndereceğim. Kışın gel."

"Olur." dedim. Aslında işime de geliyor. Kışın ne yapacaktım buralarda ya da Ankara'da? Gezer tozardım işte. Ağlayarak bindi otobüse gitti. Sara Jane'i aradım, on gündür arayamamıştım. Sara Jane de ağlıyor. Onu teselli ettik. Annemi aradım, annem de ağlıyor.

Birisi gidiyorum diye ağlıyor, öbürü yavrum neredesin diye ağlıyor. Ağlayan ağlayana...

Otele döndüm, işimin başına. Bir hafta sonra babamlar geliyordu. Güzel bir yer ayarladım bunlara iki haftalığına. Para var nasıl olsa. Babamların haberi yoktu bu hatunun geldiğinden falan. İşimizin başına döndük de iş falan bahaneydi, maksat adresimiz belli olsun. İhtiyacım falan yoktu oradan kazandığım üç beş kuruşa. Artık işi iyice piçliğe vurmuşum, karı parası yiyorum. Jigolo demeyelim, sadece kelle koparan tipler çarşı içerisinde vardı. Çok karının canını yaktılar, paralarını bitirip yolladılar. Ben öyle bir adam olmadım. Tatile gelmiş hatunlara aradıkları hatıraları sunuyordum.

Günler geçiyordu. Sara Jane'le devamlı konuşuyorduk. Telefon ediyordum, mektuplar yazıyordum. Seviyordum o kızı. İsveçli durmadan arıyordu. Annemler geldi, otelin yakınında tutuğum yere yerleştirdim iki haftalığına. Otel yeni, güzel ve havuzu var. Havuzu ve lobisi karı kız kaynıyor. Hepsi tornadan çıkmış gibi fizikli, düzgün hatunlar. Birkaç gün sonra babam yanıma geldi. Adam burnundan soluyor, beni boğazlayacak. Oteli jandarma basmış. Karı satılıyormuş otelde. O havuzun kenarında güneşlenen hatunların alayı sermaye. Annem nasıl korkmuş. Babam isyan ediyor. Güler misin ağlar mısın? Annem yine dizlerini dövüyor. "Baba iyi ki Uğur

Dündar gelmedi." diye espri yaptım. Adam iyice çıldırdı. Ara sıra anlatır güleriz. Bir hatıra olarak kaldı yaşananlar. İki hafta iyice dinlendiler, gezdik tozduk. Bizim gecekondu mahallesinden pek adam çıkmadı. Birçoğu sapır sapır döküldü okullarda. En sağlam olanlar polis oldu, devlet dairesine kapağı atanlar memur oldu. En medarıiftiharlarımız öğretmen oldu, astsubay oldu. Zordur gecekondu mahallesinden şöyle sağlam bir etiketle ayrılmak.

İsveçli evrakları falan hazırladığını söyledi. "Ne zaman istersen gönderirim." Hiç niyetim yoktu bu mevsimde İsveç'e gitmeye. "Bekle biraz," dedim, "para biriktiriyorum." Bok para biriktiriyorum.

Cevap belli, "Para sorun değil." "Olsun bekle. Kışın gelirim." dedim. Sara Jane aradı, eylül ortası gibi bir haftalığına geleceğini söyledi. Sürpriz olmuştu, ben ekim sonunda bekliyordum. Okulu kırıyordu sanırım. "Otel falan ayarlama," dedim, "uçağa atla gel." Otelden izin aldım. Havaalanında karşıladım bunu. Ne kadar güzeldi. Sarıldık. Bindik bir taksiye Alanya'daki bir otele gittik. Bir hafta pek odadan dışarı çıkmadık, köpekler gibi içtik sadece. Kız sağlam içiyordu. İngiltere'ye gelmemi istedi. "Ben senin için geldim. Sıra sende." İsveç'e gitmem gerektiğini söyledim. Bir ay kadar kalacağımı, yılbaşından önce gelebileceğimi söyledim. Aslında tezgâhım çok iyiydi. Ne işim vardı İsveç ya da İngiltere'de. Alanya güzeldi.

Sara Jean tatili bitince gitti. O giderken ciğerimin bir parçası da gitti. Çok sevmiştim bu kızı. İşe başlamadım, zaten sezon bitiyordu. Otelin müşterisi de düşmüş iyice. İsveçliyle konuştuk. "Evrakları gönder," dedim, "İsveç'e geliyorum. Birkaç ay takılırım." Vedalaştım arkadaşlarla. Sara Jane'i aradım, otelden ayrıldığımı söyledim. Alanya'dan bir defa daha ayrıldım. Aklımda Sara Jane. Eylül sonlarıydı sanırım döndüm Ankara'ya. Evrakları bekliyordum. Ankara'yı özlemişim sanırım. Ellerimi cebime sokup saatlerde sokaklarda yürümek ne güzeldi. Eski çalıştığım yerlerin önünden geçtim. Yıllar sonra Billur Sokak, Arzu Apt. Kapıcılık yaptığımız yer. Oraya gittim. Her şey ne çabuk değişmiş. Koca koca binalar yapılmış. Cambo'ya gittim. Kimse kalmamış, Necati Abi yok. Lütfü Bey'i göremedim, oturdum bir şeyler yedim. O paketçi komileri gördüm, garip bir duyduydu.

Pek arkadaşım yoktu Ankara'da, sadece Alanya'dan tanıdığım birkaç kişi. Çoğu tanıdığım da bir kadının peşine takılmış dağılmışlar Avrupa'nın farklı ülkelerine, tezgâhlarını çevirme derdine. İki defa pavyona gittim, severim Ankara pavyonlarını.

Nihayet evraklar geldi. Konsolosluğa gittim, zaten banka hesabım vardı. Anneme bıraktığım paralara dokunmamıştı bile babam. Onları da ilave ettim kendi hesabıma. Kadın sağlam göndermiş evrakları. Davetiye falan, hiç sorun çıkmadı. Zaten önceden vize girişim de vardı. On dakikada vize onaylandı.

Önce Sara Jane'i aradım, sonra İsveçli hatunu. İkisi de sevinçten ağladı. İsveçli uçak ve yol parası göndereceğini söyledi. Vizemi aldım, bankadaki tüm parayı çektim anneme verdim. Birkaç gün sonra yaklaşık 3.000 dolar kadar bir para geldi. Uçak biletimi aldım, bol bol alışveriş yaptım. İstanbul üzerinden İsveç'e Malmö'ye gidiyordum. Annem her zamanki gibi ağlıyor. "Siz de gelin," dedim, "beraber gidelim. Beni bindirirsiniz, hem de gezmiş olursunuz. İstanbul'u görürsünüz." Teyzemler falan vardı orada. Sevindiler, hazırlandık. Bindik otobüse bastık gittik İstanbul'a. Sikeni bol bir orospu gibidir İstanbul. Zor memleket, Allah orada yaşayanlara sabır versin. Ben hiç sevmedim. Yolda yürürken sanki milyonlar üzerine geliyor. Hoş.

Büyük şehirleri hiçbir zaman sevmedim de İstanbul çok ayrı bir memleket. Teyzemlerde kaldık. Oğlu yaşıtım, kardeş gibi büyüdük. O polis oldu. Ümraniye taraflarında oturuyorlar. Ahlâk masasında görevdeydi sanırım. Bir tane de Lada marka küçük bir arabası vardı. Keyfi yerinde, tuzu kuruydu.

Bir gün yaz sıcağında arabanın arka camının oraya sprey mi ne koymuş. Saatlerce güneş altında durmaktan sprey patlıyor emniyet binasının önünde. Bomba alarmı falan veriyorlar, ortalık karışıyor. Bunu İstanbul'da bir semte sürgün niyetine gönderiyorlar. Sabahtan akşama kadar bir parti binasının önünde nöbete dikiyorlar. Sonra da Bingöl'e sürmüşlerdi. Adam halen küfür eder o spreye.

Neyse, bunlarda iki gün kaldık. İstanbul'u gezdik ve gitme zamanı geldi. Vedalaştım annem, babam ve kardeşimle. Onlar Ankara'ya döndüler. İkinci defa uçağa bindim. İlk seferinde Stockholm'e inmiştik. Bu sefer direkt Malmö'ye gidiyordum ya da gittiğimi sanıyordum. Uçak kalktı, pek sevmem uçakta yemek yemeyi. Hastanelerde verilen yemekler gibi gelir bana. Bir de tırsıyorum uçaklardan, sanki idam mahkûmuna verilen son yemek gibi hissederim onu. Yemek yemedim, zaten pek keyfim de yok. Annem yardırmıştı yine ayrılırken. Aklımda Sara Jane, Alanya. Nasıldır şimdi? Vurdum alkole. Kafa iyi olunca kolay geçiyor yolculuk. Uçak indi, pasaport kontrolü falan yapılmadı. Bizi bir otobüsle aldılar uçaktan, havaalanının içerisine girdik. Salak gibiydim, zaten kafam zonkluyor alkolden. Copenhagen Airport yazıyor her yerde. Danimarka'dayım anasını satim. Kafam iyice bulandı. Sikindirik bir İngilizcem var zaten. Gittim gişelerden birisine. Gösterdim bileti, ne işim var benim burada? Anlattılar, Malmö'ye feribotla gideceğiz. O zaman Malmö ve Copenhagen arasında köprü yoktu. Feribot seferleri var. Zaten S.A.S Havayolu şirketi yolcuları İskandinav ülkeleri arasında tren, feribot, otobüs bağlantılarıyla taşıyor. Gösterdikleri kapıya gittim, yine bir otobüse bindik. Oradan feribotla yaklaşık 45 dakikalık bir yolculuktan sonra Malmö'ye, liman gibi bir yere vardık. Sıraya girdim, pasaport kontrollerimiz yapıldı. Dışarı çıktım, bekledim bir süre. Ne gelen var ne giden. Karı karşılayacaktı beni. O salak da havaalanına gitmiş sanırım. Para bozdurdum, cebime biraz Kron koydum. Bir taksiye bindim adresi gösterdim, gittim hatunun evine. Taksi şoförü Pakistanlıydı sanırım. Arabanın içerisi sureler, dualar, boncuklar, püsküllerle süslenmiş. Bir selamünaleyküm çektim, adam nasıl sevindi. Yolda konuşmaya başladık, zaten ikimizin de İngilizcesi Allah'a emanet. Camdan bakarak etrafı izleye izleye gittim hatunun evine. Site tarzı koca koca bloklar var. Şehir merkezinin göbeğinde. İndim taksiden. Kapı numaralarına bakarak buldum apartmanı. Zile bastım birkaç defa ama kapıyı açan olmadı.

Şimdi sıçtık işte derken bir ses duydum. Ben de İngilizce bir şeyler söyledim. Bir sessizlik, ardından kapı açıldı. İçeri girdim, sanırım dokuzuncu kattaydı. Asansöre bindim, daireyi buldum ve zile bastım. Yaşlı, başında beyaz bir tülbent olan, temiz yüzlü bir kadın açtı kapıyı. Hiç konuşmadı, girdim içeri. Valizlerimi yere koydum. Müze gibi bir ev. Kadın bir bardak çay getirdi. Beklemeye başladım. Cep telefonu daha icat edilmemiş ki.

O yaşlı kadın sanırım İsveçlinin annesiydi. Evden çıkarken çaktırmadan annemin bana çeyiz muhabbeti için hazırladığı işlemeli namazlıklardan iki tanesini aşırmıştım. İki tane de Saman Pazarı'ndan şekilli tespih almıştım. Hediye olsun diye. Ev oldukça güzeldi. Siyah deri koltuklar falan. Birkaç yerde benimle çekilmiş fotoğraflar vardı. Türk bayrağı, Alanya kartpostalları... Derken ablası geldi. Benim hatun aramış, bir saat sonra evde olacakmış. Telefonda bana yardımcı olan komşusu geldi. İzmirli bir dayı. Senelerdir burada yaşıyormuş. Hasret kalmış Türkçe konuşmaya Herif kafayı Galatasaray'la bozmuş... Hatun gelene kadar adam kafamı sikti.

Bizimki salına salına geldi bir saat sonra. O gelince annesine getirdiğim namazlıkları, tespihleri falan verdim. İki büyük rakı, lokum falan filan. Hatuna da yine Saman Pazarı'ndan işlemeli, şekilli, gecelik tarzı bir şeyler... Misafirler gitti, televizyonu açtım. Bilmem ne 2000 diye bir kanal var. Siyah beyaz porno gösteriyor. Biraz izledim. Evi dolaşmaya başladım. Hayvani bir daire. Zevkli, keyifli döşenmiş. Evi aradım, anam ağlıyor. Sara Jane'i aradım. Sara Jane de ağlıyor. Bizim İsveçli sevinçten ağlıyor. Mutfakta bir şeylerle uğraşıyordu. Yanına gittim, sarıldım. Buzdolabı silme alkol dolu, almış ben gelmeden. İki karton da kısa Marlboro almış, hazırlıkları iyi.

Viski vardı, aldım bir kadeh. Evi dolaşmaya devam. Ölen kocasının resimlerini falan kaldırmış sanırım. Duvarda çerçeve izleri falan vardı. Bu evde yalnız yaşamak cidden göt ister. Kocaman ev, adam kafayı yer. Bir yatak var, tarla gibi. Rahmetlinin bir resmini gördüm, fena değilmiş mevta. Allah rahmet eylesin de pek bir tıfılmış benim yanımda. Yazık lan. Herif çalışmış, çabalamış, uğraşmış, para kazanmış, terk etmiş dünyayı. Bir ton da para bırakmış arkasında. Yemesi bize düştü. Hayat ne garip. Hakkını helal et dedim abiye, gözün arkada kalmasın.

O gece iyi bir hasret giderdik. Ertesi gün işe gitmedi, beni dışarı çıkardı. Önce güzel bir kahvaltı yaptık, sonra alışverişe gittik her zamanki gibi. Bir güzel gezdirdi bana Malmö'yü. Çok sayıda pizza, döner yapan yerler vardı. Heriflerin tipleri bize benziyor. "Döner yiyelim istersen." dedi. Oturduk bir yere, sonra sinemaya gittik.

Eve döndük, hasret gidermeye devam. İçip içip sabahlara kadar sevişiyorduk. Ego tavan yapmıştı zaten. Burnumdan kıl aldırmıyordum. Kadın da yırtınıyordu zaten beni mutlu etmek için. Pek de umurumda değildi aslında. Geziyoruz, tozuyoruz, her sabah harçlığımı veriyor. Durmadan anlatıyor buraların ne kadar güzel olduğunu falan. Ne güzeli be. İnsanlarda bir karış surat. Bok gibi bir hava, karanlık. Adam çabuk yaşlanır burada. Zaten her taraf yaşlı tiplerle dolu. Kuralcı memleket, herkes kurallara sıkı sıkıya bağlı. Bunaltıcı.

İşte o zaman, bunların bizim memlekete gelince neden beyin devrelerinin yandığını anladım. Yok yaşanmaz bu memlekette. Sikerim parasını da pulunu da.

Birinci hafta sonunda dönecektim ama kış vakti. Burada tezgâhım yerinde, yiyip içip geziyorum. Daha ne olsun. Bir tek aklımda Sara Jane var. Durmadan arıyorum, konuşuyoruz. "Ailem seninle tanışmak istiyor." falan dedi. "İyi." dedim. Bir davetiye de sen gönder. Yılbaşından önce gelirim. Bir de İngiltere yapalım, ego tavan yapmasın da ne olsun? Memleket memleket geziyoruz.

Aslında İsveçli kadında ne istesem var. Para var, ev var ama olmadı işte. Bana göre bir yer değil burası. Hatun anladı benim ayar olduğumu. Gözümü boyamak için elinden geleni yaptı. Ben işin ciddiyetinde değildim ama bu sanırım ciddi ciddi burada kalmamı istiyordu. Bir de kıskançlıkları başlamıştı. Alışverişe gittiğimizde ya da dışarı çıktığımızda ahtapot gibi sarılıyordu koluma. Bir mağazada tezgâhtar bir kızla muhabbet etmiştim. Kıza bir şeyler söyledi, kız ağlayacaktı neredeyse. Bu böyle götünü başını oynattıkça ben iyice ayar oldum ama ses çıkarmadım pek. Gelmişim buralara kadar bari tadını çıkarayım. Buradan da basar giderim İngiltere'ye, Sara Jane'in yanına. Mart ayına kadar da orada kalırım.

Galatasaray o zamanlar fırtına gibi esiyordu. Birkaç hafta sonra Göteborg'a gelecekti. Bu maçı beklerim dedim. Maçı izlerim kaçarım. Benim planlarım böyle. Gündüzleri tek başıma dolaşıyor, kafama göre geziyordum. Hürriyet gazetesinin Avrupa baskısı bir gün gecikmeyle geliyordu. Pek derdim değildi memleketin hali de vakit geçsin diye bir gazete alıp kafama göre bir cafeye oturuyordum. Akşam bu gelince dışarı çıkıyorduk, yemeğe falan gidiyorduk genelde. Pizzacı çocuklarla tanıştım. İsveç Konya Kululu doluydu ve Süryani cennetiydi. Döner ve pizzacıların alayı ya Konya Kululu ya da Süryaniliydi. Bolca da İranlı var.

Bir gün yine yemeğe çıktık hatunla. "Danimarka'yı görmek istiyorum." dedim, sevindi. "Hafta sonu gideriz." dedi. Benim amacım pasaportu doldurabildiğim kadar vizeyle doldurmak ki İngiltere vizesine başvurduğumda referans olsun. Hem gelmişim buralara kadar bir memleket daha görmek fana olmazdı. Danimarka'ya gittik. Orada akrabaları var. Kafayı Galatasaray'la bozmuş bunlar da. Maça beraber gidelim dediler. Fırsat bu fırsat Danimarka'yı da gördük. Ama artık canım sıkılıyordu. Geceleri dışarı çıkıyordum. Orada yaşayan birkaç Süryani çocukla diskoya falan gidiyorduk. İsveçli ayar oluyordu ama beni ürkütmemek için pek bir şey söylemiyordu da.

Aklıma Lena geldi, ilk aşkım. Buralara kadar gelmişim bir görsem ne güzel hatıra olurdu. Zaten bunalmışım. Kuzey taraflarında bir yerde yaşıyordu. Lena bahanem olur, şu memleketi boydan boya gezerim derdine düştüm. Kadına "Alanya'dan bir arkadaşım var. Evlenip burada kaldı onu görmek istiyorum. Hem de bir gezerim şu memleketi." dedim. "Tamam." dedi. Zaten ne dersem tamam diyordu. "İstersen beraber gidelim." dedi. "Yok." dedim. Buralara alışayım tek başıma. Bana bir haftalık bilet aldı. Acayip bir bilet. Otobüs, tren bir hafta boyunca kafama göre sınırsız kullanabileceğim bir bilet. "İki üç güne gelirim." dedim. Bindirdi beni trene, çıktım yola.

Bulabileceğime pek ihtimal vermiyordum ama Lena'yı yıllar sonra görmek heyecanlı olacaktı. Olabildiğince uzun bir rota vermişlerdi. Geze dolaşa kafama göre kızın yakınında yaşadığı bir kasabaya gidecektim. Trenden indim otobüse, otobüsten indim taksiye, dolaşa dolaşa kuzey taraflarına gittim. Yemyeşil ormanlar, dağlar, mis gibi bir hava, dereler, göller... Ama yaşanmaz burada. Bol bol sarı kızlar var. Bunların hatırına bile yaşanmaz. Nasılsa bu kızlardan Alanya'da da var. O hesap işte. Sonunda vardık. Ulmea'ydı sanırım kasabanın adı. Önce bir karnımı doyurdum, biraz dolaştım. Lena bir köyde oturuyordu. Bir taksiye bindim, gittim bunun oturduğu köye. Köy demeye bin şahit lazım. Köy dediğin tezek kokar, sümüklü bebeler dolaşır. Bu nasıl bir köy? Tertemiz yollar, köşk gibi evler... Sikerim böyle köyü. Trafik lambaları bile var. Lan ben Ankara'nın göbeğinde oturuyorum, bizim gecekondu mahallesinde yok daha trafik lambası. Millet bisiklete falan biniyor.

Kırmızı bir evin önünde durduk, indim taksiden. Tırsıyorum da. Bunlar pek sevmez böyle sürprizleri. Karı beni manyak falan sanır, korkar. Zaten siyah bir kot, siyah bir deri mont, siyah bir bere, siyah deri eldivenler giymişim. Hoş, buraya kadar gelip geri dönmek de olmaz. Çaldım kapıyı. Tanıdım, vallahi de tanıdım annesi. Kadın yüzüme bakıyor. Bereyi çıkardım. "Merhaba." dedim. Kadın sarıldı boynuma, içeri buyur etti.

Küçük kız kardeşi vardı Lena'nın ufak bir şey. Büyümüş ayı gibi olmuş, İspanya'ya yerleşmiş, İspanyol bir lavukla yaşıyormuş. Lena Ulmea'daymış, erkek arkadaşıyla beraber kalıyormuş. Annesi "Çok sevinecek seni görünce." dedi. "Çok muhabbetin geçti. Lena hafta sonu için sevgilisiyle kamp yapmaya gitti. Yarın akşam gelirler." dedi. Kahve ikram etti.

Lena'nın telefon numarasını aldım. "Ben bir gece kalırım." dedim. Kadın beni uğurladı. Döndüm ben de Ulmea'ya. Biraz dolaştım, küçük bir otel buldum. Zaten yorulmuşum birkaç saat kestirdim. Akşama doğru çıktım dışarı, bir bara gittim. Fazla bir aksiyon yok, içip içip anırıyorlar işte. Mutluluk oyunu oynuyorlar. Hafta içi asık suratla gezen tipler hafta sonu Shoot votkaların gazıyla takılıyor işte. Gece yarısından sonra otele döndüm. Lan kapı kilitli. Bana bir şifre vermişlerdi kapıyı açmam için. Şifre gece yarısından sonra değiştiriliyormuş. Ben ne bileyim? Yarım saat soğukta bekledim, birileri geldi. Açtılar kapıyı girdim içeri. Çevre köylerden hafta sonu için akmaya gelen bebeler bu tür otellerde kalıyormuş. Pahalı memleket. Alkollü araba kullanmıyorlar. Taksi de çok yazar diye geceyi buralarda geçiriyorlar. Sabaha kadar kedi gibi sevişiyor pezevenkler.

Lena'yı düşündüm. Lan ne güzel günlerdi. Nasıl karşılayacaktı acaba? Çocukluk aşkımdı. Öğlene doğru çıktım otelden. Millet yine somurtuyor. Ne olacak? Bir ev alıyorlar, 100 senede ödüyorlar. Bir araba alıyorlar yirmi senede ödüyorlar. Hayat mı lan bu? Adamların geleceği ipotek altında. Garanti bir ömür için kumar oynamıyorlar hayatla. Bir yerden sonra da kasıyor tabii. Kafasına sıkan sıkana. Malum en çok intihar edilen memleketlerin başında İsveç geliyor.

Saat altı gibi aradım Lena'yı. Çığlıklar atıyor kız. "Neredesin?" dedi. Ne bileyim neredeyim. Yoldan geçenlerden birini çağırdım. Telefon kulübesinin nerede olduğunu tarif etti. "Beş dakika sonra oradayım." deyip kapattı telefonu. Bir bisiklete binmiş, geldi. Ne olmuş bu? Çocuk haliyle hatırlıyorum. Şeker olmuş, şerbet olmuş, ballı kaymak olmuş. Sarıldı boynuma. Benim boyum da uzundur ama Lena bana topuksuz beş cm basıyor. "Vaktin varsa bir yere oturalım." dedim. "Olmaz, bana gidiyoruz." dedi. Yakınmış zaten. Yürüyerek gittik evine, sevgilisi açtı kapıyı. Kahve falan yaptılar. Bir saat kadar oturdum.

Anlattı da anlattı. Gönderdiğim mektupları falan saklamış, onları gösterdi. Ne salak bir adammışım. Elimi kesip kanımla kalp yapmışım, içine "I love you" falan yazmışım. Kendimden tiksindim mektuplara bakarken. Kız gülüyor. Kalktık, beni otele kadar götürdü. Çok sevinmişti gördüğüne. Ben de çok sevinmiştim. Sarıldık, ayrıldık. Lena hayatına girip sonradan karşılaştığımızda mutlu olan ilk ve tek kızdı. Bir daha da onu hiç görmedim.

Otele uğramadan bindim trene Malmö'ye döndüm. Hatun evde yoktu. Sara Jane'e telefon ettim, evrakları hazırlamış. Evi aradım annemle konuştuk. "Birkaç haftaya kadar dönüyorum." Dedim, kadın sevindi. Temelli kalacağımı sanmış. Gelip bu kez de İngiltere'ye gideceğim diyemeden kapattım telefonu. Uyuyup kalmışım hatun gelmiş. "İsveç'i beğendin mi? diye sordu. Tamam güzel yerdi ama bana göre değildi. Ben tatil apaçisi bir adamım. Deniz olacak, güneş olacak, kumsal olacak. İneceğim çarşıya güneş yağı ve deri kokusu olacak. Hani kokar ya dericilerin önünden geçerken... Sonra müzik olacak. Anlamasak da Bob Marley dinleyeceğiz, Hotel California çalacak, hatunu plaja çekeceğiz. Reggie'yle kafa sallayacağız. Ben olmuşum xxxx large bir adam, uymaz bana İsveç falan.

Ama o anlatıyor, şöyle yaparız, böyle yaparız. Araba alırız, evi değiştiririz. Ailene ev alırız, Alanya'ya tatile gideriz. Galatasaray - Göteborg maçından sonra döneceğimi söyledim. Bunun surat karıştı.

Zaten ayardım iyice ayar oldum. İlk defa bir karının nasıl kafa sikebileceğine şahit oldum. Sinirden kafamı duvarlara sürteceğim. O akşam öyle geçti. Sonraki birkaç gün sürekli gezip tozduk. Parasıyla gözümü boyamak için girmediği kılık kalmadı. Bir de evlenip çocuk yapma peşinde. Bir gün beni nişanlım diye tanıştırdı birileriyle. Oluruna bıraktım ben de ama paradan bahsettikçe dokunmaya başladı bana. Kendimden nefret ettim.

Bir akşam yine deliye dönmüşüm. Bir büyük rakı vardı. İki dilim domates, biraz elma, bir parça da yoğurt aldım. Memlekette zaten meze olayı yok, o da ayrı bir dert. Balkona kurdum çilingir sofrasını. Sırf bunun çenesinden kurtulayım. Zehir gibi soğuk dışarısı açtım rakıyı. İki buz attım, oturdum içiyorum. O içeride ağlıyor. Vizeyi uzatalım derdinde, nişan falan zırvalıyor. Su gibi içiyorum rakıyı. O kadar sinir yapmışım ki soğuk falan işlemiyor, hatta kulaklarımdan duman çıkıyor sanki. Epey bir süre durdum balkonda sonra aldım rakıyı oturdum mutfağa, içmeye devam ediyorum. Zil zurnayım. Geldi yanıma hâlâ konuşuyor. Gecelik giymiş, protesto etmek için elimi sürmüyorum kaç gündür. Ama rakı çıldırtmış. Bu konuştukça iyice çıldırdım. En sonunda bana verdiği paradan falan bahsetmeye başladı. Gözüm karardı. Hani böyle durumlarda hissedersiniz, beyninizin bir tarafından bir damla kan gelir. Yavaş yavaş o kan akmaya başlar. Burnunuza yanık kokusu, kan kokusu gelir. Kan beynime sıçradı diye buna deniliyor galiba. Kan cidden beynime sıçradı. Kalktım, bir duble daha rakı fondipledim. Hiç konuşmadan onu yatak odasına sürükledim. Hayatımda ilk defa cezalandırırcasına yarı tecavüz yarı dayak sabaha kadar onu duvarlara çarpa çarpa, yatağa gömerek, bağırta bağırta seviştim. Çok farklı bir şeydi. Kadın ciyak ciyak bağırıyor. Madem parasını verdin, al ben de bir gecede ödeyeyim. Sabah uyandığımda kafam kazan gibiydi. Bu beni öpücüklerle karşıladı. Allahın psikopatı. Her yeri mosmor olmuş. İşe gitti, giderken de bir tomar harçlık bırakmış bana. Sanki beni gıcık edip sinirlendirmek için elinden geleni yapıyordu. Son bir çarem kalmıştı. "Tamam," dedim, "istiyorsun madem bana birkaç gün müsaade et, ailemle görüşeyim. Onlar da olur derse ben senin yanında kalırım." Birkaç gün sonra ailemle konuştuğumu, anlayışla karşıladıklarını söyledim. "Ama düğünümüzün Ankara'da olmasını istiyorlar. Ben önden giderim, düğün hazırlıklarına başlarım." Nasıl sevindi, sarıldı boynuma ağlıyor.

"Ama benim durumumu biliyorsun, para lazım düğün için. Bende para yok."

"Sorun değil, ben veririm." dedi.

"Sen bilirsin. Elli bin dolar kadar bir para lazım."

"Neden o kadar?" diye sordu şaşkınlıkla.

"Borcum var. Sana söylemedim ama borçlarım var. Aileme de yardım ediyorum. Onlara da bakmak zorundayım. Kardeşimin okulu var."

Bir şey söylemedi, işime gelmişti. Bu parayı vermeyeceğine o kadar emindim ki bahanem olacaktı. Sen bana güvenmiyorsun. Bana güvenmeyen bir insanla işim olmaz diyecek kestirip atacaktım.

"Çok para." dedi.

"Tamam. Sen kafanı takma ben hallederim."

Konuyu kapattım. O gece yine rakı masası kuruldu. Yine aynı muhabbet. Ertesi gün işe gitmedi, beraber takıldık. Gözlerimin içine bakıyor konuyu açayım diye. Açmadım, bahanem hazırdı işte. Anladı sanırım. Birkaç gün sonra kendisi dayanamayıp konuyu açtı.

"Ben bu parayı bulamam ama sen git ben gelirim arkandan. Düğün masraflarını ben karşılarım."

"Takma kafana, sorun yok."

Ben üzerine düşmedikçe bu iyice şaşırdı. En sonunda ağzımdaki baklayı çıkardım.

"Bana güvenmiyorsan senin bileceğin iş."

Bir şey söylemedi.

Ertesi gün annesinin evine gittik. Konuştular kendi aralarında. Babasının yanına gittik. Bir hastanede kalıyordu adam, yatalak. Sonra yine alışverişe çıktık, nişan yüzüklerini aldı. Birisini bana taktı, diğerini kendi parmağına. Anneme, babama, kardeşime bir sürü hediyeler aldı.

Maç günü de gelip geçti. 1-0 yenildik. İki gün sonra dönecektim. Gitmem yaklaştıkça iyice üstüme düşmeye başlamıştı. Dalgın bir hali vardı. Bir kumar oynaması gerekiyordu. Belki kendisi de biliyordu geri dönmeyeceğimi ama bir umut işte. Aslında beklentisi çok farklıydı beni çağırırken. Hemen nikâh kıyma hayalleri vardı. İsveç pasaportu için götünü verecek adam çok ama olmadı işte. Onun da kafası karışıktı. Aslında para onun umurunda bile değildi. O koskoca evde tek başına, bok gibi bir memlekette yalnız yaşamaktansa tüm parasını vermek onun için mesele olmazdı. Yalvarır gibi bakıyordu yüzüme, biliyordu geri dönmeyeceğimi. Ama aklında bir kuşkuya yer vermek de istemiyordu sanırım. Parasını basarsınız bir oyuncak alırsınız. Kırılır, kaybolur, verdiğiniz para derdiniz olmaz. Ama yerine koyacağınız oyuncak hiçbir zaman o kaybolan oyuncağın yerini tutmaz. O, oyuncağını kaybetmek istemiyordu. Tanıdığım onlarca adam bu yollardan geçti. Parası alınıp siktir edilen hiçbir kadın verdiği paranın derdini taşımadı. Giden paraya değil terk edip gidenlere yandılar. Ben bunu anlatmaya çok çalıştım. Anlamadı ya da anlamamak için kendi mantığına ters düşen işler yaptı. Ortaya parasını koydu. O zaman terk etmekle kalmazlar paranı da alırlar.

Son gecemizdi.

"Tamam parayı vereceğim."

"Sen bilirsin, sorun değil."

Hani yaralı bir köpek olur ya, sığınacak bir köşe arar, öyleydi işte. Bir tedirginlik, bir korku... O kapıcı dairesinde hep isyan ederdim hayata. Demek her şey para değilmiş. Hayat bu, ezber bozduruyor. Sokuldu bana, biliyorum sabaha kadar uyumadı. Saat beş gibi feribota binecektim. Sabah erken kalktık, kahvaltı hazırlamıştı. Kocası öldükten sonra ilk defa bana kahvaltı hazırladığını söylemişti ilk geldiğimde. Oturduk, yaptık kahvaltımızı. Ben duşa girdim, peşimden geldi. Son bir defa daha seviştik.

"Gitme." dedi.

"Gitmem lazım."

Baktı yüzüme uzun uzun. Sadece tutunabileceği bir umut istiyordu. Hayata bağlayan... Vermedim o umudu. Çıkıp gitti. Ben çantalarımı, valizlerimi hazırladım. Önce Sara Jane'i aradım ardından annemi.

Bir saat kadar sonra geldi.

"Banka o kadar parayı ayarlayamadı."

"Sorun değil, sen gelirken getirirsin."

Sikimde bile değildi. Yeteri kadar param vardı. Beni İngiltere'ye götürecek, bir ay idare edecek kadar. Sezon başlayınca da dönerdim Alanya'ya. Garaja indik, beni feribota bırakacaktı. Bir soğukluk vardı. Sinirliydi, sanki son dozu elinden alınmış eroinmanlar gibi. Yola çıktık, ben konuşmuyorum, bu konuşmuyor. Bu arabayı durdurdu.

"Vakit var. Bir kahve içelim." dedi.

Gittik oturduk bir yere. Bu gitti, yirmi dakika sonra geldi. Elinde küçük bir paket.

"Al. Düğün hazırlıkları için."

Parayı verdi. Biliyordum zaten, emindim. Hiçbir şey söylemeden parayı çantaya koydum. Hiç böyle görmemiştim onu. Kabullenmişlik vardı yüzünde, Teslimiyet. Hani filmlerde görürsünüz ya kurbanına işkence yapar biri. Bir süre sonra kurban artık acıyı duymaz. Öyle bir bakışı vardı, bir umut istiyordu, sadece bir umut. Vermedim. Köpek gibi biliyordu geri dönmeyeceğimi.

Gitme zamanım geldi. Son bir defa baktım yüzüne. Gülümsedi, sarıldı boynuma. Can çekişir bir hali vardı. İkimiz de istiyorduk sanırım bir an önce ayrılmayı. Vedalaştık, pasaport kontrolüne girerken son bir defa daha baktım. Ağlamıyordu, acı çekmiyordu artık. Öylece bakıyordu arkamdan.

Geçtim pasaport kontrolünü, verdim valizlerimi. Bineceğim feribotun peronuna gittim. Feribota binerken parmağımdaki yüzüğü çıkardım ve denize attım. Eve dönüyordum.

İstanbul'a indim. Pasaport kontrolünden geçtikten sonra havaalanındaki bir bankaya parayı yatırdım. Elli bin dolara yakın bir paraydı. Birazını yanıma aldım harçlık olarak. Bindim otobüse eve döndüm.

Bir sürü hediye almıştı kadın, onları verdim. Sara Jane davetiye göndermiş. Kendisi öğrenci olduğu için babası İngiltere'de bana garantör olacağını beyan etmiş. İki gün kaldım evde. İsveç'i hiç aramadım, o da aramadı. Tekrar İstanbul'a gittim. İngiltere Konsolosluğu'nda pek sorun çıkmadı. Zaten iki tane İsveç vizesi, Danimarka pulu, bankadaki para ve Alanya'dan aldığım çalışıyor belgesi yetti. Vizeyi hemen aldım. Bu kadar kolay olacağını ben bile tahmin etmiyordum. Altı aylık bir vize verdiler. Sara Jane'i aradım. Birkaç güne kadar geleceğimi söyledim. Nasıl sevindi, beni karşılayacağını söyledi. Biletimi aldıktan sonra bildireceğimi söyledim. En fazla bir ay kadar kalmayı planlıyordum. Aralık ayı gibi gidip, yılbaşının ertesi yani ocağın sonu günü dönmekti amacım. Sara Jane zaten okuyordu. Okulu bitene kadar bir şekilde oyalanırdım Alanya'da. Okulu bittikten sonra da ne olacaksa olurdu. Çok seviyordum bu kızı, onunla bir ömür geçerdi.

Gidiş-dönüş biletimi aldım. Sara Jane ve ablasına hediyeler aldım. Kendime pek bir şey almama gerek yoktu. Zaten İsveçli doldurmuştu ne var ne yoksa. Birkaç gün öylesine takıldım Ankara'da. Ankara'dan binecektim uçağa. Oradan İstanbul aktarma yapıp, Heathrow'a inecektim. Sara Jane beni karşılayacaktı. Bir valiz ve bir küçük çantayla çıktım yola.

Yaklaşık on bin dolara yakın para almıştım yanıma. Ne de olsa Sara Jean daha öğrenci.

Heathrow'a indik. Pek farkı yoktu İsveç'ten. Yine karanlık, loş bir hava. Soğuktu. Girdim pasaport kontrolüne. Bir sorun çıkamadı pek. Sara Jane geldi. Yine kıpkırmızı bir surat. Utanarak yaklaştı, sarıldık. El ele tutuşarak havaalanından çıktık. "Lisa'nın yanına gideceğiz," dedi, "Brighton'a. Orada arkadaşlarıyla kalıyor. Birkaç gün kalırız." "Fark etmez." dedim. Atladık bir otobüse. İçinde paramın, evraklarımın olduğu küçük çantayı yanıma aldım. Valizi otobüse verdik. Yolda sarıldı bana, düşünceliydi. Pek umursamadım. Zaten her zaman düşünceliydi. "Seni çok özledim." dedim. "Ben de." dedi. Yağmur yağmaya başladı. Kararmıştı ortalık zaten. Bir süre gittik. Otobüs birçok köy gibi kasaba gibi yerlerde duruyordu. En sonunda Brighton'a vardık. İndik otobüsten, benim valiz yok olmuş. İçinde elbiselerin, iki şişe rakı, lokum falan olan valizim uçmuş. Çakalın biri almış gitmiş sanırım. Ofis gibi bir yere gittik, çantayı tarif ettim. Sara Jane adres ve telefon numarası verdi bulunursa ulaşılması için. Yürüyerek Lisa'nın kaldığı eve gittik.

Beş kız kocaman bir evde kalıyorlardı. Lisa'yla sarıldık. Beni çok güleç bir yüzle karşıladı. Oturduk epey bir muhabbet ettik. Ne bir şey içer misin ne bir şey yer misin diye soran olmadı. Birkaç saat geçti, kızlar göt baş açık dolanıyorlar ortalarda. Eline bir marul yaprağı ya da yarım elma alan oturuyor televizyonun karşısına. Karnım iyi acıkmıştı. Sara Jane birkaç defa kahve falan yaptı. Baktım soran yok, ben de bir şey söylemedim. Lisa dışarı çıktı, pet şişe içerisinde bir şey getirdi. Ne olduğunu bilmiyordum. Ben, Sara Jane ve Lisa oturduk içmeye başladık. Zaten karnım aç, kahve, sigara midemi mahvetmiş. Bir de bu içtiğimiz iyice kurbağaya çevirdi beni. Midem bulanıyordu. Sara Jane köpek gibi içiyor her zamanki gibi. Kız biraz soğuk davranıyor, soğuk değil de mesafeli gibi. Lisa yine muhabbet. Bu arada Lisa'nın arkadaşları dışarı çıktı.

"Sara Jane yatalım istersen." dedi. Zaten kafayı bulduk, midem zonkluyor açlıktan. Bir oda ayarladı Lisa. Ev zaten kocaman.

Yattık. Sara Jane'le hasret giderdik. Sabah leş gibi kalktım. Çantadan bir haber çıkmadı.

Sara Jane benden önce uyanmış. Ne kahvaltı var ne başka bir şey. Sara Jane oturmuş televizyon seyrediyor, hiç konuşmuyor. Canı sıkkın gibi. "Bir sorun mu var?" dedim.

"Yok, canım senin çantana sıkıldı."

"Takma kafanı bulunur. Bulunmazsa da sorun değil ama sana ve Lisa'ya hediyeler almıştım."

Bir saat kadar sik gibi oturduk. Ne kahvaltı ne başka bir şey. Hiç konuşmuyor da. Biliyorum bu kızın zaten böyle olduğunu ama o kadar yoldan gelmişim, kaç zamandır görüşmüyoruz. Bu kadar mesafeli olması garibime gitti. Dışarı çıktık, biraz dolaştık. İki katlı eski evler, pub'lar, pek öyle ahım şahım yer değil. İki saat falan dolandık. Tesco yazan bir yer gördük, market galiba. Girdim içeri, altı tane yumurta, yağ, iki tane ekmek, domates falan aldım. Bayılacağım açlıktan. Eve gittik, karnımı doyurdum sonunda. Kızın umurunda değil.

O gün hiç yanıma yaklaşmadı. Birkaç defa sıkıştırdım, evde kimse yok zaten bir tek ikimiz varız. Bu çok mesafeli duruyor. İyice kıllandım. Akşam Lisa gelince dışarı çıktık. Pig in Paradise diye bir pub'a gittik. Hiç unutmadım bu ismi. Pig in Paradise. İçerisi fazla kalabalık değildi. Oturduk bir masaya biraları söyledik. Lisa ısmarlamıştı. Sara Jane'de bok gibi bir surat. Ne olup bittiğini anlamaya çalışıyordum. Kafam basmıyor. Pup kapanana kadar kaldık orada. Üçümüz de zil zurna olmuş bir vaziyette çıktık oradan. Eve gittik. Ertesi gün bu yine bir karış suratla geziyor. Çıldıracağım. Evde kimse yok, yanına gittim sarıldım buna.

"Sorun ne?"

"Bir şey yok. Seninle alakalı değil."

Birkaç saat mal mal oturduk evde. Yanına yaklaşmaya çalışıyorum kaçıyor. Lisa geldi öğleden sonra, erkek arkadaşıyla odaya çıktı. Bulmuş bir lavuk, bizi hiç umursamadan sevişiyorlar. Biz de öylece oturuyoruz. Tekrar yaklaştım Sara Jane'nin yanına. Stop deyip itekledi. Çok kötü olmuştum. Göt olmuş bir vaziyette oturdum.

"Emin değilim." dedi.

"Lan neye emin değilsin?"

İşte tatil aşkı gerçek hayat gibi değil. Anlatıyor bu, anlamaya çalışıyorum. Daha geleli iki gün olmuş, senin suratını mı çekeceğim? İngilizcem de yeterli değil. Yarı İngilizce yarı Türkçe bağırdım buna. Odaya çıktım çantamı aldım, montumu giydim dışarı çıktım. Bu ağlıyor. Bok gibi bir yağmur var. Salak salak dolanırken Lisa geldi. O da bir şeyler anlatıyor, anlamıyorum.

"Beni otobüs durağına götür." dedim.

"Nereye gideceksin?"

"Nen dönüyorum."

Kız yalvarıyor. "O saçmaladı, korktu." Bir şey anlamıyorum. En sonunda beraber yürüyerek tren istasyonuna gittik. Londra'ya bilet aldım. Zaten tren de hemen geldi. Lisa ağlamaya başladı, üzgünüm diyor. Hiçbir şey demedim, bindim trene. Hava kararmıştı hafiften. Karnım aç, ıslanmışım. İşin bok tarafı nereye gideceğimi de bilmiyorum. Hiç tanıdığım yok. İndim trenden yine o his. İlk defa Adana'da yaşamıştım o hissi. Gidecek bir yerimin olmaması korkusu. Binlerce kişi oradan oraya koşturup duruyordu. Trenler geliyor, anonslar yapılıyor, bir kargaşa, bir kargaşa. Kimsenin kimseyle ilgilendiği yok. Kafamı kaldırdım, Victoria Train Station tabelası vardı. Çıktım dışarı, kafam kazan gibi. Daha geleli iki gün olmuş, götümüze tekmeyi yemişiz. Aslında yemedik de. Çok zoruma gitmişti Sara Jane'in surat yapması ve iteklemesi. En fazla üç dört hafta kalma planlarım vardı. Bu karı beni istemiyordu neden davetiye gönderdi ya da beni karşıladı? Kafam durmuştu. Lanet yağmuru yine başladı. Aralık ayında Londra'da hiç bilmediğim bir yerde dikiliyorum. Karnımın açlığını artık hissetmiyorum bile. Bir sigara yaktım. Adım atmaya mecalim yok, cesaretim yok. Cebimde bok gibi para, gidecek yerim yok. Aklıma Alanya'da tanıdığım Kıbrıslı kız geldi. O Londra'da Türk mahallelerinin olduğunu söylemişti. Birkaç müşteri de söylemişti Türklerin yoğun olduğu yerler var diye. İsimlerini bilmiyordum. Neresi olduğu hakkında bir bilgim de yoktu. Bir taksi durdurdum bindim.

"Turkish town."

Taksici baktı yüzüme mal mal, orası neresi der gibi. Anlatmaya çalıştım. Adam sanırım Hindistanlı'ydı. Zaten İngilizcem kıt, bir de bunun aksanından bir bok anlamadım. En sonunda "Tamam." dedim, gazladık.

Camdan dışarıyı seyrediyordum, nasıl yağmur yağıyor. Dokunsalar ağlayacağım. Allah'ın sopası yok. İsveçli geldi aklıma. Beddua ettiyse çok sağlam etmiş diye düşündüm. Epey bir dolaştık. Adam beni indirdi. Karanlık bir yol ayrımı vardı. Herife burası neresi diye soramadan gazladı gitti. Öylece kalakaldım. Yürümeye başladım, bir tur acentesi gördüm. Türkçe Pamukkale falan yazıyor. Camlarında Türkçe ucuz uçak biletleri ilanları var. Kapalıydı. Açık olsaydı bileti okeyletip dönerdim belki de. Yürümeye devam ettim. Sokak karanlık ama birçok işyeri var. Çoğunun ismi Türkçe. Galiba bulduk diye düşündüm. Siktiğimin yağmuru yağmaya devam ediyor. Bir sürü dönerci vardı. Aksaray Spor Kulübü, Niğdeliler Derneği, Maraşlılar Geliştirme Derneği. Bunların önünden geçtim. Best Kebap diye bir yer gördüm. Kocaman bir döner takmışlar. Her halinden belli bizim oralı olduğu. Girdim içeri, çocuklar Türkçe konuşuyor.

Bir döner istedim. Elimde döner bir de kolayla bir masaya oturdum. Lan nasıl bir memleket? Kimse kimseyi umursamıyor bile. Bir köşeye sindim, karnımı doyurdum. Çıkarken "Hayırlı işler, kolay gelsin." dedim kimse siklemedi bile. Bulduk Turkish Place'si ama kimsenin birbiriyle ilgisi yok. Otel gibi bir yer bakmaya başladım. Gümüşhaneliler bilmem ne yeri diye bir tabela gördüm, spor kulübü falan yazıyor. Bildiğimiz kahvehane burası. Bir sıcak çay içeyim derdiyle girdim içeriye, oturdum bir masaya. Çay söyledim. Duvarda Türk bayrakları, Galatasaray, Fenerbahçe posterleri, Atatürk posterleri, Türkiye haritaları… Bakınıyorum etrafa. Çay geldi. Yan masada iki adam konuşuyordu. Bir tanesi,

"Millet iş yok der. Çalıştıracak adam bulamıyoruz. Adam eksik kaç gündür. Şuna bak kahvelerde okey oynuyorlar. Sonra da ağlıyorlar iş yok diye." dedi.

"Abi ben iş arıyorum." diye atladım hemen.

Herif döndü, baktı tipime.

"Gel bakalım." deyip masaya çağırdı.

"Oturumun var mı?"

"Oturum ne abi?"

Adam şaşırdı, gülmeye başladı.

"Sen daha yeni mi düştün buralara?"

"İki gün oldu abi"

"Vizeli mi geldin kaçak mısın?"

"Yok abi altı aylık vizem var. Kız arkadaşımın yanına gelmiştim ama..."

"Salla kız arkadaşını. Herkes bana Beyto der. Anlar mısın döner, kebap işinden?"

"Ne döneri abi? Ben barmendim Türkiye'de, epey bir süre komilik, garsonluk da yaptım."

"İyi. Çayını iç de gidelim dükkâna."

Çıktık dışarı. Siktiğimin yağmuru durmamıştı. Kırmızı bir BMW'ye bindik. Beyto Abi bir İbrahim Tatlıses cd'si koydu. Birinci şarkı, ikinci şarkı, üçüncü şarkı derken "Âşıksın" başladı. Sesi sonuna kadar açtı bu. Kafayı sallaya sallaya eşlik etti şarkıya. Pencereden dışarıyı seyrediyordum, yağmur yağıyor. Londra dışına çıkmıştık. Beyto Abi körükledi gazı. Bir köprünün altından geçerken iki defa flash patladı. Sanki birileri fotoğraf çekti. Bu yavaşladı. Söylendi bir şeyler, radara yakalanmış. Belirli bir hızdan sonra direkt plakayı çeken bir sistem.

Birden Wembley Stadı'nın önünden geçtik. Az kaymadılar bize burada 8-0 diye söylendim. Beyto Abi benimle hiç muhatap bile olmuyordu. Yokmuşum gibi davranıyordu sanki. Bir süre daha gittik, hiç konuşmadı Beyto Abi. En azından yatacak bir yerim olur diye düşünüyordum. Kırk beş dakika kadar sonra bir yere saptık. İyice karamış ortalık. Kasaba gibi yere girdik.

"Seni eve bırakayım, yat dinlen biraz. Yarın başlarsın."

Büktüm boynumu, sesim falan çıkmıyordu. Zaten adamla ters düşmeye hiç niyetim yoktu. En azından benim dilimi konuşuyordu. Daracık ara sokaklardan dolaştık. Lisa'nın kaldığı ev gibi büyük bir evin önünde durduk. Bahçeden geçtik, ana kapıyı açtık. Beyto bana bir anahtar verdi, yukarı çıktık. Kocaman bir ev. Herhalde kalacağım odanın anahtarıydı bu. Bir odanın önünde durduk.

"Sen gir, biraz dinlen. Gece çocuklar yiyecek bir şeyler getirir sana." deyip siktirdi gitti.

Üşümüştüm. Hava çok soğuk. Islanmıştım zaten. Kapıyı açtım, karanlık. Arayarak elektrik düğmesini buldum, ışığı açtım. Ananı sikeyim bu ne? Ahır desem ahır değil. Bildiğin bok çukuru. Dört beş tane yer yatağı var. Kapkara olmuş çarşaflar. Elbiseler saçılmış sağa sola. Yemekler yenmiş, çürümüş. Leş gibi kokuyor. Benim ilk zamanlar kaldığım lojman buranın yanında saray yavrusu. Pislik içinde. Köpek kulübesi gibi bir yer. Tuvalet yok, banyo yok. Sadece bir oda. Bir televizyon var, bir de video player. Yerlerde kasetler var. Belli çoğu porno kaset. Porno dergiler var. Bir sürü Kemal Sunal film kaseti var. Bu siktiğimin odası kadar rezil bir yer görmedim ben o yaşıma kadar.

Ananı sikeyim senin Sara Jane denen orospu. Ne umduk ne bulduk. Ağlayacağım. Oturdum bir yatağa. Sigaram da yoktu ama Allah'tan belki yirmi paket sigara vardı etrafta. Yarısı içilmiş paketler. Viski vardı birkaç şişe. Saatin kaç olduğunu bile bilmiyordum. İsveçli hatunu düşündüm. Ne yapıyor şimdi? Sudan çıkmış balık gibiydim. Senin amına koyayım orospu Sara Jane. Çok saçma geliyordu. Şaka gibi lan. Sen cebine parayı koy, kız arkadaşınla gelecek düşündüğün kadınla tatile gel, ikinci gün bu lağım çukuruna düş. Televizyonu açtım, salak salak bakındım bir süre. Bu kafayla Kemal Sunal filmi falan hiç çekilmezdi. Pencereden dışarı baktım. Sanırım bir kilise vardı. Kocaman sarı ışıklı bir haç gözüküyordu. Yan yana dizilmiş birbirinin kopyası bahçeli evler vardı. Karanlıktı. Siktiğimin yağmuru yağmaya devam ediyordu.

Telefon etmem lazımdı. Dışarı çıksam bu siktiğimin odasını bulamayacağımdan emindim. Götüm yemedi.

Oturdum televizyonun karşısına, beklemeye başladım. Ananı sikeyim Sara Jane.

Olsun diye düşündüm. Birkaç gün kalırım, sonra giderim Sara Jane'in yanına. Barışırız, zaten kız bir şey dememişti ki. Ben artislik yapmıştım. Ailesiyle tanışırım, sonra dönerim memlekete. Avutmaya çalışıyordum kendimi. Avutacak kimse yoktu ki yanımda. Üzerimdeki montu çıkardım. Hababam Sınıfı'nın kaseti vardı. Onu koydum, seyrediyordum ama kafamda onlarca soru. Telefon etmem lazım. Yarın ederim. Kendim soruyordum, kendim cevap veriyordum. Kendim isyan ediyordum, kendim avutuyordum. Kendim kızıyordum, kendim teselli ediyordum. İlk defa kendimle oturup dertleştim. İnek Şaban o sırada "Eşşooluuueşşekkkk" diyordu. Ben de kendime "Eşşolueşek" demekle meşguldüm. Epey bir zaman geçti. Boş boş bakıyordum İnek Şaban'la Badi Ekrem'in şakalarına. Kusmak istiyordum. Uyanmak istiyordum bu kâbustan.

Dizüstü Edebiyat dizisi kitapları:

Küçük Aptalın Büyük Dünyası, *PuCCa*

Piç Güveysinden Hallice, *samihazinses*

Bizim de Renkli Televizyonumuz Vardı, *OnurGökşen*

Sorun Bende Değil Sende, *PinkFreud*

Bayılmışım... Kendime Geldiğimde 40 Yaşındaydım, *Şebnem Aybar*

1 Kadın 2 Salak, *Fatih Aker & Livio Jr. Angelisanti*

Erkek Dedikodusu, *FrenchOje & T. B.*

Bir Apaçi Masalı, *Angutyus*

Pucca Günlük Ve Geri Kalan Her Şey, *PuCCa*

2011'in Bobiler Tarihi, *bobiler.örg*

Bir Alex Değilim, *İstiklal Akarsu*

Sorun Bendeymiş, *Pink Freud*

Yedi Kere Sekiz, *OnurGökşen*

Erkek Dedikodusu2 , *FrenchOje & T. B.*

Dünyada Aşk Varmı?, *MarslıKovboy*

Bir Apaçi Masalı 2 - Kebabman, *Angutyus*

Allah Beni Böyle Yaratmış, *PuCCa*

Olsa Dükkân Senin, *İstiklal Akarsu*

Beni Hep Sev, *Pink Freud*

Allah Belanı Versin Brokoli, *Onur Gökşen*